Gerd Schneider

Bauer, Dame, König – MATT!

Ein Schachkurs für Einsteiger

Mit Bildern von Heribert Schulmeyer

Arena

MIX
Papier aus verantwortungsvollen Quellen
FSC® C110508
FSC
www.fsc.org

1. Auflage als Limitierte Sonderausgabe im Arena-Taschenbuch 2015

Illustrationen: Heribert Schulmeyer
Umschlagillustration: Nancy Bühl
Umschlagtypografie: KCS GmbH · Verlagsservice & Medienproduktion, Stelle/Hamburg
Sondergestaltung: komm Design/achkomm.com/Würzburg
Gesamtherstellung: Westermann Druck Zwickau GmbH
ISSN 0518-4002
ISBN 978-3-401-50714-9

www.arena-verlag.de
Mitreden unter forum.arena-verlag.de

Arena-Taschenbuch
Band 50714

Ebenfalls von Gerd Schneider im Arena Verlag erschienen:
Von einem der auszog, die Welt zu verstehen
Die vielen Väter des Hasses
Kafkas Puppe
Der letzte Code

Gerd Schneider,
Jahrgang 1942, lebt in Niederkassel bei Bonn. Nach dem Studium der Germanistik und Theaterwissenschaft arbeitete er als Journalist. Seit 1980 hat er zahlreiche Romane, Sachbücher und Fernsehdrehbücher geschrieben.

Heribert Schulmeyer
wurde 1954 geboren und zeichnet schon seit Jugendtagen leidenschaftlich gerne Comics. Nach seinem Abitur studierte er freie Graphik und Illustration an der Kölner Werkschule. Seitdem hat er mit seinen Illustrationen schon viele Kinderbücher verschönert und für den WDR bei der »Sendung mit der Maus« gearbeitet. Heribert Schulmeyer lebt als freier Künstler in Köln.

Inhalt

III. Die Wünsche der Schachfiguren

IV. Das Mittelspiel: »Was soll ich jetzt bloß machen?«

V. Das Endspiel: letzte Entscheidung über Sieg oder Niederlage

Schach in 64 Schritten!

Hallo, was macht ihr denn hier?«
»Wir wollen Schachspielen lernen!«
»Kein Problem, das lässt sich doch machen!«
Das sage ich zu den acht Jungen und Mädchen zwischen zehn und dreizehn, die heute zu uns in den Schachklub gekommen sind. Darunter sind Jan, Laura und Tim. Ein paar von den Neuen wissen anscheinend schon ungefähr, wie die Figuren ziehen. Andere müssen ganz von vorne anfangen, aber offensichtlich haben alle große Lust, das Schachspielen zu lernen.
»Mein Vater spielt immer gegen seinen Freund Schach. Aber er hat nie Zeit, mir das Spiel beizubringen«, erzählt Jan.
»Wenn du den Kurs hier durchziehst, dann kannst du es«, sage ich.
»Echt? Cool! Versprochen?«
»Versprochen!«
In diesem Buch geht es in erster Linie darum, Jan und seinen Freunden und natürlich auch dir zu Hause das Schachspielen beizubringen und zu zeigen, wie viel Spaß dieses Spiel macht. Deshalb will ich von mir selbst nicht viel berichten, außer vielleicht, dass ich vor etlichen Jahren so im Alter zwischen zehn und zwölf selbst im Zimmer eines Schachklubs saß und ganz ungeduldig darauf wartete, das Spiel endlich zu lernen.
»Eines kann ich euch versprechen, Leute: Wenn ihr euch mit dem Spiel beschäftigt und Spaß dran habt, werdet ihr euch genau wie ich nie wieder langweilen!«
»Nie wieder? Glaub ich nicht«, meint da einer der neuen Schachschüler.
»Du wirst es sehen. Du musst bloß bei der Sache bleiben! Denn Schach ist das schönste und tollste Spiel der Welt!«
»Warum?«
»Weil jede Figur andere Fähigkeiten und Stärken hat, und wenn alle gut zusammenarbeiten, gewinnt man. Das ist wie im Leben.«
»Und wenn man verliert?«, will Tim wissen. »Dann ist es bestimmt nicht mehr so lustig.«
»Ohne Niederlage gibt es auch keine Siege, denn aus Niederlagen kann man am meisten lernen, das weiß schließlich jeder gute Trainer einer Fußballmannschaft. Nach einem verlorenen Spiel bespricht er, wie es dazu gekommen ist. Deswegen ist das Verlieren genauso wichtig wie das Gewinnen. Im Gegensatz zu vielen anderen Sportarten, die man nur eine bestimmte Zeit lang ausüben kann, begleitet einen das Schach ein Leben lang. Das Spiel ist für Jungen und

Mädchen, Männer und Frauen, Kinder und Greise, Starke und Schwache geeignet und viele Probleme, die scheinbar groß sind, werden kleiner, wenn man eine Partie Schach spielt.«
»Können wir denn jetzt endlich mal spielen?« Laura ist schon ganz ungeduldig.
»Genau«, ruft Jan. »Ich will meinen Vater im Schach schlagen!«
»Moment, so schnell geht's nicht. Wir müssen schon mit dem ersten Schritt anfangen.« Ich zeige auf das große Brett an der Wand: »Bald werdet ihr auf dem Schachbrett vor euch wie in einem spannenden Krimi lesen. Und wenn ihr es nicht sofort versteht, was da vor euch passiert und gezeigt wird, helfe ich euch.«

Auch du sollst natürlich bei unserem Kurs mitmachen. Zusammen mit den anderen wirst du das Spiel Schritt für Schritt zu Hause lernen und immer besser werden, so lange, bis du endlich einen Erwachsenen im Schach schlagen kannst. Wenn du schon einigermaßen fit bist und bestens Bescheid weißt, wie die Figuren ziehen, dann überschlag einfach die ersten Seiten.
Los geht's: Schach in 64 Schritten heißt das Ziel! Denn so viele Felder hat das Brett, auf dem sich alles abspielt.

I. Die Grundlagen

1. Schritt:

Das Spielfeld und die Spieler

Die neuen Schüler im Schachklub sehen alles vor sich, was wir jetzt machen. Und ihr zu Hause stellt euch am besten auch ein Schachbrett auf und macht alle Schritte genau nach.

Ebenso wie beim Fußball oder anderen Sportarten gibt es auch beim Schach ein Spielfeld. Folgendermaßen sieht der Schauplatz unseres Spieles aus:

Acht mal acht, das sind vierundsechzig abwechselnd weiß und schwarz gefärbte Quadrate. Man könnte auch sagen dunkle und helle Felder; dabei ist links unten in der Ecke immer ein schwarzes und rechts unten in der Ecke immer ein weißes Feld. Umrandet ist das Spielfeld von Zahlen und Buchstaben. Die Zahlen bezeichnen die Zeilen (Reihen) und die Buchstaben die Spalten (Linien) des bretts.
Schach ist ein Spiel für zwei Personen und jede führt eine Mannschaft aus gleichfarbigen Steinen (Figuren).

Hier sind sie in der Übersicht:

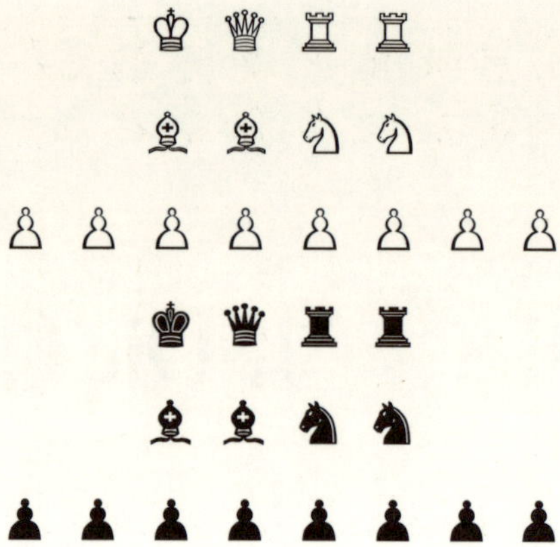

Wie ihr seht, gibt es 16 weiße und 16 schwarze Figuren:
1) obere Reihe von links nach rechts: König, Dame, zwei Türme;
2) zweite Reihe: zwei Läufer, zwei Springer;
3) dritte Reihe: acht Bauern.

Genau genommen sind das, was wir hier aufgezeichnet haben, nur die Zeichen für die Figuren. Ihr müsst euch schon jedes Mal vorstellen, dass ihr sie in der Hand haltet, sie hochhebt und von einem Feld zum anderen zieht. Im Einzelnen werdet ihr sie alle auf den nächsten Seiten ausführlich kennenlernen und erfahren, was sie alles können, welche die wichtigsten sind, und natürlich, was das Ziel des Spieles ist.

Am Anfang einer Partie stehen unsere Figuren so auf dem Brett:

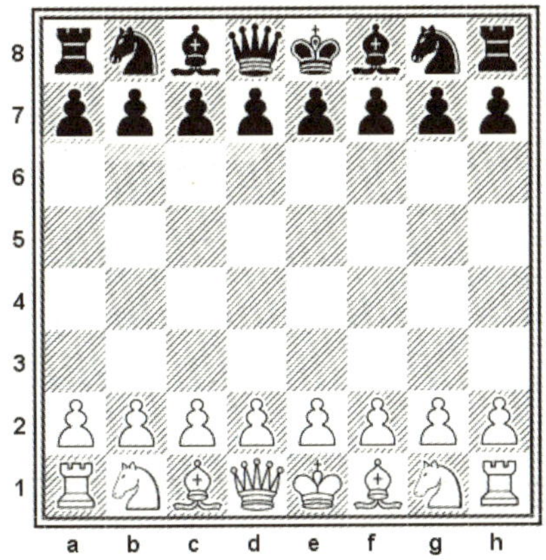

Das nennt man beim Schach die Grundstellung. Im Verlaufe eines Spiels zieht jeder Spieler abwechselnd eine Figur seiner Farbe nach bestimmten Regeln auf ein anderes Feld. Steht da bereits eine Figur des Gegners, wird die vom Feld genommen. Das nennt man »Schlagen«. Weiß beginnt immer mit dem ersten Zug.

Aber vorher reden wir noch vom »Schiffeversenken«.

»Wie bitte?«, will Laura wissen. »Ich dachte, wir spielen Schach.«

Stimmt. Laura hat natürlich recht. Hier geht es um Schach. Aber anscheinend hat sie ebenso wie ihre Freunde noch nichts davon gehört, dass man beim Schach die Züge aufschreiben kann. Auch für Jan ist das anscheinend neu.

»Das habe ich bei meinem Vater und seinem Freund aber noch nie gesehen«, meint er erstaunt.

Es ist für das Lernen aber sehr wichtig, dass man die Züge festhält und später nachspielen kann. Jeder Komponist schreibt schließlich auch seine Noten auf Papier, damit die Musiker später die Melodie nachspielen können.

2. Schritt:

Das Aufschreiben der Züge

Schaut euch noch einmal die Grundstellung links an:

Am linken Rand seht ihr Zahlen von 1 bis 8, am unteren Rand seht ihr von links nach rechts die Buchstaben von a bis h an jedem Feld stehen. Warum das?

»Damit jedes Feld einen Namen bekommt?«, fragt Laura.

So ist es. Wie beim »Schiffe versenken« hat auch auf dem Schachbrett jedes Feld einen Namen. Wie heißt also das Feld, auf dem der weiße König steht? Das ist die Figur mit dem kleinen Kreuz obendrauf.

»Das Feld heißt **e1**.«

Und wenn du eröffnest, weil du die weißen Steine hast und den Bauern vor dem König zwei Felder vorziehst, wo marschiert der dann hin?

»Hab ich noch nicht verstanden«, ruft

Tim. Okay, dann stellen wir das mal auf. So sieht es aus:

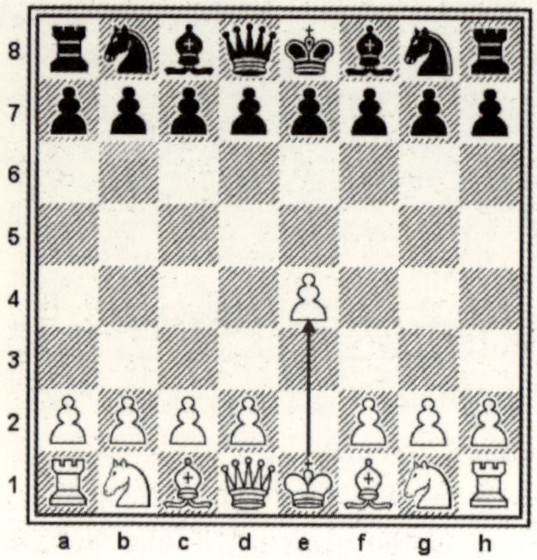

In welcher Linie steht der Bauer?
»In der Linie, wo ein ›e‹ dransteht.«
Genau, alle Felder mit dem Buchstaben **e** gehören zur **e-Linie**. Genauso ist es mit allen anderen Feldern: a-Linie, b-Linie und so weiter bis zur h-Linie. Und in welcher Reihe steht der e-Bauer jetzt, nachdem er gezogen hat?
»In der 4. Reihe.«
Korrekt, vorher stand er in der 2. und jetzt in der 4. Das bedeutet, er hat von dem Feld **e2** nach **e4** gezogen.
Man schreibt das folgendermaßen auf: **1.e2-e4. Die »1« zeigt, dass es der erste Zug ist. Man kann das auch in Kurzform schreiben, die meistens genommen wird. Dann heißt es einfach: 1. e4.**

Also noch einmal zum Merken:
Linien haben Buchstaben und Reihen haben Zahlen. Jedem der 64 Felder werden ein Buchstabe und eine Zahl zugeordnet.

Klingt komplizierter, als es ist. Schon nach kurzer Zeit wird euch das in Fleisch und Blut übergegangen sein.
Jetzt baue ich euch eine Stellung auf und frage: Auf welchen Feldern stehen die weißen Figuren und auf welchen die schwarzen?

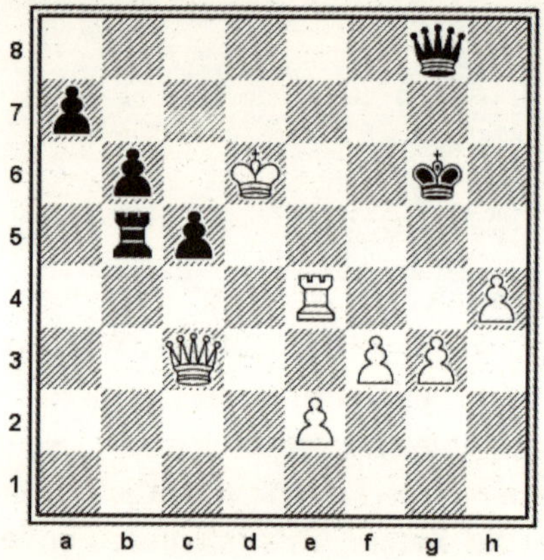

Tim ruft: »Eine Figur steht auf **6d**.«
Genau, allerdings sagt man immer den Buchstaben zuerst, also **d6**, und davor schreibt man ein »K« für König. **Kd6** würde es ganz richtig heißen. Hier schreib ich euch auf, wo die anderen weißen Figuren stehen: ein »D« für Dame, ein »T« für Turm, ein »S« für Springer, ein »L« für Läufer. Für den Bauern gibt es kein »B«, sondern nur die Feldbezeichnung. Weiß steht also so: **Kd6, Dc3, Te4, e2, f3, g3, h4.**
Und Schwarz?
Jan schreibt auf die Tafel, guckt dabei genau auf die Linien und Reihen: **Kg6, Dg8, Tb5, a7, b6, c5.**
Ja, richtig. Noch eine kleine Aufgabe zum Selberrausfinden:

Aufgabe 1:

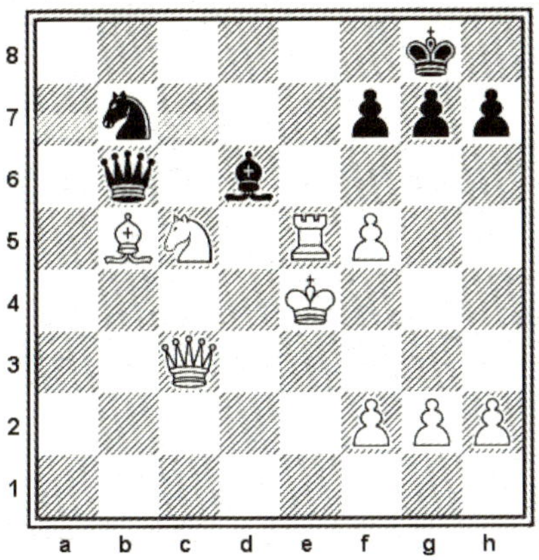

Schreibt bitte auf, auf welchen Feldern die weißen und auf welchen die schwarzen Figuren stehen.

Zum Merken für das Aufschreiben: »K« für König, »D« für Dame, »T« für Turm, »L« für Läufer und »S« für Springer. Der Bauer braucht keinen Buchstaben, bei den anderen wird der Buchstabe immer zuerst genannt.

Es gibt noch ein paar Sonderzeichen, die ihr kennenlernt. Wenn ein »+« hinter einem Zug steht, heißt das »Schach«, ein »#« bedeutet »Matt«; ein »!« heißt guter Zug, ein »?« bedeutet schlechter Zug. Wird eine Figur geschlagen, wird das mit dem Zeichen »x« gezeigt. (Oft sieht man in den Büchern auch ein »:« für das Schlagen.)

Übrigens: Die Lösung aller Aufgaben und die Antworten auf alle Fragen findet ihr am Ende des Buches.

»Und wie gehen die Figuren genau?«, fragt Laura. Dazu kommen wir jetzt im nächsten Schritt.

3. Schritt:

Darf ich vorstellen: Seine Majestät, der König

♔ ♚

Der Herrscher darf sich in alle Richtungen bewegen: nach vorne, nach hinten, zur Seite und schräg.

Merke: Der König geht immer nur einen Schritt!

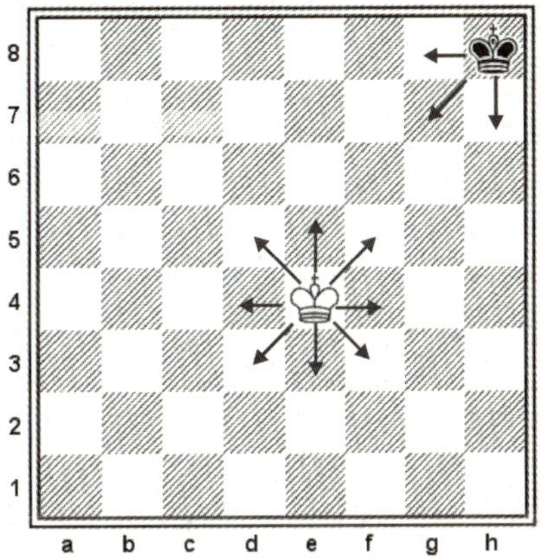

Der weiße König auf dem Feld **e4** kann in dieser Stellung die Felder **f4**, **f5**, **e5**, **d5**, **d4**, **d3**, **e3** und **f3** betreten. Insgesamt acht Felder. Auf wie viele Felder und welche kann der schwarze König gehen? Denkt dran, immer nur eins weiter, denn, wie der Dichter Christian Morgenstern sagte:

Der König, würdevoll, bedächtig,
zwar wichtig,
doch nicht immer mächtig.

»Immer nur ein Feld, richtig?«, fragt einer vorsichtshalber nach.

Richtig, ein Feld nach links, rechts, nach oben oder unten, sofern das Feld nicht unter Kontrolle einer anderen Figur ist und der König geschlagen werden könnte, wenn er es betritt.

»Dann kann er nach **g8**, nach **g7** und nach **h7**.«

Okay, weil wir der wichtigsten Figur beim Schach, dem König, in der nächsten Zeit noch so oft begegnen, verlassen wir ihn hier schon wieder und wenden uns seinem Gefolge zu. Halt, noch etwas ganz Wichtiges hätt ich fast vergessen:

Könige dürfen nicht nebeneinanderstehen, weil sie sich sonst gegenseitig schlagen könnten!

So, nun aber weiter, jetzt werden wir eine starke Frau kennenlernen.

4. Schritt:
Damenpower!

♕ ♛

Mit der Dame, die so manches schafft,
gewinnt das Spiel erst richtig Kraft!

Die Dame ist die stärkste Figur auf dem Schachbrett. Sie darf fast alles. Zum Beispiel so weit laufen, wie sie will: nach vorne, zur Seite, nach hinten und schräg.

Sie kann sich aber auch wie der König mit nur einem Schritt zufriedengeben oder vorwärtslaufen wie ein Bauer, schräg flitzen wie ein Läufer und die Linien und Reihen entlangstürmen wie ein Turm.

Bloß über andere hinwegspringen wie ein Springer, das kann sie nicht.

Die Dame ist die stärkste Figur auf dem Schachbrett, aber nicht so wichtig wie der König; denn schließlich heißt das Spiel Schach (»Schah« hieß im Persischen König) und das Ende heißt **Schachmatt** und nicht Damematt.

»Aber warum ist sie stärker als der König?«, will Tim wissen.

Das hat sich im Laufe der Jahrhunderte so entwickelt. Früher, als das Spiel erfunden wurde, war sie ganz schwach und nur so eine Art Berater ihres Chefs. Deswegen durfte sie ganz am Anfang auch nur einen Schritt gehen. Aber wir bleiben bei den Regeln, wie sie seit Langem gelten.

Hier sehen wir die Damen:

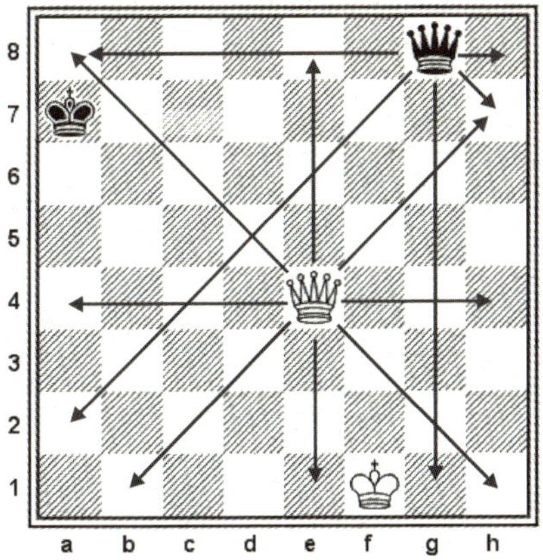

Vor euch ist eine Stellung mit einer weißen Dame auf **e4** aufgebaut. Das ist eines der zentralen Felder. Von hier aus hat die Dame das ganze Brett im Griff: Sie kann auf der e-Linie bis **e1** und **e8** jedes Feld betreten, genauso wie auf der 4. Reihe jedes Feld von **a4** bis **h4**. Außerdem kann sie schräg laufen von **b1** bis **h7** und von **h1** bis **a8**.

Nehmt euch ein Brett oder fahrt es mit dem Finger auf dem Stellungsbild oben (das nennt man Diagramm) nach.

Aufgabe 2:
Wohin kann die schwarze Dame ziehen, die oben in dem Bild auf **g8** steht? (Die Lösung findet ihr hinten.)

Im nächsten Schritt erfahren wir etwas über zwei Figuren, die erst nur in der Ecke herumstehen, aber später im Spiel meist groß herauskommen.

5. Schritt:

Die Türme

♖♖♜♜

Wie ziehen diese wuchtig aussehenden Gesellen, die in alten Schachspielen auch gerne als Streitwagen dargestellt wurden?
Die Türme stürmen geradeaus nach vorne, wenn der Weg frei ist, auch rückwärts können sie, zur Seite nach links und nach rechts, wie es ihnen beliebt.
Man kann auch sagen, sie bewegen sich senkrecht und waagrecht auf den Reihen und Linien des Schachbretts, soweit die Bahn frei ist (bis zum Brettrand oder zu einem Stein der anderen Partei, der geschlagen werden kann).
Was sie nicht können, ist, diagonal ziehen, also schräg.

Am Anfang in der Grundstellung stehen die Türme in der Ecke und können sich nicht bewegen. Das geht unter Umständen eine ganze Weile so, aber wehe, sie sind frei, dann können sie sehr aktiv werden:
Der Turm, der geht nur grad' und quer,
auch der Langlauf fällt nicht schwer!

Was der Turm kann, wollen wir uns jetzt ansehen:

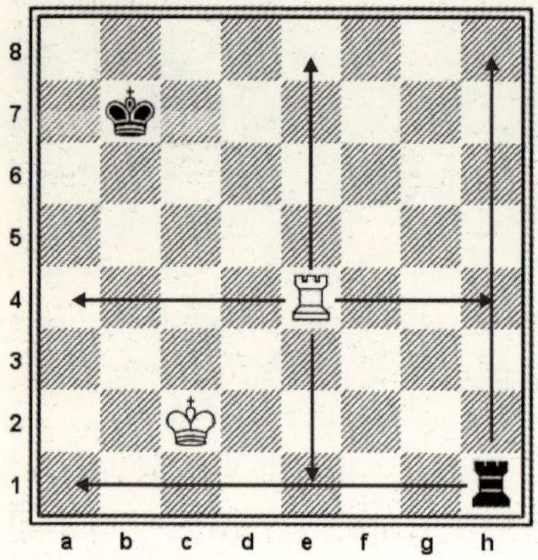

Der weiße Turm auf **e4** kann auf jedes Feld auf der Reihe von **a4** nach **h4** und auf der Linie von **e1** bis **e8** ziehen. (Da ist nirgendwo ein Hindernis zu sehen.) Bitte schnell zählen: Wie viele Felder sind es? Richtig, 14 insgesamt.

Auch der schwarze Turm kann auf der 1. Reihe **(a1** bis **h1)** und auf der h-Linie **(h1** bis **h8)** so weit vorwärtsstürmen, wie er mag. Auch das sind zusammen 14 Felder.
»Was ist eigentlich, wenn eine andere Figur im Weg ist?«
Gute Frage, Tim. Wir gucken noch mal auf das letzte Stellungsbild und stellen uns vor, der weiße Turm stünde auf **h4** und Schwarz wäre am Zuge. Was passiert?
»Den weißen Turm kann er dann mit seinem Turm schlagen«, sagt Jan.
Richtig!

Okay, dann zur Aufgabe 3:
Schaut noch einmal auf das letzte Diagramm und überlegt: Wenn der weiße Turm zum Beispiel nach **e7** zieht, welche Gefahr droht dann dem schwarzen König?

Macht nichts, wenn ihr die Frage nicht beantworten könnt. Da geht's um das Schachgeben und ums Schlagen. Das kommt in unserem Kurs noch sehr oft vor.

6. Schritt: Die Läufer

Jede Partei besitzt zu Beginn der Partie zwei Läufer. Einer steht auf einem weißen Feld, der andere auf einem schwarzen. Und das ist ihr Schicksal:
Sie müssen ihr ganzes Leben lang immer nur auf einer Farbe bleiben.
Das bedeutet: Sie sind dazu verdonnert, immer schräg (diagonal) zu gehen. Der weiße Läufer bleibt immer auf seiner Farbe und sein Kumpel, der schwarze, auch.

Kurz gesagt: Einer allein kann immer nur die Hälfte aller Felder des Schachbretts betreten.

Dafür können sie so weit laufen, wie sie wollen; das heißt, bis ihnen ein Hindernis wie der Rand des Brettes oder eine andere Figur im Weg steht. Die können sie schlagen, dürfen sie aber nicht überspringen.

Der Läufer ist ein schneller Wicht,
doch wechselt er die Farbe nicht!

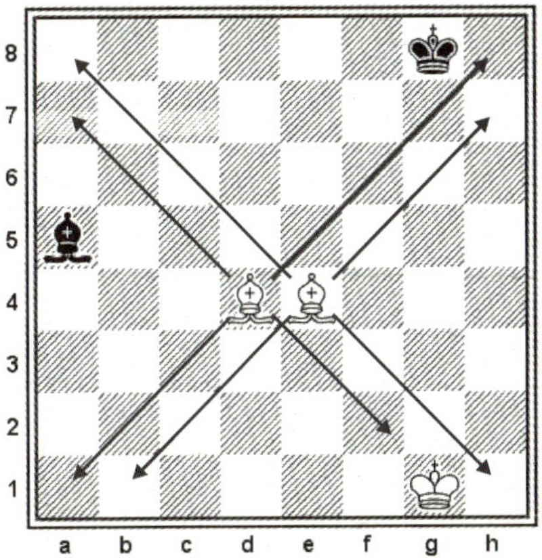

Na, wo können die beiden weißen Läufer hin, wenn sie am Zug wären?

»Ist doch klar, die weißen auf jedes Feld schräg von **b1** nach **h7** und von **h1** nach **a8**.«

Ist das alles?

Nach ein paar Sekunden weiß Tim: »Nee, der zweite Läufer von Weiß kann auch auf anderen Diagonalen laufen, nämlich von **f2** nach **a7** und von **a1** nach **h8**«.

Aufgabe 4:
Prima, und wohin der schwarze Läufer auf **a5** kann, das findet ihr selber raus.

---

7. Schritt:
Die Springer

♘♘♞♞

»Die sehen vielleicht cool aus!«, meint Laura. »Aber wie ziehen die genau?«

Die Springer gehen gerade, aber auch schräg. Sie können mit einem Zug nicht so weit wie Läufer, Turm oder gar Dame, aber dafür können sie Haken schlagen und den Gegner an der Nase rumführen.

»Wie das? Sind das etwa Hasen?«

Nein, diese Figuren sind eher mit Dressurpferden zu vergleichen: **zwei Schritt vor, einen zur Seite. Oder: einen Schritt vor und zwei zur Seite! Und das Ganze nach links und nach rechts und auch rückwärts.** Es ist also eine Art Tanz, den diese Pferde ausführen.

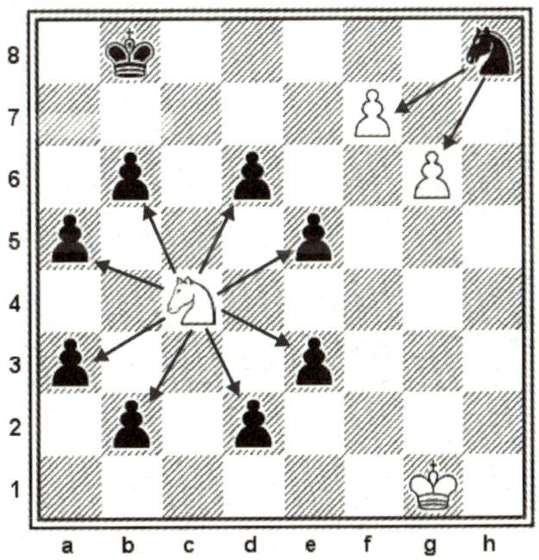

Hier haben wir ein Beispiel für diesen Tanz aufgebaut: Der weiße Springer steht auf **c4**. Von da aus kann er alle

schwarzen Bauern, die in einem Kreis um ihn versammelt sind, schlagen. Von **c4** aus also zwei nach vorne und rechts nach **d6**, zwei nach vorne und nach links nach **b6** und so weiter, insgesamt acht Felder könnte er betreten. Das geht allerdings nur von der Mitte aus. (**c4** zählt noch zu einem Mittelfeld oder, wie es in der Schachsprache heißt, zum Zentrum.)
Seht euch dagegen den schwarzen Hüpfer oben in der Ecke an: Der kann nur auf zwei Felder, die mit den weißen Bauern markiert sind, nämlich auf **f7** und auf **g6**.
Was kann man daran sehen?
»Wahrscheinlich steht er da nicht besonders gut«, meint ein Schüler, der sich schon ein bisschen auskennt.
Ja, es heißt auch nicht umsonst:
Springer am Rand bringt Kummer und Schand!

Was könnt ihr noch erkennen?
»Der Springer zieht immer auf eine andere Farbe als die, von der er kommt.«
Richtig, wenn wir das letzte Diagramm oben sehen, stellen wir fest: Alle Bauern stehen auf Schwarz, der Springer kam von einem weißen Feld. Umgekehrt ist es bei dem Springer in der Ecke: Der kommt von Schwarz und zieht auf Weiß.

Aber was macht diese Figur ganz besonders interessant?
»Der Springer ist die einzige Figur, die über andere springen kann«, weiß ein Schüler.

Ja, das ist es. Die Läufer sind zwar schneller und gehen weiter, dafür können die Springer über andere Figuren rüberhüpfen. Hier ein Beispiel:

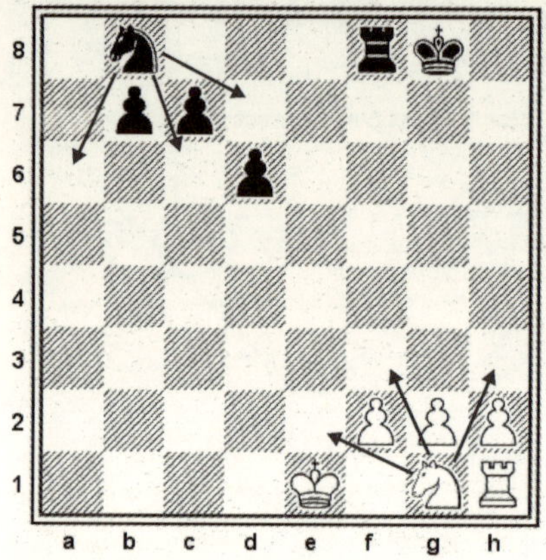

Der **S1** springt über seine Bauern – es könnten auch gegnerische sein – einfach hinweg, nach **f3** zum Beispiel oder nach **h3**. (Kann er auch nach **e2**? Klar könnte er!)
Der Einzige, der hüpfen kann, ist unser wackerer Reitersmann!

Und der schwarze Springer geht im letzten Beispiel locker über seine Hindernisse weg nach **c6**. Er könnte auch nach **a6** oder nach **d7**. Schlagen kann der Springer jede andere Figur. Das ist genau wie bei allen seinen Kollegen: Sie können eine gegnerische Figur von dem Feld wegputzen, auf das sie ziehen möchten.

Aufgabe 5:

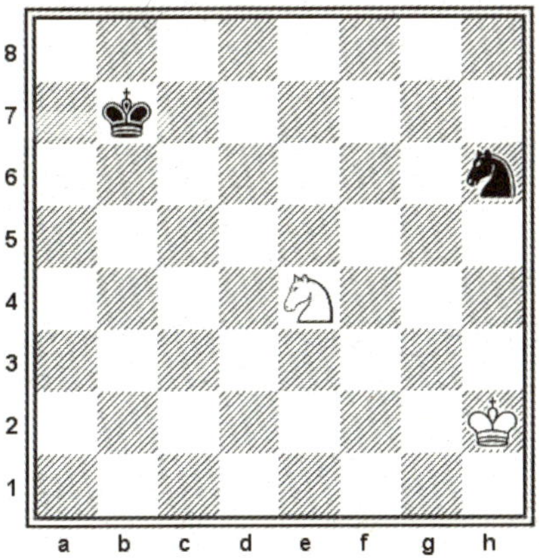

Auf welche Felder können die Springer ziehen? Bitte die Feldbezeichnungen aufschreiben!

Für die Cleveren noch eine Frage: Auf welchen Feldern würde zum Beispiel der weiße Springer im nächsten Zug den König schlagen können?

8. Schritt: Die Bauern

Acht Bauern stehen am Anfang für jede Partei bereit. Insgesamt also 16. Es sind die Fußsoldaten des Spiels, und für sie gilt:

Die Bauern suchen vorwärts ihr Glück,
und sie dürfen niemals zurück!

Wenn die Bauern sich noch nicht bewegt haben und noch in ihrer Ausgangsposition stehen, dürfen sie zwei Schritte auf einmal gehen. Sie müssen aber nicht und können es auch bei einem Schritt belassen.

Auf keinen Fall dürfen zwei Bauern gleichzeitig nur einen Schritt vorwärts, also zusammen zwei Schritte machen.

Vielen Anfängern wird das nämlich von ihrem Vater oder sonst wem, der nicht genau Bescheid weiß, beigebracht. Es ist aber falsch.

Also: Ein Bauer darf aus der Grundstellung heraus zwei Schritte machen oder einen.

Danach, wenn er schon gezogen hat, darf er nur noch einen Schritt weiter, das heißt ein Feld immer vorwärts, so lange, bis er auf ein Hindernis in Gestalt einer eigenen oder einer gegnerischen Figur stößt. Dann können sie nicht weiter. Nur wenn die gegnerische Figur schräg links oder rechts vor ihnen steht, dürfen sie sie schlagen.

Das sehen wir uns am Bild an:

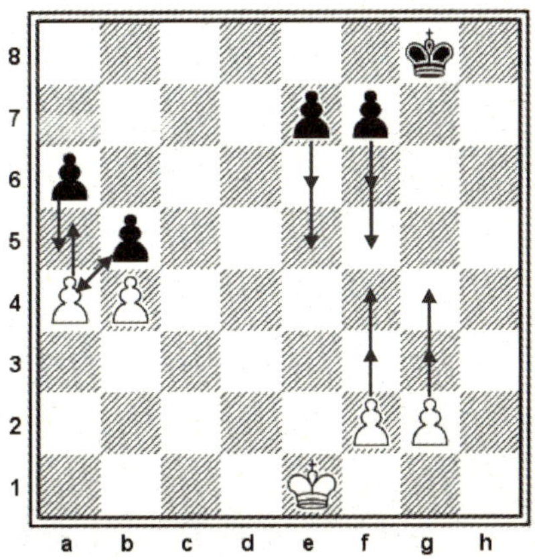

Hier befinden sich nur noch die Könige und ein paar Bauern auf dem Brett. Nehmen wir an, Weiß ist am Zug. Zwei Züge darf ein Bauer machen, wenn er noch nicht gezogen hat, haben wir gehört. Welche stehen also noch auf ihrem ursprünglichen Platz, haben sich also noch nicht bewegt?

Jan zeigt auf die Bauern **g2** und **f2**.

Korrekt, sie können jetzt zwei Schritte vorwärts, von **g2** nach **g4** (man schreibt diesen Zug **g2-g4**) oder von **f2-f4**. Natürlich steht ihnen frei, auch nur ein Feld vorwärtszugehen, nach **g3** oder **f3**.

Was ist mit den anderen Bauern von Weiß? Mit dem auf **a4** zum Beispiel, wenn er dran wäre?

»Ist doch klar«, sagt Tim. »Der kann eins weiter nach **a5**, dann ist Sense. Weiter kommt er nicht mehr.«

»Er kann auch schlagen, nämlich **a4xb5**«, weiß Laura.

Richtig, denn es gilt die Regel, von der wir schon gehört haben:

Bauern schlagen immer schräg nach links oder nach rechts vorne. Gerade nach vorne schlagen gilt nicht!

Was ist mit dem Bauern auf **b4**? Kann der nach vorne oder was schlagen?

»Der steckt fest«, antwortet Laura.

Ja, man sagt auch, er ist blockiert.

Aufgabe 6:

Was die schwarzen Bauern tun könnten, wenn diese Partei am Zuge wäre, findet ihr jetzt sicher selber raus, oder? Was ist zum Beispiel mit dem auf **b5**? Kommt der auch weiter? Bitte schreibt es auf.

Die Bauern sind zwar die schwächsten Figuren, weil sie immer nur eine kurze Strecke weiterkommen, doch sie können riesenstark werden und jede Partie entscheiden. Wie, das seht ihr im nächsten Schritt.

9. Schritt:

Umwandlung oder: Der Schwache wird der Starke!

Der Bauer kämpft sich durch das Feld,
am Schluss wird er zum großen Held!

Wir kommen zu einem Sonderfall und dazu gibt's gleich ein Beispiel zum Üben:

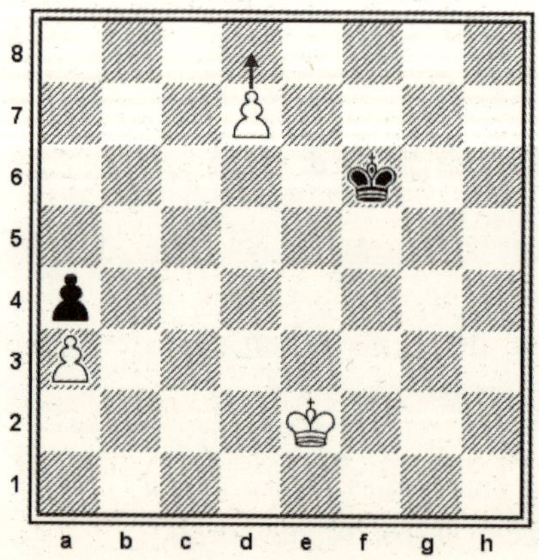

Weiß ist am Zug. Der Bauer auf **d7** hat schon das ganze Feld durchquert.
Ein Schüler meldet sich: »Ich hab mal was davon gehört, dass ein Bauer sich umwandeln kann in eine andere Figur. Wie eine Larve in einen Schmetterling!«
Wunderbares Bild! So ist es. Wenn ein Bauer den ganzen Weg von seiner Grundstellung bis auf die letzte Reihe – hier wäre das **d8** – geschafft hat, dann wird er befördert.
»Und wie geht das?«
Er zieht den Bauern noch eins weiter (das schreibt man **d7-d8D**), und schon wird der zum Verwandlungskünstler!

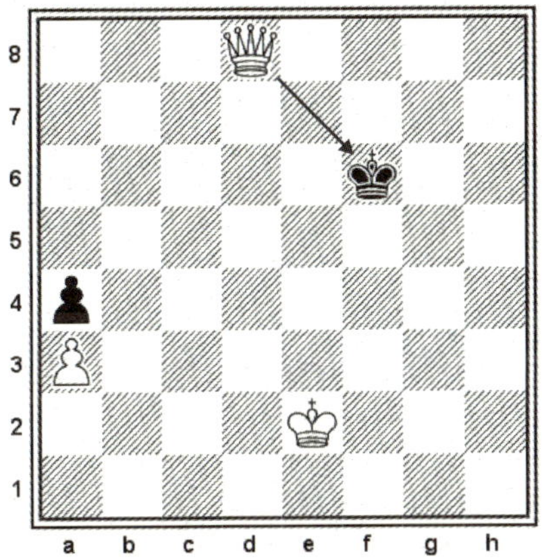

Aus dem schwachen Bäuerlein ist zwar kein Schmetterling, aber eine starke Dame geworden, die auch gleich den König bedroht. Das ist der Lohn für seinen Mut!
»Kann er sich auch in eine andere Figur umwandeln?«, will Tim wissen.

Der Bauer darf sich in jede Figur (außer in einen König) umwandeln, wenn er die gegnerische Grundreihe erreicht hat.

Wir machen ein kleines Spiel, das man für Übende sehr empfehlen kann:

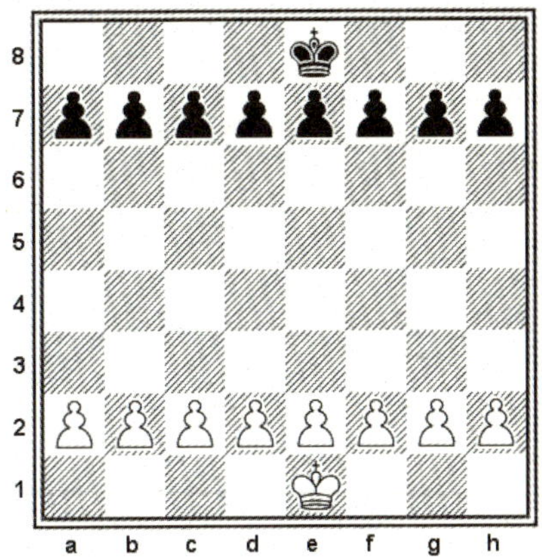

Die Stellung kann es in einer normalen Partie natürlich nicht geben, weil nur noch die Könige da sind und alle Bauern noch in der Grundstellung. Ihr bildet zwei Parteien und zieht abwechselnd. Wer sich zuerst eine neue Dame macht, hat gewonnen!

10. Schritt: »En passant« oder: Da will sich einer vorbeischleichen!

E. . . wie . . . was soll das denn heißen? *En passant* ist französisch und heißt *im Vorübergehen*. Viele Schachschüler kennen den Zug nicht, obwohl es diese Regel schon seit ungefähr 500 Jahren gibt. So geht das »En passant«-Schlagen:

Hier haben wir die Könige ausnahmsweise mal weggelassen. Weiß am Zug setzt, weil **d2** noch in der Ausgangsstellung steht, den Bauern zwei Felder vor, also **d2-d4**. Und Schwarz schlägt ihn weg, nämlich so: **e4xd3 e. p.** (So wird's geschrieben, e. p. steht für *en passant.*)

»Moment, was ist das? Wieso ist der Bauer nicht auf **d4** gelandet, sondern einfach verschwunden? Und wieso steht der andere jetzt auf **d3** und macht sich gleich 'ne neue Dame?« Die Fragen purzeln im Kurs nur so durcheinander.

Seht euch noch einmal das Stellungsbild vorher an. Der Bauer **d2**, der nach **d4** will, geht dabei über das Feld **d3** und schleicht sich dabei gewissermaßen an einem Feld vorbei, auf dem ihn der schwarze Bauer auf **e4** hätte wegputzen können. So sähe das aus, wenn er anstelle von **d4** nur einen Schritt, nämlich auf **d3** gemacht hätte. Weil das eine ziemlich komplizierte Regel ist, dazu noch ein Bild:

Der Schwarze darf also so tun, als sei genau das passiert, und darf *en passant,* im Vorübergehen, schlagen. Wir können uns also merken:

Nach dem Schlagen en passant steht der schwarze Bauer dann auf dem Feld, auf dem der weiße gestanden hätte, wenn er statt zwei Felder nur eins vorgezogen hätte.

Übrigens ist man nicht verpflichtet, en passant zu schlagen. In unserem Beispiel kann Schwarz also statt **e4xd3 e.p.** auch was ganz anderes machen. Wenn aber das Schlagen en passant beabsichtigt ist, muss es sofort passieren und nicht erst einen oder mehrere Züge später.

Zum besseren Lernen
noch ein paar Verse:
Wenn ein feindlicher Bauer
von seinem Ausgangsfeld
zwei Schritte vorrückt und sich
neben mich stellt,
darf ich ihn schlagen, wenn es mir gefällt!

Aufgabe 7:

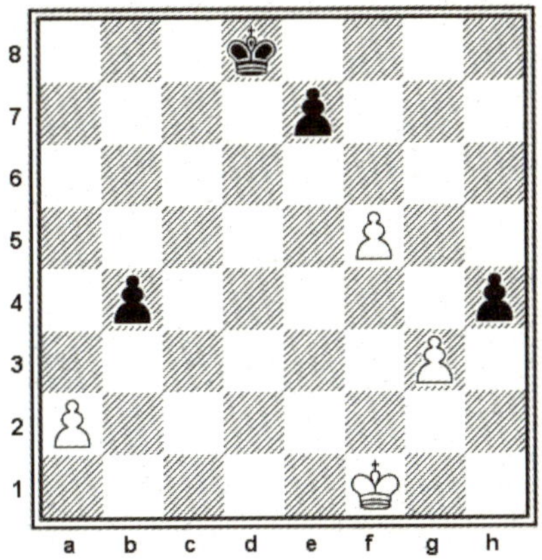

Einfache Frage (und Antwort am Schluss): Bei welchen Zügen von Weiß oder von Schwarz könnte hier die Regel en passant zur Anwendung kommen?

11. Schritt:

Die Rochade oder: Zwei auf einen Streich!

Es gibt beim Schach einen einzigen Zug, bei dem zwei eigene Figuren auf einmal bewegt werden dürfen. Das sind der König und der Turm. Sie können die **Rochade** machen (oder **rochieren**, wie das Verb heißt). Das Wort kommt vom französischen *roche,* das heißt *Turm*.

»Und wozu wurde das mit dem Turm erfunden?«, fragt Laura.
Moment, kommt gleich. Nur noch eine

Anmerkung: Die Bezeichnung **Rochade** ist nicht ganz genau, denn eigentlich gilt sie als Königszug, auch wenn der Turm mitbewegt wird.

Aber kommen wir zu einem Beispiel:

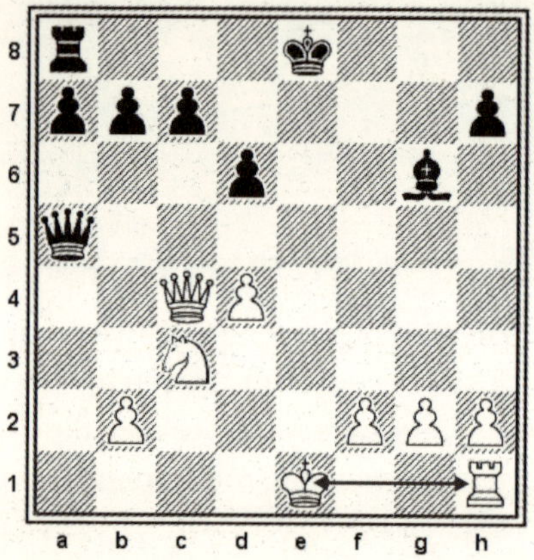

Wie ihr seht, stehen der weiße und der schwarze König noch auf ihren Ausgangsfeldern und vor allem ziemlich luftig in der Gegend rum. Sie sollten sich vielleicht besser in Sicherheit bringen. Und das ist der Grund für den Rochaden-Zug:

Der König soll in Sicherheit gebracht werden, möglichst hinter die eigenen schützenden Bauern.

Das geht so (schaut bitte wieder genau die letzte Stellung an):

Wenn Weiß am Zug ist, könnte er die sogenannte kleine (man sagt auch »kurze«) Rochade machen. Dabei zieht der König zwei Schritte zur Seite von **e1** nach **g1** und der Turm springt rüber und steht dann auf **f1**. Das alles ist ein einziger Zug und wird **0-0** geschrieben.

So sieht es jetzt aus:

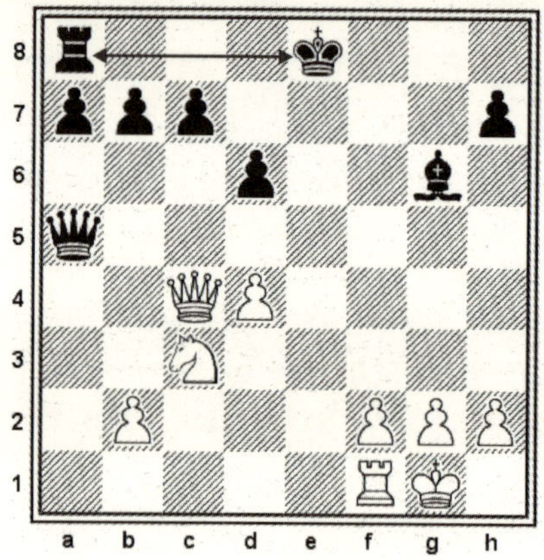

Und Schwarz am Zuge könnte die große (»lange«) Rochade machen: König nach **c8** und Turm darüber nach d8. Das wird **0-0-0** aufgeschrieben und hier ist das Bild der Stellung nach diesem Zug von Schwarz:

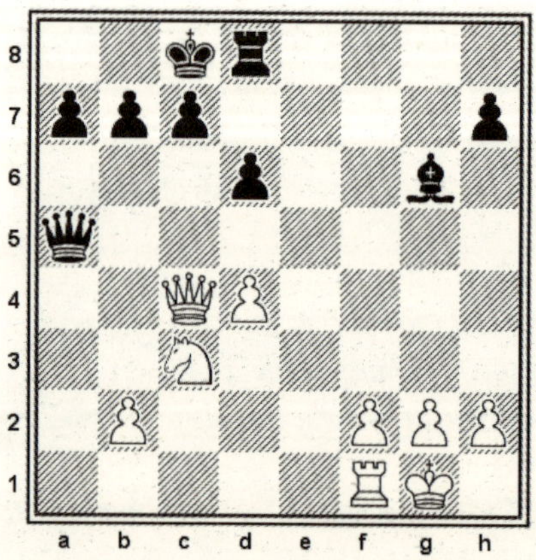

Dazu müssen allerdings noch folgende drei Regeln genannt werden:

1) Die große oder die kleine Rochade dürfen Weiß und Schwarz nur einmal in der Partie machen. Und das auch nur, wenn weder König noch Turm vorher bewegt worden sind!
2) Der König darf nicht über ein Feld ziehen, das unter Kontrolle einer gegnerischen Figur ist!
3) Es darf nicht rochiert werden, wenn der König im Schach steht!

Aufgabe 8:
Kann Weiß in der folgenden Position sowohl die kleine als auch die große Rochade machen? Und kann Schwarz das auch?

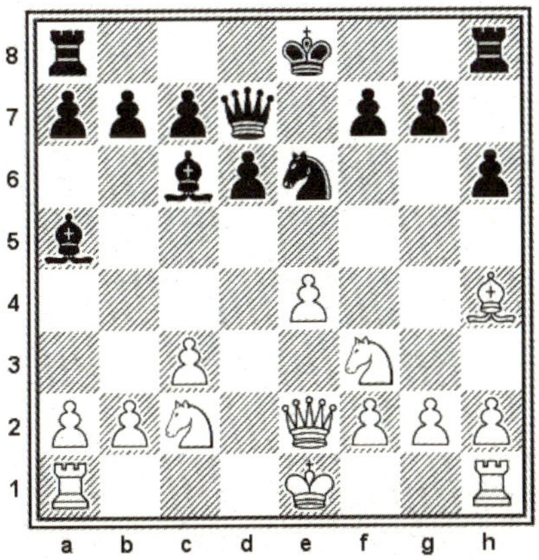

Das habt ihr rausgefunden, oder?

Aufgabe 9:
Ein Blick auf die nächste Stellung und ihr sagt, wer von beiden Parteien, Schwarz oder Weiß, noch welche Rochade machen kann, die kleine oder die große?

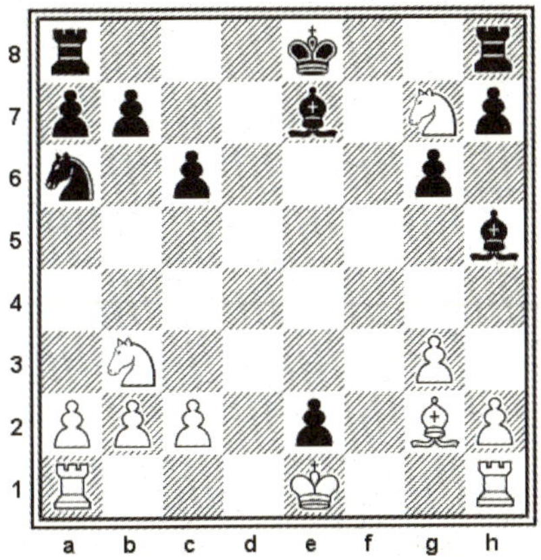

Okay, alles klar. Damit haben wir jetzt einen Großteil der wichtigsten Grundregeln gelernt. Ich finde, da haben wir uns eine Pause verdient.

»Wer hat das Schachspiel eigentlich erfunden?«, will da Laura auf einmal wissen. Tja, gute Frage. Das ist eine lange Geschichte und am besten erzählt sie euch jemand, der einst vor langer, langer Zeit selbst dabei gewesen ist . . .

Hamoun berichtet, wie das Schachspiel erfunden wurde

Vor langer Zeit, etwa vor 1.500 Jahren in einem indischen Königreich: Sissa aus der angesehenen Priesterkaste der Brahmanen litt darunter, dass es den König und seine Generäle erneut gelüstete, Krieg gegen die Nachbarn zu führen, um deren Land und Schätze zu erobern. Wie wäre es, dachte der weise Mann, als er eines Tages meditierend unter dem Tamariskenbaum an der Schlossmauer saß, wenn sie statt echte Schlachten mit vielen Toten und Verwundeten zu schlagen, den Krieg nur spielen würden? Wenn die Herrschenden des Landes so abgelenkt wären, dass sie sogar den echten Krieg vergessen würden? Es müsste ein so interessantes und so fesselndes Spiel geben, dass sie sich nie mehr langweilen und gar keine Lust und Zeit mehr hätten, in die Schlacht zu ziehen. Und am besten wäre es, wenn in diesem Spiel alle die Personen eine Rolle spielten, die auch im richtigen Leben der Herrscher vorkommen. Doch was für ein Spiel könnte das sein?

Sissas Blick fiel auf einen Trupp von acht Soldaten, der die Wachen am Schlosstor ablöste. Da hatte er eine zündende Idee: Wir stellen ein Kriegsheer auf einem Spielbrett auf! Wir werden es für unsere Zwecke, die Menschen zum Frieden zu erziehen, verändern. Ihr Soldaten werdet nicht mehr verwundet und müsst sterben, sondern man kann, auch wenn ihr in einem Spiel geschlagen werdet, immer wieder mit euch spielen!

Schnell wusste er, was er alles für dieses Spiel brauchte: An erster Stelle den König selbst, im Leben wie im Spiel die wichtigste Figur. Und dazu gehörte auch der Wesir, der Berater (aus ihm wurde später die Königin oder die Dame, wie sie heute heißt), die Elefanten (die Läufer), die Pferde (die Springer), die Kampfwagen (die Türme) und natürlich die einfachen Fußsoldaten (die Bauern). Natürlich musste es auch noch eine gegnerische Partei geben, gegen die man kämpfen konnte. Damit es fair zuging, bekamen die Gegner die gleiche Anzahl von Truppen, nur deren Farbe war anders. Und das Ganze musste sich auf einem Feld abspielen, das dem Schlachtfelde glich.
Wieder schweifte der Blick des weisen Mannes umher und blieb auf den großen schwarz-weißen, quadratischen Marmorfliesen des Schlosshofes hängen. Es waren, als er zählte, genau 64 schwarze und weiße Felder. Natürlich, das war es! So groß sollte das Spielbrett für das neue Spiel werden, acht mal acht Felder. Sissa nannte das neue Spiel »Schtrandsch«. Später wurde es zum »Schach«, denn das hieß auf Persisch »König«, und »Schachmatt« bedeutet: »Der König ist tot.«

Ihr fragt, woher ich das weiß? Ganz einfach, ich war dabei! Ich war einer jener Soldaten, auf den der Blick Sissas fiel. Mein Name ist Hamoun, und aus mir wurde ein Bauer auf dem Schachbrett, denn schon damals in der Schlachtreihe aus Soldaten stand ich mit meinen Kameraden zusammen vor dem König und schützte ihn.
Durch die Zauberkunst des Brahmanen wurde ich unsterblich! Ich wurde in Elfenbein verwandelt und mit kostbaren Edelsteinen verziert. Und wie ich durch die Zeiten und über die Kontinente als Schachbauer von Indien über Persien und Arabien bis nach Europa gewandert bin, das werde ich euch erzählen. Ich war in vielen Gewändern zu sehen: Ich war geformt aus schlichtem Holz, bemalt und unbemalt, aus Ton, Metall und Glas, aus Gold und Silber, aus Walrossbein, aus Speckstein und aus kostbaren Edelsteinen; ich wurde geschnitzt aus Weidenholz und geknetet aus Lehm. In jedem Zeitalter trat ich in anderer Gestalt auf. Die Bauern auf dem Brett wurden in manchen Zeiten als Wächter dargestellt, in anderen als Landsknechte, Schmiede, Musikanten oder als Jongleure und Diebe. Ich wanderte durch die Zeiten, durch Länder und Kontinente und diente vielen Herrschern und zahlreichen Spielern aus dem einfachen Volke.
Ja, vieles habe ich erlebt, oh meine Brüder, und einiges davon werde ich euch berichten, wenn ihr es hören wollt.

Drei Dinge seien es, die in Indien zu jener Zeit, von der Hamoun berichtet, erfunden wurden, schrieb Al-Adli, arabischer Schachmeister und Forscher der Schachgeschichte im Jahre 840 nach Christi Geburt: Es waren dies das »Buch der Fabeln«, die zehn Zahlen, mit denen man bis unendlich zählen kann, und das Schachspiel.
Es gibt, das sei zu Hamouns Erzählung angemerkt, eine Reihe anderer Legenden über die Erfindung des Schachspiels. Bei vielen geht es darum, dass kriegerische Auseinandersetzungen auf ein Spiel, eben aufs Schachbrett, übertragen werden. Sie lehren uns, dass die Menschen ihren Streit friedlich austragen und sich nicht auf einem realen Schlachtfeld bekämpfen sollen: Die Probleme der Menschen sollen ohne Blutvergießen gelöst werden, das ist die Botschaft des Spiels bis heute.

Hamoun erzählt euch von Sissas Erfindung. Es gab in Indien schon viele Hundert Jahre zuvor ein ähnliches Spiel mit Namen »Tschaturanga«. Es wurde zu viert mit einem Würfel auf einem Spielbrett gespielt. Die Figuren und Spielzüge ähnelten nur ganz entfernt dem späteren Spiel, das der Brahmane Sissa der Legende nach erfand oder besser gesagt weiterentwickelte und das im Laufe der Jahrhunderte nach vielen Veränderungen zu »unserem« Schach wurde. Im Fernen Osten gibt es noch mehrere, sehr beliebte Spielvarianten. Beispiel dafür ist das chinesische Schach »Xiangqi« und das japanische Schach »Shogi«. Die Regeln unterscheiden sich aber von dem Schach, das wir kennen.

12. Schritt:

Der Wert der Figuren

Wir zeichnen eine kleine Tabelle auf. Statt Wert könnte auch »Gegenwert« dastehen.

Figur	**Wert**
König	unendlich
Dame	9 Punkte (neun Bauern)
Turm	5 Punkte (fünf Bauern)
Läufer	3 Punkte (drei Bauern)
Springer	3 Punkte (drei Bauern)
Bauer	1 Punkt (ein Bauer)

»Wieso ist der König unendlich?«, will Jan wissen.
Na ja, um den geht es schließlich beim Schach. Wenn er geschlagen werden kann, ist das Spiel zu Ende. Ohne jede andere Figur können wir weiterspielen, aber nicht ohne den König, das geht nicht. Warum die Dame mit 9 Punkten die stärkste Figur ist, dürfte ja klar sein.
»Weil sie am meisten kann!«
Genau, und warum ist der Turm mit 5 Punkten als stärker anzusehen als zum Beispiel der Läufer?
»Er kann auf mehr Felder«, meint Tim.
Ja, und vor allem kann er auf die Felder **jeder** Farbe, während der Läufer sein

Leben lang, wie wir gesehen haben, immer auf einer Farbe bleiben muss.

»Und warum ist der Bauer nur so wenig wert?«, fragt Jan.

Normalerweise ist er ja auch die schwächste Figur, denn er kann weniger als die anderen. Sein Kampfwert wurde auf 1 festgesetzt und mit seiner Hilfe wird der Wert der anderen Figuren geschätzt. Nur wenn er sich in eine Dame umwandelt, kann er plötzlich 9 Punkte wert sein. Übrigens:

Die Tabelle oben ist nur ein grober Anhaltspunkt für die Wertigkeit der Figuren. Es kommt immer auf die Stellung an, und es wird oft vorkommen, dass zum Beispiel Läufer oder Springer viel stärker sind als der Turm.

Dafür werdet ihr noch Beispiele sehen.

13. Schritt: »Kloppen«

Wir reden übers Schlagen, denn jeder Schachlehrer weiß: Nichts tun die Schüler am Anfang lieber, als dem Gegner Figuren wegzuschlagen, egal ob es ein Bauer ist oder die Dame. (Seine eigenen darf man nicht schlagen, das ist ja wohl logisch!)

Die geschlagenen Figuren werden am Rande des Spiels aufgebaut und immer wieder wird nachgeguckt und nachgezählt, ob noch alles da ist und ob ich inzwischen mehr Beute gemacht habe als der andere.

Wenn es nur immer so einfach wäre, denn eine Schachpartie wird nicht nur dadurch gewonnen, dass man dem anderen möglichst viele Figuren »weg-kloppt«.

Das eigentliche Ziel dieses Spieles ist es, den Gegner matt zu setzen. Und was das ist, matt setzen, dazu kommen wir in Kürze. Erst mal sind wir beim »Kloppen« und beim Wert der einzelnen Figuren.

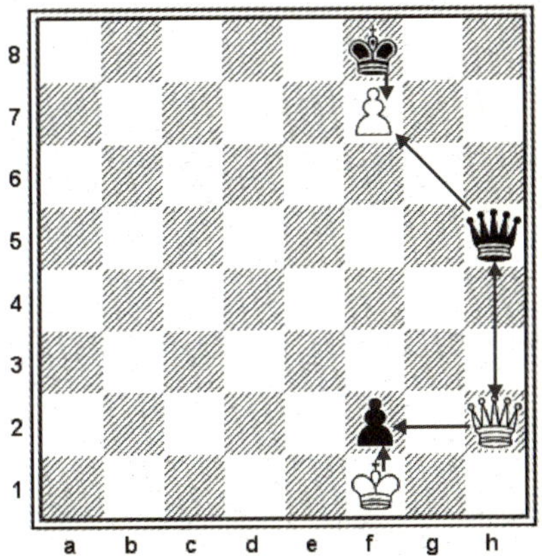

Die Frage lautet: Wer kann hier wen »kloppen«?

Jan meldet sich: »Wenn Weiß am Zug wäre, könnte er mit seiner Dame die schwarze Dame auf dem Feld **h5** schnappen.«

Was noch?

»Den Bauern auf **f2**.«

Womit?

»Mit Dame oder König.«

Stimmt. Mit dem König wäre es allerdings nicht so gut, warum?

»Dann würde Schwarz die Dame schlagen.«

Und was könnte Schwarz, wenn er am Zug wäre, noch machen?

»Den Bauern auf **f7** nehmen. Entweder mit Dame oder König.«

Richtig, mit dem König wäre es allerdings nicht so gut, weil dann seine Dame im nächsten Zug weg wäre.

Bei allen Beispielen, die wir hier sehen, müssen wir natürlich zwischen den guten und den schlechten Zügen unterscheiden.

Es gilt auf jeden Fall: Wenn eine Figur auf ein von einer gegnerischen Figur besetztes Feld gezogen wird, dann wird diese geschlagen. Sie muss sofort vom Brett entfernt werden, denn sie spielt von jetzt ab nicht mehr mit!

Aufgabe 10:

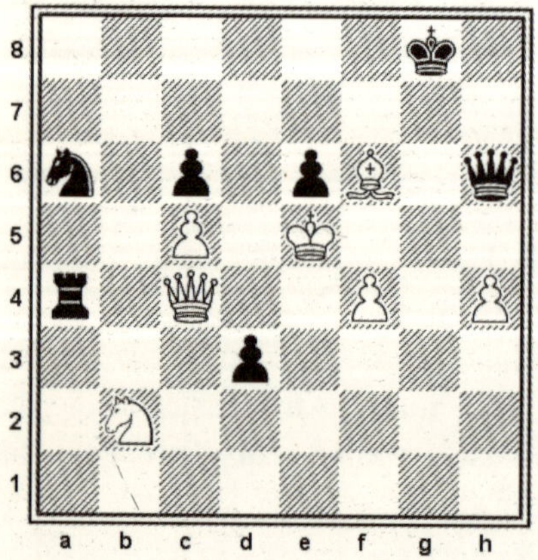

Überlegt mal, wer hier wen schlagen kann, und zwar erst mit Weiß am Zug, dann mit Schwarz. Und wenn ihr euch die Wertetabelle noch einmal anseht: Welche Züge wären danach gut, welche weniger und welche wären ganz schlecht? Wie kann man durch das Schlagen ein gutes Geschäft machen?

Ganz wichtig zum Merken: Könige dürfen sich nicht schlagen!

14. Schritt:

Guter Tausch, schlechter Tausch?

Was wir immer wieder sehen, ist, dass der Wert der Figuren, über den wir eben gesprochen haben (siehe Tabelle!), beim Spielen nicht berücksichtigt wird. Seht euch folgende Stellung an:

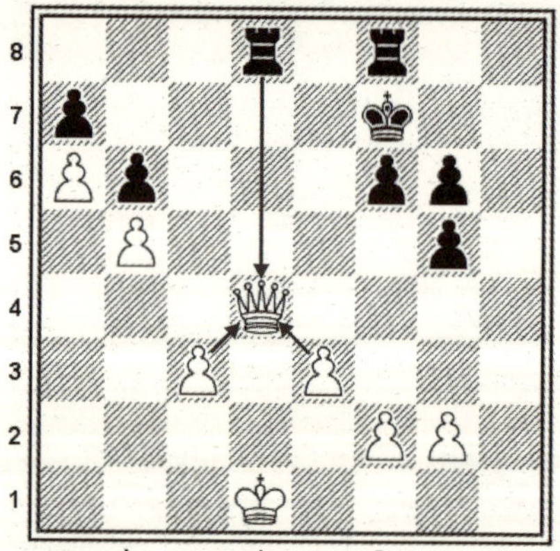

Schwarz ist am Zug und schlägt mit seinem Turm die Dame (**Td8xd4**). Weiß denkt, kein Problem, den kann ich ja wieder schlagen, denn die Dame ist ja zweimal gedeckt von meinen Bauern auf **e3** und **c3**. Einer von denen schlägt dann den schwarzen Turm. Das sah dann so aus, nachdem diese Schlagaktion durchgeführt war:

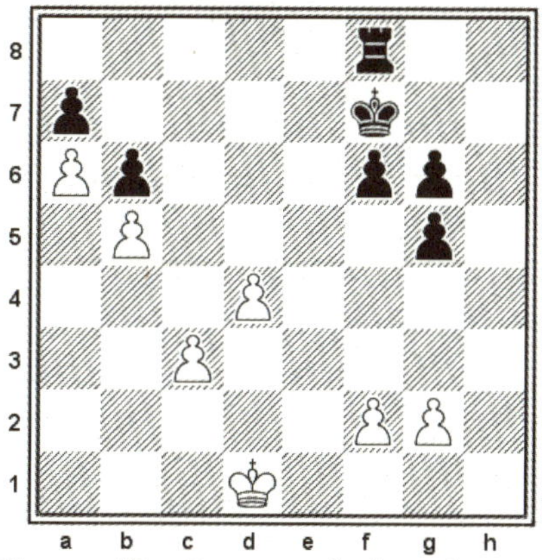

Eine weiße Dame und ein schwarzer Turm standen anschließend am Rand. Man sieht jetzt, welch schlechtes Geschäft Weiß bei dieser Aktion, man sagt auch bei diesem **Abtausch** von Figuren, gemacht hat:

Die Dame ist 9 Punkte wert, der Turm 5 Punkte. Also hat der Weiße ohne Not freiwillig vier Punkte abgegeben.

Was hier passiert ist, erlebt jeder Schüler am Anfang. Er denkt einfach zu wenig an den Wert seiner Figuren und geht sehr großzügig damit um. Deswegen gilt:

Immer daran denken, was die Figuren wert sind und ob es sich lohnt, eine oder mehrere abzutauschen! Immer fragen wie ein guter Kaufmann: Was bringt mir das, wenn ich jetzt zum Beispiel den Turm gegen den Läufer abtausche? Habe ich dann zwei Punkte gewonnen oder ist nach dem Tausch meine Stellung so schlecht geworden, dass ich eher was verloren habe?

Und noch etwas zum Merken:

Es gibt eine Zugpflicht für jede Partei, aber keine Schlagpflicht! Das bedeutet, ich muss zwar ziehen, wenn ich dran bin, aber nicht schlagen, wenn ich es könnte.

Aufgabe 11:

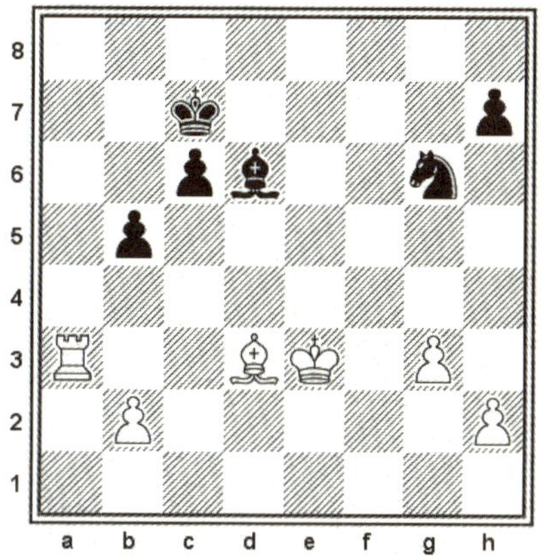

Wenn Weiß am Zug wäre – wo könnte er tauschen?

Und Schwarz?

Was wäre ein guter Tausch, was ein schlechter?

Das neue Spiel ließ den Krieg vergessen!

Das Schachspiel war erfunden. Sissa machte es, nachdem er Spielbrett und Figuren von einem Bildhauer hatte anfertigen und bemalen lassen, dem König zum Geschenk. Ich, Hamoun, nun verwandelt vom einfachen Soldaten des Königs in eine Schachfigur aus dem Holz des Jakaranda-Baumes, habe beobachtet, wie unser Herrscher zuerst unwillig die Stirn runzelte beim Anblick der Figuren und des bretts mit den 64 hellen und dunklen Feldern. Er war viel kostbarere Geschenke aus Gold und Edelsteinen gewöhnt. Als ihm der Brahmane die Regeln kurz erklärte, wurde er jedoch neugierig, denn er liebte Spiel und Zerstreuung viel zu sehr, als dass er dieses seltsame Spiel nicht sogleich hätte ausprobieren wollen!

Sissa war ein gefragter Mann, dessen Rat man schätzte. Er versicherte ihm, von nun an seien die Kriege überflüssig, sein Volk müsse nicht mehr unter ihnen leiden und der König – die Götter mögen ihm ein langes Leben schenken! – werde als der Friedensfürst in die Geschichte des Indischen Reiches eingehen. Außerdem sei bei diesem Spiel der König die wichtigste Figur, um die sich alles drehe.
Der Herrscher fühlte sich geschmeichelt und sprach zu seinem Ratgeber:
»Nun denn, wir wollen dieses Spiel erlernen. Brahmane, unterweise uns nun ausführlicher in der Gangart dieser Figuren.«
Nachdem sie die Regeln verstanden hatten und erkannten, worin das Ziel dieses neuen Spiels bestand, begannen sie zu spielen. Rasch waren sie gefangen von diesem Zeitvertreib und erkannten, da sie ja nicht dumm waren, den Wert des »Schtrandsch« als vorbereitende Übung für die strategischen Winkelzüge auf den echten Schlachtfeldern. Auch die Generäle des Reiches mussten das Spiel erlernen, damit sie ihre feldherrlichen Fähigkeiten verbessern konnten. Und kurz darauf begann wahrscheinlich das erste Schachturnier in der Geschichte des Schachspiels. Der König, sein Wesir, sämtliche Minister und Feldherrn waren an Schachbrettern in der großen Halle des Palastes versammelt. Bald vergaßen sie, dass sie eigentlich einen Krieg führen wollten, so tief versunken waren sie in die Geheimnisse des Spiels und in seine vielfältigen Möglichkeiten.

15. Schritt:

Schachmatt mit Dame: Ach du Schreck, der König kann nicht mehr weg!

Wir wissen jetzt, wie die Figuren ziehen und was sie wert sind.
Aber wozu das Ganze? Was beabsichtigen Dame, Turm, Läufer, Springer und die Bauern?

Was ist das Ziel des Schachspiels?
»Wieso, ist doch klar, die wollen dem an den Kragen!«, sagt Jan.
»Wem?«
»Mein Vater hat jedenfalls zu seinem Freund gesagt: ›Jetzt geht's dem an den Kragen!‹«
»Es geht um den König. Sie wollen den König matt setzen!«, weiß Tim.
»Richtig, aber was ist ›Schachmatt‹?«
»Den King fertig machen! Erledigen«, mischt sich Laura ein.
»Welchen King?«
»Die Weißen wollen den schwarzen König fertigmachen und die Schwarzen den weißen.«
»Sie wollen ihn gefangen nehmen«, ruft ein Schüler. »Ihm den Weg abschneiden und in die Ecke treiben, damit er nicht mehr ziehen kann.«
»Schach geben, heißt das, und dann matt, hab ich gehört«, ergänzt Tim.
Alle nicken, das wissen sie auch schon.
»Und was ist das genau? Ist ›Schach geben‹ schon ›schachmatt‹?«

Oben seht ihr die schwarze Majestät voll eingeklemmt in der Ecke. Die weiße Dame hat sich vor ihr aufgebaut und ruft triumphierend: **»Schach und matt!«** Das heißt, sie bedroht den König und will ihn im nächsten Zug schlagen. Der schwarze Herrscher kann nicht mehr fliehen, denn er steht ja schon am Rand. Er kann auch die Figur, die ihm Schach bietet, nicht zuerst schlagen, denn die weiße Dame wird vom eigenen König gedeckt. Die Partie ist aus, denn:
Matt gewinnt immer!

»Shah mat« kommt aus dem Altpersischen, man kann es übersetzen mit »Der König ist besiegt!« oder »Der König ist tot!«. Vor dem **»Schachmatt«** kommt das **Schachbieten**, und das heißt: Eine meiner Figuren droht deinem König an, ihn im nächsten Zug zu schlagen. Mach was dagegen!
Früher sprach man das Wort »Schach« oder »Schach dem König« auch aus. Das ist heute nicht mehr nötig.

Hier sagt der schwarze Turm »Schach«:

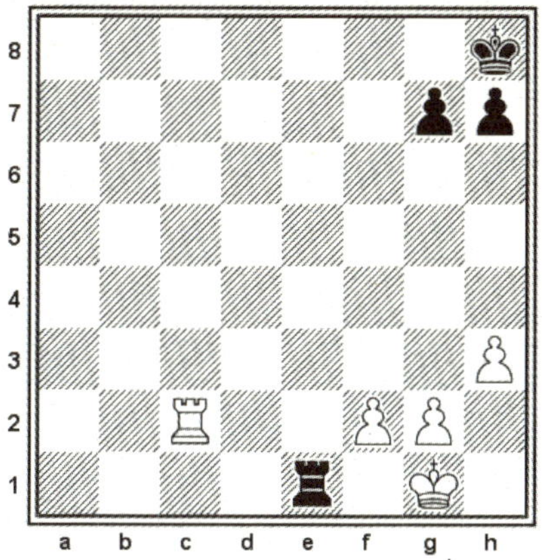

Schach auf e1! (Das heißt: Pass auf, im nächsten Zug will ich dich, weißer König, schlagen.) Zum Glück gibt es für den König ein Fluchtfeld auf **h2**. Also ist der nächste weiße Zug **Kg1-h2** und der Schwarze hat sich zu früh gefreut.

Aufgabe 12:
Was wäre, wenn bei der Stellung oben Weiß am Zug ist? Wie könnte er matt setzen? Auf welchem Feld könnte er den schwarzen König so bedrohen, dass der nicht mehr wegkönnte?

Die nächste Stellung:

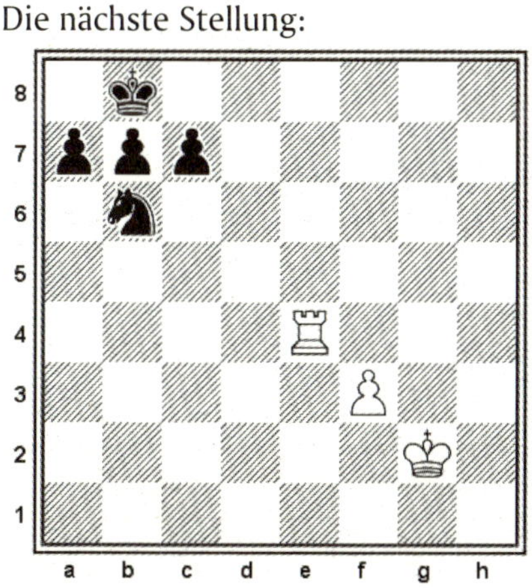

»Matt« ruft der Weiße und zieht mit dem Turm von **e4** nach **e8**. Er denkt, dass Schwarz kein Fluchtfeld mehr hat. Doch der nimmt cool seinen Springer und setzt ihn (**Sb6-c8**) zum Schutz neben seinen König, so nämlich:

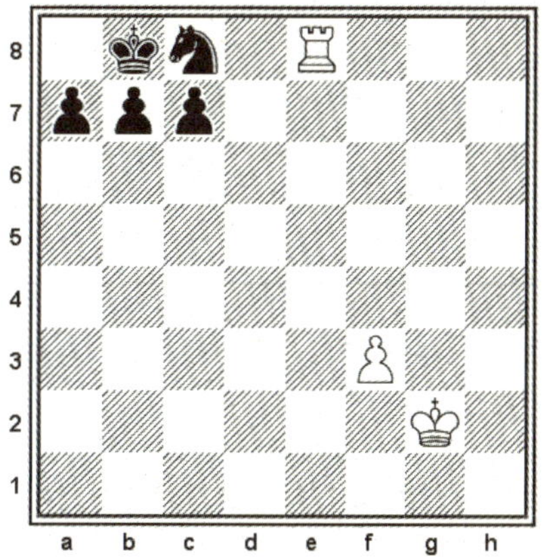

Ein braves Pferd schützt seinen Herrscher vor dem Aus! Und wir können uns Folgendes merken:

Wenn der König ein Schach kriegt, muss er sofort reagieren. Entweder durch Wegziehen, durch Schlagen der Figur, die ihn bedroht, oder er muss eine eigene Figur dazwischensetzen, um seinen König vor dem Schach abzublocken. Ein Schachgebot alleine ist also noch lange nicht das Ende einer Partie!
Wenn allerdings keine der drei Möglichkeiten drin ist (Schlagen, König wegsetzen oder etwas dazwischensetzen), dann ist der König matt!

Weil das Matt das Ziel jeder Schachpartie ist, bleiben wir noch bei dem Thema und sehen uns an, wie Dame und König

den einsamen anderen König am besten in die Enge treiben und matt setzen.
Warum eigentlich in die Enge treiben beziehungsweise in die Ecke oder an den Rand? Die Begründung lautet:

Um einen König in der Mitte des bretts matt zu setzen, muss man neun Felder mit seinen Figuren bedrohen, und zwar das Feld, auf dem der König steht, und die benachbarten acht Felder, wo er hinziehen könnte. (Bitte noch einmal auf dem Brett nachstellen!)
Am Rand sind es nur sechs Felder und in der Ecke nur vier. Darum ist es viel einfacher, den König am Rand oder in der Ecke matt zu setzen. Bei nur noch wenigen Figuren geht es sogar gar nicht anders.

Hier zeigen wir eine Stellung, die Jan und Tim bei ihrer Partie hatten, nachdem fast alle Figuren vom Brett verschwunden waren.

Jan als Weißer hatte eine Dame mehr und fuhr mit der, weil er es noch nicht besser wusste, andauernd übers ganze Brett. Er gab ein Schach nach dem anderen und hatte keine Ahnung davon, dass man zum matt setzen auch den König braucht:

Dame und König müssen zusammenarbeiten und den schwarzen König muss man zum matt setzen an den Rand treiben.

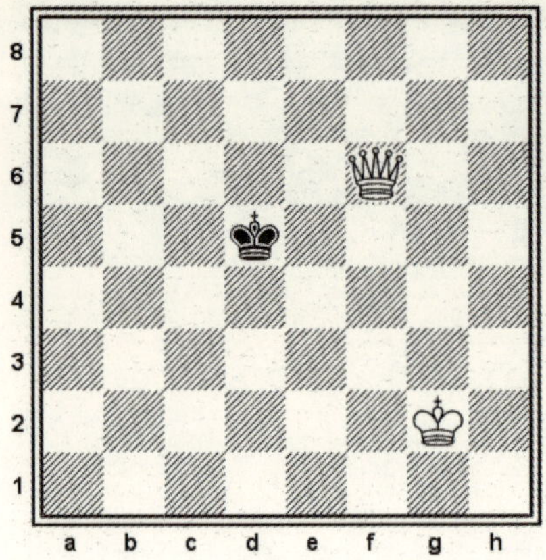

Das üben wir jetzt mal und auch du zu Hause spielst es am besten jetzt einmal auf deinem Brett nach.
»Okay, ich ziehe meinen König ran«, sagt Jan.
1. Kg2-f3
Wenn ich am Rand matt werde, bleibe ich am besten in der Mitte!, denkt Tim und zieht (nach **d4** geht's nicht, wegen Schach durch die Dame).

1. … Kd5-c5
2. Df6-e6 Kc5-d4
3. De6-d6+ Kd4-c4
4. Kf3-e3
(Prima, der König muss hinterher und seinen Gegner an den Rand bringen.)
4. … Kc4-c3
5. Dd6-d4+
(Sehr guter Zug, der Spielraum des schwarzen Königs wird immer enger!)
5. … Kc3-b3
6. Ke3-d2, Kb3-a2
7. Kd2-c3

Hurra, jetzt haben wir den König am Rand festgenagelt, und das Matt kann nur noch wenige Züge dauern.

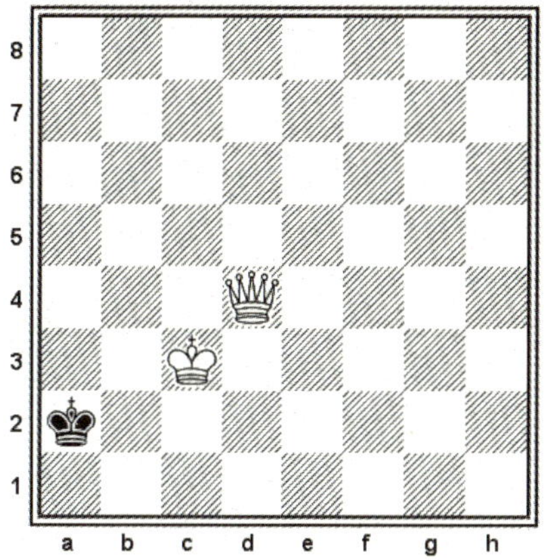

7. … Ka2-a3

Der König will nicht in die Ecke! Nützt aber nichts!

8. Dd4-a7#

Schach und matt!

Also noch mal: Erst nähert sich der weiße König dem schwarzen Kollegen, und dann drängt er ihn gemeinsam mit seiner Dame an den Rand oder in die Ecke. Anders ist das Matt nicht zu erreichen!

16. Schritt:

Matt mit zwei Türmen (»Treppenmatt«)

Auch mit nur zwei Türmen funktioniert das Ganze. Es dauert nur ein bisschen länger, weil der Turm natürlich weniger Felder kontrolliert als die Dame, zum Beispiel kann er ja nicht schräg gehen.

Das Ziel ist das Matt auf einer der beiden Randreihen (1. oder 8. Reihe) oder auf einer Randlinie (a- oder h-Linie). Anders geht es mit dem Turm nicht.

Um diese Mattführung anschaulicher zu zeigen, beginnen wir mit zwei Türmen. Hier ist die Stellung:

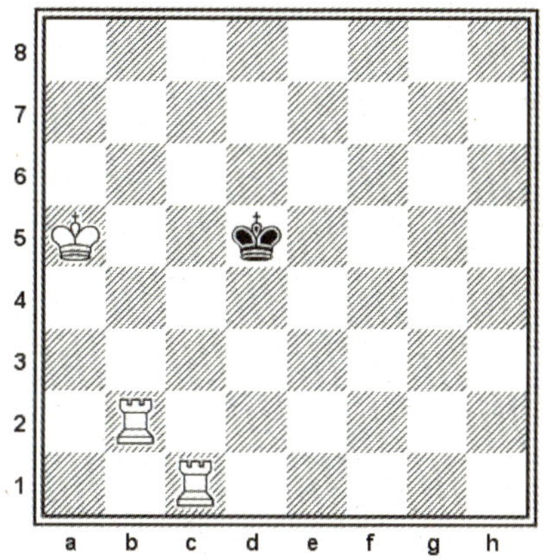

Wir treiben den einsamen schwarzen König an den rechten Rand und setzen ihn matt. Das ist das Ziel. Dabei klettern die Türme voran wie auf einer Treppe und deswegen nennt man das auch das **Treppenmatt**. Also los:

1. Tb2-d2+ Kd5-e4

2. Tc1-e1+ Ke4-f3

Schwarz will ja verhindern, dass er auf dem Feld **f2** wieder ein Schach kriegt und weiter an den Rand, also an die h-Linie muss.

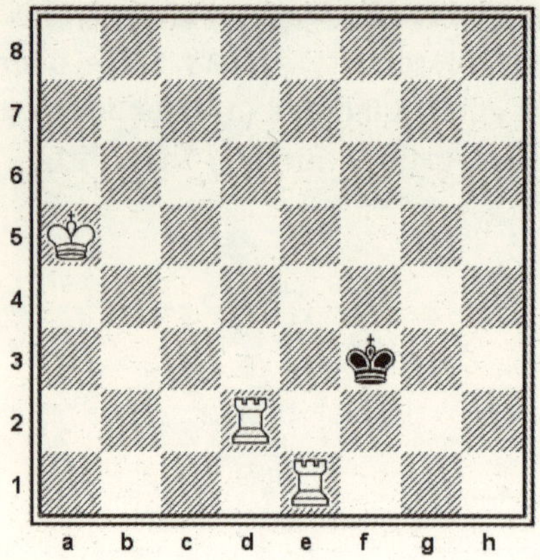

Man bringt die Türme weit in Sicherheit, aber die Linien bleiben abgeschnitten. Er muss zum Rand, ob er will oder nicht!

3. Te1-e8 Kf3-f4

4. Td2-f2+ Kf4-g3

5. Tf2-f7

(Auch dieser Turm muss weit weg, damit der König nicht rankann!)

5. . . . Kg3-g4

6. Te8-g8+ Kg4-h5 (oder h4 oder h3)

7. Tf7-h7# (matt!)

17. Schritt:

Matt mit einem Turm

An den Rand drängen (oder in die Ecke) ist die Devise, auch bei einem König und einem Turm gegen einen König.

Ohne König geht es mit dem matt setzen nicht, wenn sonst nur noch Dame oder Turm auf dem Brett ist. Man muss das immer wieder sagen, weil die Schüler meistens nur Schach geben und ganz vergessen, dass ihnen der eigene König helfen muss.

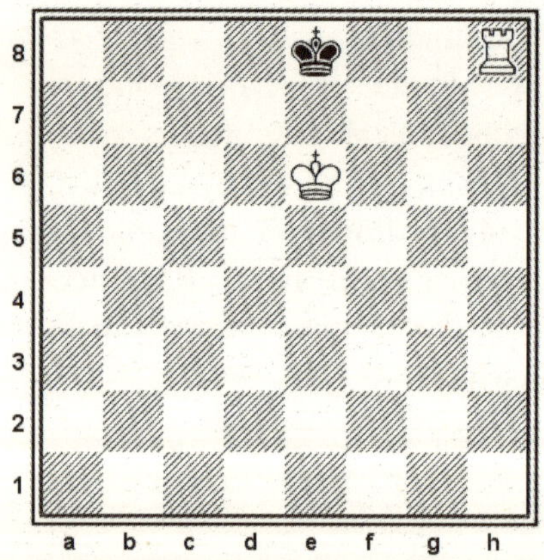

Der einsame schwarze König auf dem Feld **e8** ist arm dran! Der weiße Turm bedroht ihn von **h8** aus. Er gibt Schach und will ihn im nächsten Zug schlagen. Wohin kann der schwarze Monarch noch ausweichen? Er kann ja immer nur einen Schritt gehen. Nach **d8** oder **f8** geht nicht, da kann er auch geschlagen werden. Die Felder **d7**, **e7** und **f7** beherrscht sein weißer Kollege, der ihm gegenüber in »**Opposition**« steht. Schachmatt und Ende der Partie!

Aber wie schaffen wir es, den König an den Rand zu drängen?
Hier unsere Musterstellung:

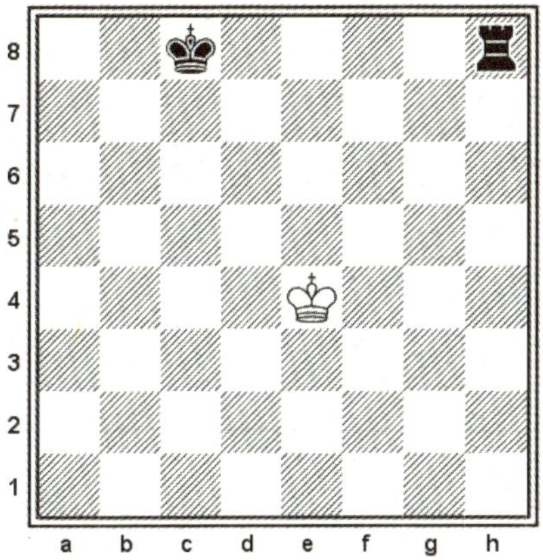

Schwarz ist am Zug. Er schneidet dem weißen König – der will auf keinen Fall an den Rand! – schon mal eine Hälfte des bretts ab mit

1. … **Th8-h5**
2. Ke4-d4 **Kc8-d7.**

Jetzt gilt es, den König zu Hilfe zu holen, auch das wissen wir schon! Denn ohne Majestät geht es nicht.

3. Kd4-e4 **Kd7-e6**
4. Ke4-d4 **Th5-e5**

Weil er natürlich nicht freiwillig zur 1. Reihe runtergeht, nehmen wir ihm mit dem Turm noch mehr Raum und drängen ihn eben zur a-Linie hin. Man muss halt Geduld haben.

5. Kd4-c4 **Te5-d5**
6. Kc4-b4 **Ke6-d6**

Der König wird wieder gebraucht!

= 7. Kb4-c4 **Kd6-c6**
8. Kc4-b4 **Td5-c5**

Wie sieht es jetzt aus?

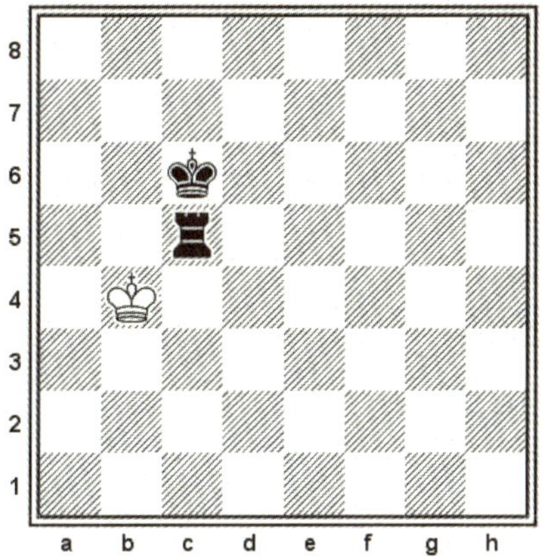

9. Kb4-b3

Er will immer noch nicht an den Rand? Dann nichts wie hinterher!

9. … **Kc6-b5**
10. Kb3-b2 **Kb5-b4**

Jetzt muss er an den Rand, so oder so!

11. Kb2-a2 **Tc5-c2+**
12. Ka2-b1 **Kb4-b3**
13. Kb1-a1 **Tc2-c1#**

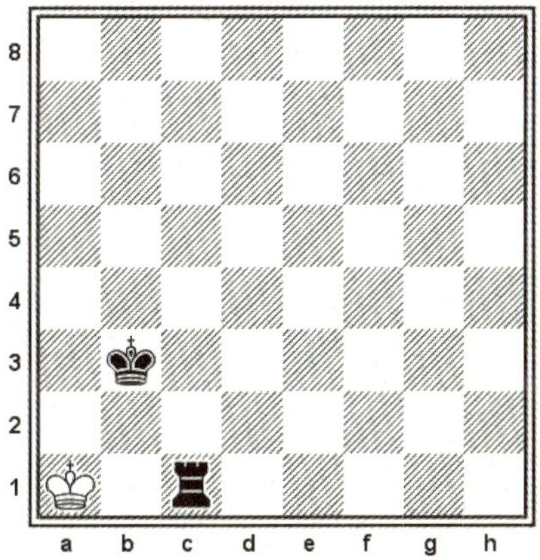

Schachmatt in der Ecke! Die Züge hätten auch ein bisschen anders gehen können. Aber so, wie es hier gezeigt wurde, funktioniert es im Prinzip auf jeden Fall.

Die Legende von den Weizenkörnern

Ich, Hamoun, spreche wieder zu euch, ihr Schüler und zukünftigen Meister, die ihr bereits einiges über unser wunderbares Spiel gelernt habt. Ich berichte euch, wie der König den Brahmanen zu sich rufen ließ, denn er war so angetan von dem neuen Zeitvertreib, dass er kaum noch von ihm lassen konnte.

»Weiser Mann«, sprach er zu ihm, als Sissa in den Palast geführt wurde. »Dafür, dass du dieses uns alle so erfreuende Spiel erfunden und uns geschenkt hast, hast du einen Wunsch frei. Gleich, was es sei, er wird dir erfüllt.« Der Brahmane bedankte sich, neigte den Kopf und schien in tiefes Nachdenken versunken.

»Nun, was ist?«, fragte der König. »Willst du Gold, Edelsteine?«

Sissa schüttelte lächelnd den Kopf.

»Land, ein Schloss, Sklaven? Was begehrst du?«

Der Weise sprach: »Wenn ich eine Bitte äußern dürfte, gnädigster König, so legt mir auf das erste Feld dieses Schachbretts ein Weizenkorn, auf das zweite zwei Körner, auf das dritte vier, auf das vierte acht und weiter jeweils doppelt so viele Körner wie auf dem vorherigen Feld, bis zum 64. Feld.«

»Ist das alles?«, fragte der König unwillig. Denn er war, wie wir wissen, ein sehr mächtiger König. Diese vermeintlich kleine Bitte kam in seinen königlichen Augen einer Beleidigung gleich.

»Brahmane«, sprach er drohend. »Ich werde dich mit all deiner Weisheit in den Kerker werfen lassen, wenn du dir nicht einen besseren Wunsch einfallen lässt. Wir haben die Macht, jeden zu erfüllen.«

Sissa jedoch beharrte weiterhin lächelnd auf der Weizenkorn-Gabe.

Der König, der eine Partie mit seinem Ratgeber weiterspielen wollte, gab nach und wies den Verwalter der königlichen Kornspeicher an, das Korn für den Brahmanen zu holen.

Nach Stunden kehrte der Verwalter zurück, in seinem Gefolge der königliche Mathematiker und dessen beide Schüler, die große Schreibtafeln bei sich trugen, vollgeschrieben mit langen Zahlenkolonnen.

»Oh, mein König«, rief der Verwalter erschüttert aus. »Wir können diesen Wunsch nicht erfüllen!«

»Was sagst du da?« Der König sah unwillig von seinem Schachbrett auf, denn er war gerade im Begriff, seinen Gegner in zwei Zügen matt zu setzen.

»In unserem Reich gibt es nicht genügend Weizenkörner, um den Wunsch des Brahmanen zu erfüllen.«
»Du bist entlassen, unfähiger Dummkopf!«, rief der König erbost aus.
»Eure Majestät gestatten untertänigst . . .«, mischte sich der vom König sehr geschätzte Hofmathematiker ein.
» . . . nicht nur in Eurem Reich, in der ganzen Welt gibt es nicht so viel Korn, um das Schachbrett auf diese Weise zu bedecken. Wir haben es errechnet, mein König.«
Er wies auf seine Gehilfen, welche ihre Tafeln mit den Zahlen hochhielten. Der König und sein Wesir blickten fassungslos.
»Es ist eine so unvorstellbar große Zahl«, fuhr der Mathematiker fort, »dass Ihr Euer ganzes Reich mit einer zehn Meter hohen Schicht Weizenkörner bedecken könntet.«

Ihr könnt es glauben, liebe Schüler. Denn diese Zahl wurde seit jener Zeit oft überprüft und von Computern nachgerechnet. Sie lautet: 18.446.744.073.709.551.615, das sind 2 hoch 64 minus 1. In Worten ausgedrückt: 18 Trillionen 446 Billiarden 744 Billionen 73 Milliarden 709 Millionen 551 Tausend und 615. Man stelle sich heute einen Güterzug vor, bei dem jeder Waggon mit 20 Tonnen Körnern beladen wäre. Dieser Zug bräuchte, wenn er mit 80 Stundenkilometern an uns vorbeiführe, ganze 570 Jahre; dann erst wäre der letzte Waggon verschwunden . . .

»Wir können deinen Wunsch nicht erfüllen«, sprach der König zu dem Brahmanen.
»Ich weiß«, sagte dieser lächelnd.
»So nenne uns eine andere Bitte, die wir erfüllen können.«
»Das ist nicht notwendig«, erwiderte der Weise. »Es ist mir Freude und Anerkennung genug, wenn Ihr, mein König, und alle Eure Würdenträger und Generäle und bald auch die einfachen Leute, die dieses Spiel spielen und lieben werden, auf diese Weise die unendliche Vielfalt und Tiefe des Schachs erkannt habt.«

18. Schritt:

Matt mit dem Springer (»Ersticktes Matt«)

Ein paar Mattstellungen haben wir weiter vorne schon gesehen. Die gingen mit der Dame und mit dem Turm. Wir müssen noch sagen, dass mit König und Läufer oder mit König und Springer alleine gegen den König kein Matt zu erzielen ist. Aber natürlich können diese **Leichtfiguren** – so werden sie zur Unterscheidung von Turm und Dame, den **Schwerfiguren**, genannt – auch ein Matt geben. Es müssen nur mehr Figuren auf dem Brett sein. Hier zum Beispiel:

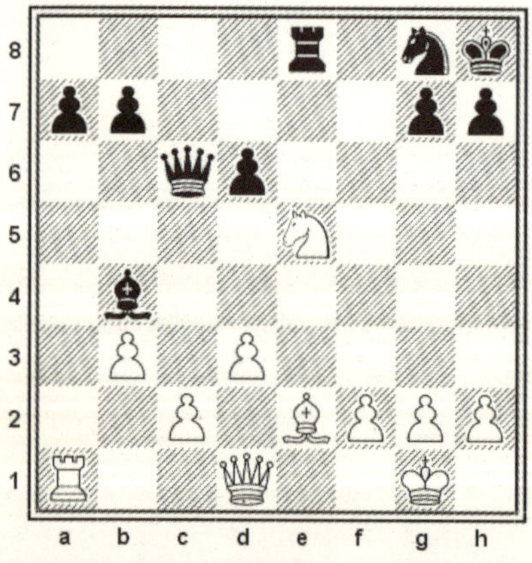

»Matt!«, wiehert das Pferd triumphierend dem in der Ecke eingeklemmten schwarzen König zu, bäumt sich auf und springt von seinem Feld **e5** nach **f7**. (**Se5-f7#**! wird es geschrieben.)

Und weil wir gerade vom Einklemmen reden: Denkt euch den Springer auf **g8** weg, noch einen zweiten Turm auf **a8** und setzt die weiße Dame von **d1** nach **c4**. Das sieht dann so aus:

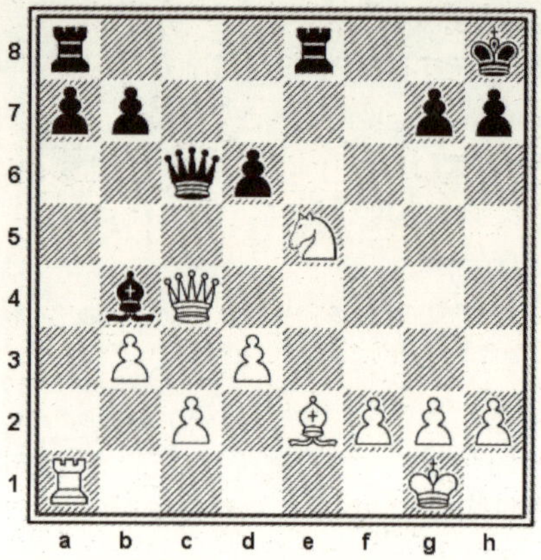

Klar, dass der übermütige Springer jetzt auch auf dem Feld **f7** ein Schach geben kann.

1. Se5-f7+

Im Unterschied zu eben kann der König ziehen und ist nicht matt.

1. … **Kh8-g8**

2. Sf7-h6++

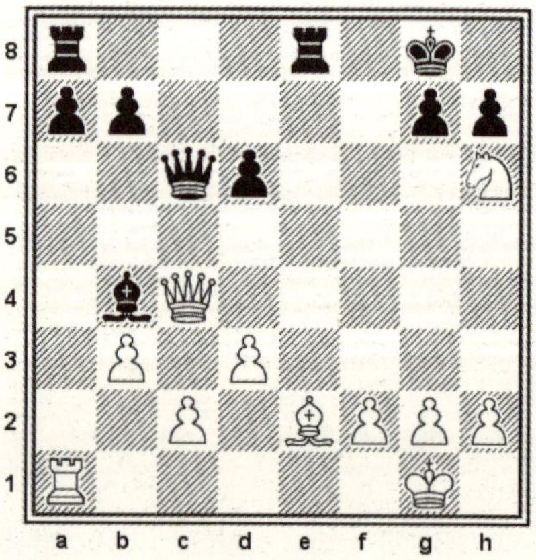

Der Springer gibt wieder Schach, und gleichzeitig bedroht die Dame von **c4** aus mit einem Schach den König. Das nennt man ein Doppelschach!

2. … **Kg8-h8**

Wenn er nach **f8** ausweicht, ist er mit **Dc4-f7** sofort matt.

3. Dc4-g8+

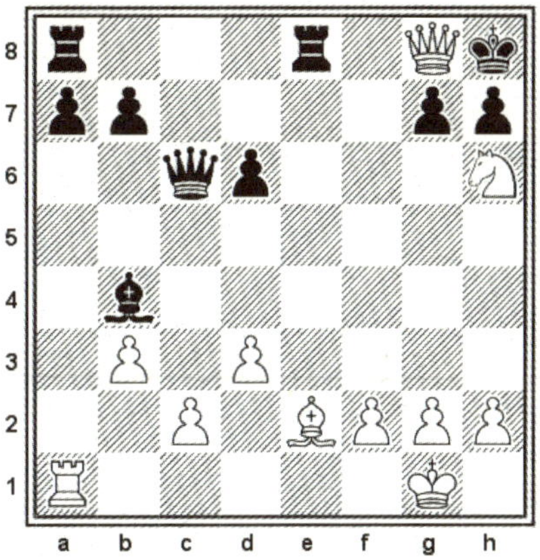

Die Dame opfert sich, um den König zu »ersticken«! Der Turm muss schlagen.

3. … Te8xg8

Jetzt haben wir wieder den in der Ecke eingeklemmten König, und der Springer freut sich und zieht

4. Sh6-f7# matt!

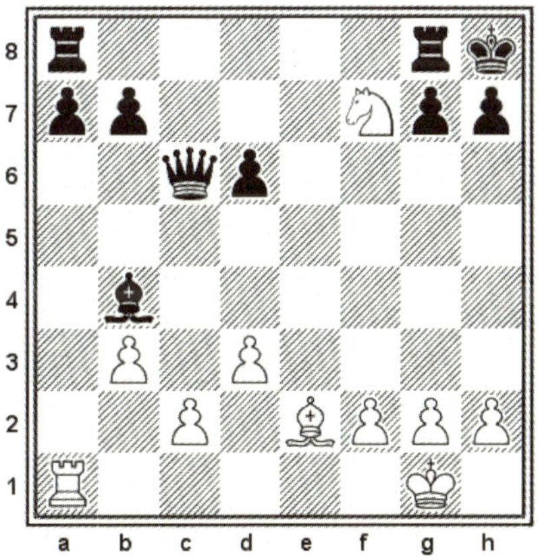

Was ihr gesehen habt, war eine sehr berühmte Kombination. Man spricht auch von einem **Schachmotiv**. Das ist eine öfters vorkommende Zugfolge oder Drohung, die einen Vorteil (hier den Gewinn der Partie) zur Folge hat. Wichtige Schachmotive kommen in den nächsten Schritten vor. Was ihr eben gesehen habt, nennt man **»Ersticktes Matt«**. Es hat mit dem Springer zu tun und wird fast immer mit einem Opfer der Dame eingeleitet.

Und jetzt noch mehr zum Thema **Springer in Aktion:**

Aufgabe 13:

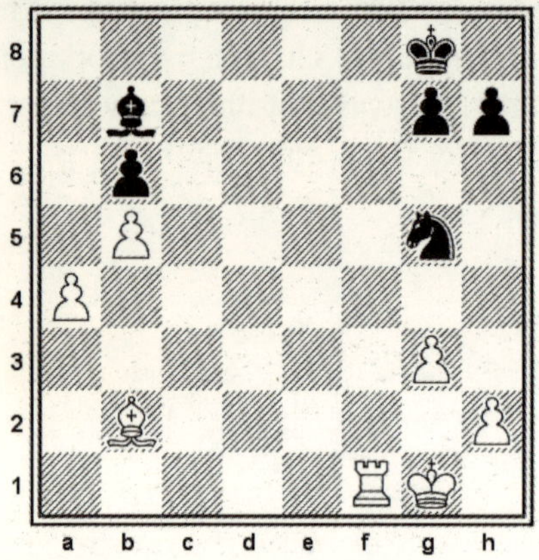

Wie setzt der schwarze Springer oben in einem Zug matt?

Aufgabe 14:

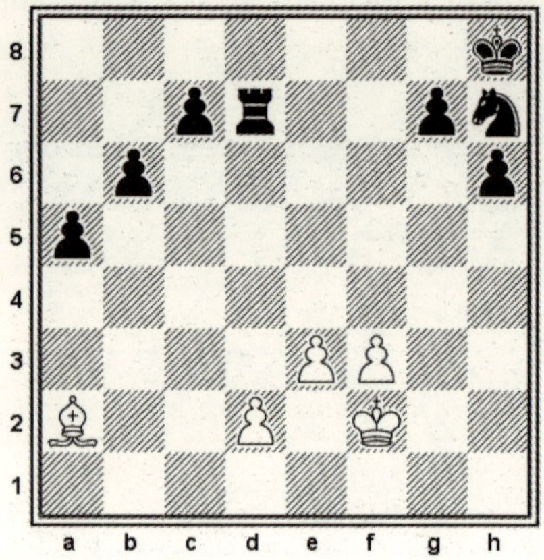

Einen weißen Springer seht ihr unter dem Brett im Kasten. Nehmt ihn heraus, setzt ihn auf ein Feld und peng! Der Schwarze ist matt!

19. Schritt:

Matt mit den Läufern

Die Läufer können weit aus der Ferne ein Schach geben, wie hier in der nächsten Aufgabe.

Aufgabe 15:
Schwarz zieht und setzt matt!

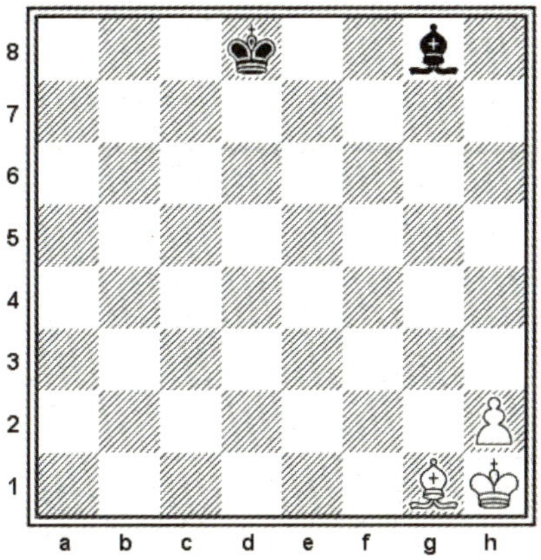

Aufgabe 16:

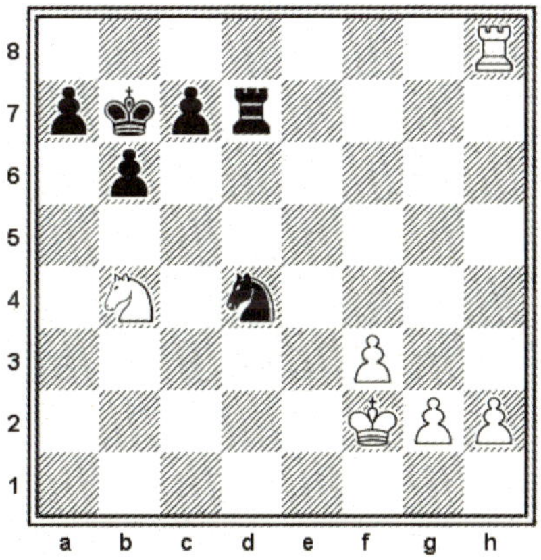

Und wo muss dieser weiße Flitzer stehen, damit der schwarze König das Handtuch wirft?

Aufgabe 17:
Und zum Schluss: Wie setzt der Weiße matt?

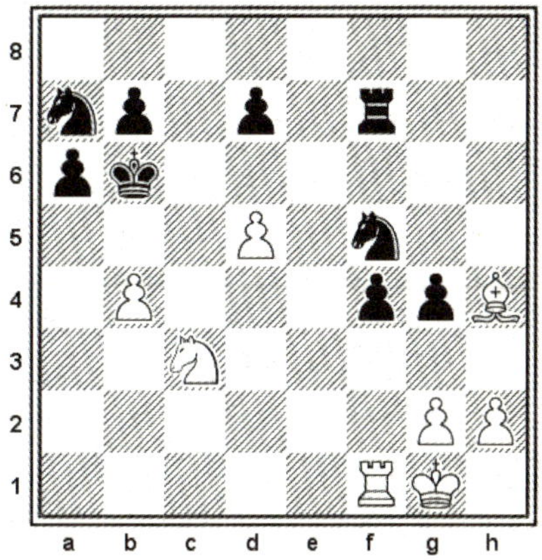

Das Spiel ist wie ein See, in dem eine Mücke baden und ein Elefant ertrinken kann

So höret, was Hamoun, der Schachbauer und frühere Soldat des Königs, euch berichtet darüber, wie sich das unsterbliche Spiel weiter verbreitete über die Länder des Ostens.

Einst besuchte eine Delegation aus meinem Heimatland Indien den Hof des persischen Königs Chosroes, dem Allah den Beinamen »Der Gerechte« gegeben hatte. Damals, müsst ihr wissen, war es zu Gebietsstreitigkeiten zwischen den Ländern gekommen und es drohte erneut ein Krieg. Daher brachte die indische Gesandtschaft viele Geschenke ihres Königs, um den Schah von Persien friedlich zu stimmen. Sie wurden auf dem Marmortisch in der großen Halle des Palastes ausgebreitet. Es befanden sich die feinsten Stoffe darunter, die kostbarsten Edelsteine und die Düfte des Himmels aus Rosen und Sandelholz. Doch der Blick des Schahs wurde auf ein Ebenholzbrett mit 64 schwarzen und weißen Quadraten und einen fein geschnitzten Elfenbeinkasten gelenkt. Er begehrte zu wissen,

was sich darin befand. Der indische Gesandte verneigte sich tief und erklärte, während er den Kasten öffnete:
»Dies, oh Herr, ist ein Spiel, geschaffen von einem weisen Brahmanen unseres Landes. Ein Spiel, welches Frieden zwischen den Völkern schaffen kann.«
»Ein Spiel!«, rief der Schah unwillig. Denn er erachtete es als nicht angemessen, ein solches Geschenk dem Herrscher des großen Persischen Reiches anzubieten.
»Das Spiel der Könige wird es genannt«, fuhr der Gesandte ungerührt fort. »Denn wisse, oh großer Schah von Persien: Dieses Spiel ist fantastisch reich an Möglichkeiten; es ist, wie das Sprichwort sagt, wie ein See, in dem eine Mücke baden und ein Elefant ertrinken kann!«
»Was soll das bedeuten? Wie spielt man es? Sprich!«
Der Schah war neugierig geworden.
»Mein König lässt dir ausrichten«, erklärte der Gesandte, »dass er dir dieses Spiel zum Geschenk macht und bereit ist, auf immer alle Kriegspläne zu begraben und mit deinem Land in Frieden zu leben, wenn ihr herausfindet, wie die Figuren«, damit nahm der Gesandte die Elfenbeinfiguren des Spieles aus dem Kasten, »auf dem Felde aufzustellen sind und wie ihre Gangart ist. Denn, oh erhabener Schah von Persien: Die Weisheit und der Frieden stehen höher denn alles irdische Gut und der Kampf darum.«
Der Schah und seine Ratgeber blickten einigermaßen ratlos auf das Brett und die Figuren, die der Gesandte daneben aufgereiht hatte.
»Ihr müsst euch vorstellen, dass dies ein Abbild des Krieges darstellt«, gab der Gesandte als kleine Hilfe und nannte noch die Namen der Figuren.
»Was ist, wenn wir dieses Rätsel nicht lösen können?«, wollte der erste Ratgeber des Schahs wissen.
»Nun, wir sind ganz sicher, dass dies nicht der Fall sein wird, denn zu groß ist eure Klugheit, die weithin gerühmt wird, verehrter Schah«, bemerkte der indische Gesandte diplomatisch und verneigte sich tief. Acht Tage Zeit gab er dem persischen Hof, um das Geheimnis dieses Spiels herauszufinden.
Alle Ratgeber, alle Weisen und Zauberer und natürlich der allerhöchste Herrscher persönlich mühten sich Tag und Nacht darum, die Lösung des Rätsels zu finden.
Ich, meine lieben jungen Freunde, möchte euch nicht mit all den Irrtümern und falschen Vorschlägen ermüden, die nun am Hofe gemacht wurden. Doch nach einer Woche war es einem Ratgeber des Schahs endlich gelungen, die Bedeutung der Figuren und die Regeln, nach denen sie sich auf dem Brett bewegen, herauszufinden. Damit war mithilfe des Spiels ein weiterer Krieg abgewendet und der Siegeszug des Schachs, welches in Persien »Shatranj« genannt wurde, konnte weitergehen.

20. Schritt:

Die schnellsten Matts der Welt

Jeder, der ein bisschen vom Schach weiß, hat schon mal vom »**Schäfermatt**« gehört. Und viele – ich auch, ich gestehe es! – sind als Schüler schon drauf reingefallen.

Es geht so:

1. e2-e4 e7-e5
2. Lf1-c4 Sb8-c6
3. Dd1-h5

Das ist die Stellung:

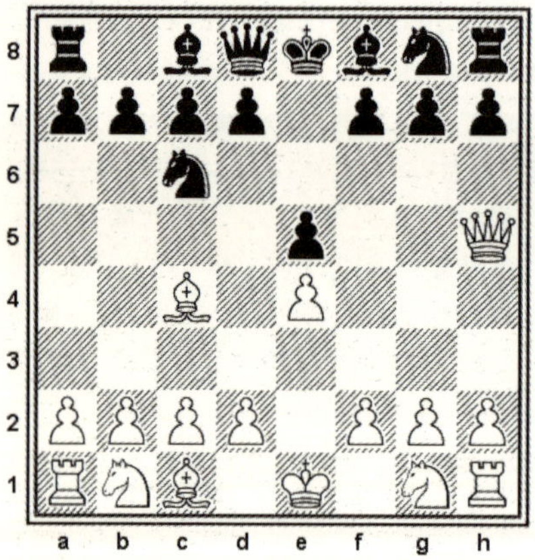

Statt Verdacht zu schöpfen wegen dieses frühen Damenzuges, will Schwarz sie sofort verjagen mit

3. . . . S8-f6??

Schwarz musste natürlich den Punkt **f7** schützen mit **De7** oder **Df6**, oder er musste die Dame mit **g6** vertreiben. Alles wäre möglich gewesen, aber jetzt fällt er aus allen Wolken, denn Weiß spielt

4. Dh5-f7#.

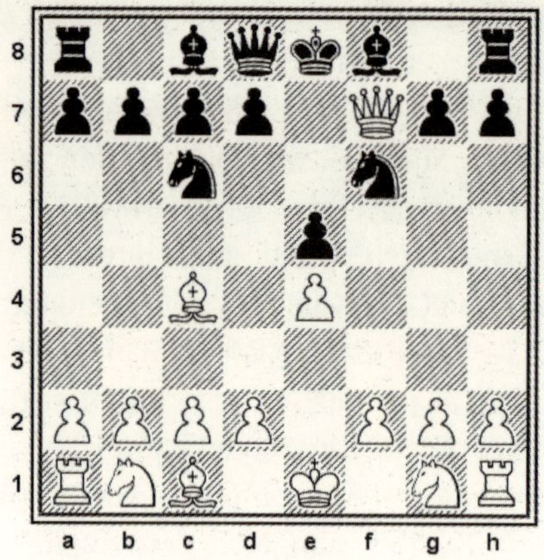

Schachmatt! Der König hat schon nach ganzen vier Zügen keinen Zug mehr.

»Warum ›Schäfermatt‹?«, wollen die Schüler wissen.

In französischen Texten über das Schach wurde vor 300 Jahren von einem *Le mat de berger* – das heißt übersetzt »das Matt des Schäfers« – gesprochen. Wahrscheinlich meinte man damit: Wer so dumm ist, sich auf diese Weise matt setzen zu lassen, gehört in eine Schafherde!

»Da falle ich bestimmt nicht drauf rein!«, meint Jan. »Ist es denn das schnellste Matt der Welt?«

Nein, es gibt ein Matt, das sogar noch schneller geht. Nämlich in zwei Zügen.

Weiß beginnt mit

1. f2-f4

Dieser Zug ist nach einem englischen Schachspieler mit dem Namen Bird benannt, der ihn vor vielen Jahrzehnten zum ersten Mal gespielt hat.

1. ... e7-e5

2. g2-g4?? Dd8-h4#

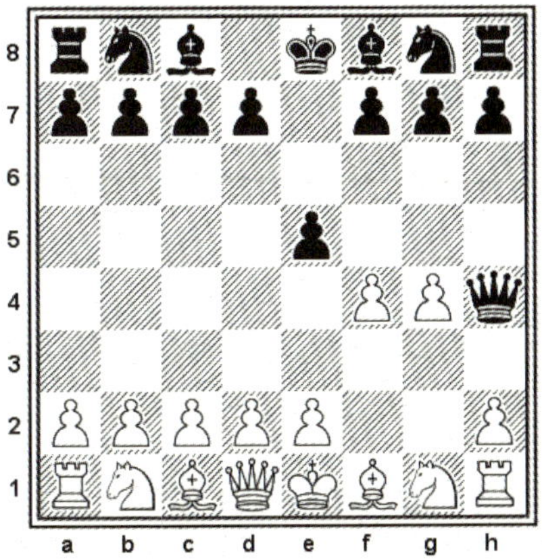

Na bitte, das waren nur zwei Züge und Weiß ist matt!

»Wer spielt auch so blöd!«, ruft Tim etwas vorlaut.

Na ja, ganz unrecht hat Tim nicht, denn nicht umsonst heißt dieses am schnellsten zu erzielende Matt auch **»Narrenmatt«**.

Wir haben es hier übrigens schon mit den **Eröffnungen** zu tun. Bis jetzt habt ihr ja nur Stellungen kennengelernt, wie sie später in der Partie, nachdem längst die ersten Züge vorbei sind, vorkommen können. Wie man eine Partie anfängt, davon später. Noch bleiben wir beim **matt setzen** wie in der folgenden Partie.

Damit ihr euch damit vertraut macht, schreiben wir ab jetzt fast nur noch in Kurznotation, denn die ist üblich. Das heißt, wir notieren nur noch die Figur und das Feld, wohin diese zieht. Also z. B. nicht mehr e2-e4, sondern nur noch e4.

1. e4, e5 2. Sf3, Sc6 3. Lc4, Sd4

4. Sxe5 Weiß schnappt sich sofort den Bauern, weil er denkt, Schwarz hat einen Fehler gemacht.

4. ... Dg5 5. Sxf7 Und nun greift er auch noch Dame und Turm mit dem Springer an. Springergabel nennt man das, aber darüber später noch mehr.

5. ... Dg2 6. Tf1, Dxe4+ 7. Le2

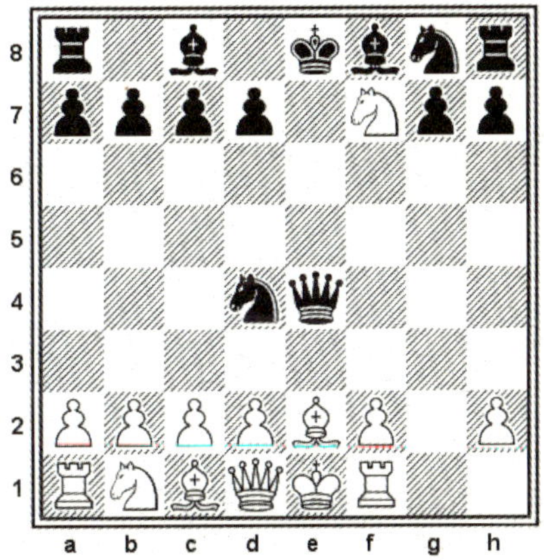

Und jetzt setzt Schwarz in einem Zug matt, wie?

Alle gucken vor sich hin, Schweigen im Walde. Na, Jan?

»Bei Dame schlägt Läufer gibt's ja nicht Matt, weil der von der eigenen Dame gedeckt ist.«

Den Geistesblitz hat Laura: »Springer geht auf **f3**!«

»Wieso, da kann er doch geschlagen werden vom Läufer«, widerspricht ein anderer Schüler. Eben nicht. Dann steht er im Schach.

Die Lösung ist

7. … Sf3#.

Der Läufer konnte deswegen nicht schlagen, weil er **gefesselt** war! Er konnte sich nicht von der Stelle rühren, weil der König hinter ihm stand und der durfte nicht ins Schach kommen.

Das Thema **Fesselung** kommt sehr oft vor in einer Schachpartie und wird uns auf jeden Fall noch ausführlicher beschäftigen.

Und noch ein schnelles Matt, das auch schon oft vorgekommen ist (wieder in Kurznotation):

1. e4, e5 2. Sf3, d6 3. Lc4, h6 der Schwarze will nicht, dass der Springer auf **g5** erscheint. **4. Sc3, Lg4 5. Sxe5** Was ist das?, denkt der Schwarze. Gibt er mir die Dame? Her damit!

5. … Lxd1

6. Lxf7+ Ke7

7. Sd5#

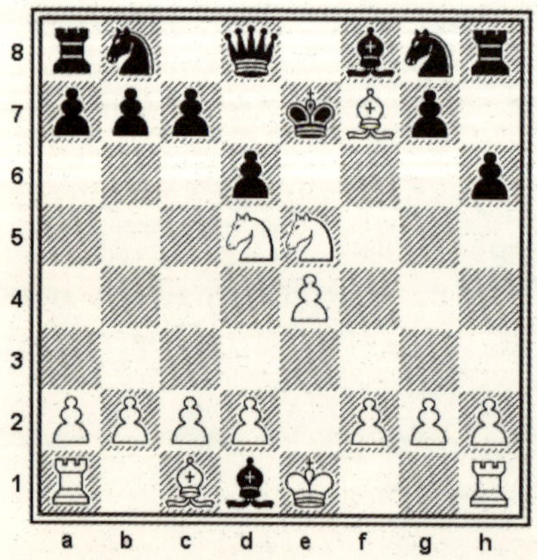

Solche Reinfälle – diesen nennt man das **»Seekadettenmatt«** – im Anfangsstadium einer Partie gibt es Tausende. Jeder hat sie schon erlebt. Daher denkt daran:

Nicht verzweifeln, wenn es einem passiert. Man lernt aus jeder Partie!

Das Wort »Motiv« kommt wie in vielen anderen Bereichen, wie zum Beispiel in der Musik oder im Film, auch im Schach oft vor. Man könnte auch sagen Thema oder Leitgedanke. Die folgenden Schritte werden durch ein bestimmtes Motiv bestimmt.

21. Schritt: Die Fesselung

Bei der **Fesselung**, wie es in der Schachsprache heißt, geht es um ein Motiv, das mit am häufigsten beim Schachspiel vorkommt. Es gibt sie in jeder Phase des Spiels: zu Beginn in der Eröffnung, im Mittelspiel und auch im Endspiel; und immer spielt dabei eine Rolle, dass eine oder mehrere Figuren nicht ziehen können, weil sie gefesselt sind!

Wie geht das aber, und was bedeutet Fesselung? Hier habt ihr ein Beispiel:

Weiß hat zuletzt den Turm von **a1** nach **a7** gezogen. Der Springer kann sich nicht mehr vom Fleck rühren! In der 7. Reihe steht auch der König, der wäre dann vom Turm bedroht, also im Schach!

Der Springer ist gefesselt. Durch seinen Wegzug wäre eine wertvollere Figur in Gefahr, in diesem Falle die wichtigste Figur, der König. Die darf auf keinen Fall ins Schach geraten.

Wie auch im nächsten Bild:

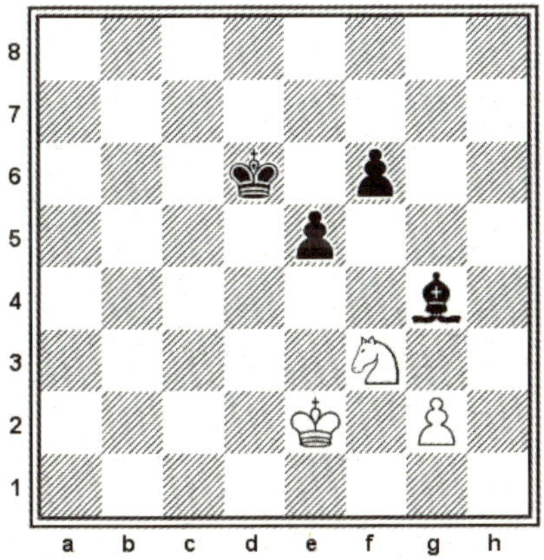

Wenn Schwarz am Zug jetzt **e5-e4** zieht, was ist dann?

»Der Springer ist bedroht!«, weiß Jan.

Kann er weg?

»Nein, dann steht der König im Schach!«

Also ist der Springer verloren, und Schwarz wird die Partie wahrscheinlich gewinnen.

Merken wir uns an der Stelle schon mal zwei Sätze:

Gefesselt ist eine angegriffene Figur, wenn sie nicht oder schlecht wegziehen kann, weil hinter ihr eine andere von höherem Wert steht. Auf keinen Fall kann eine gefesselte Figur ziehen, wenn der König dadurch ins Schach kommt!

Wenn man es geschafft hat, eine Figur zu fesseln, sollte man versuchen, sie möglichst oft anzugreifen, um sie zu erobern!

Aufgabe 18:

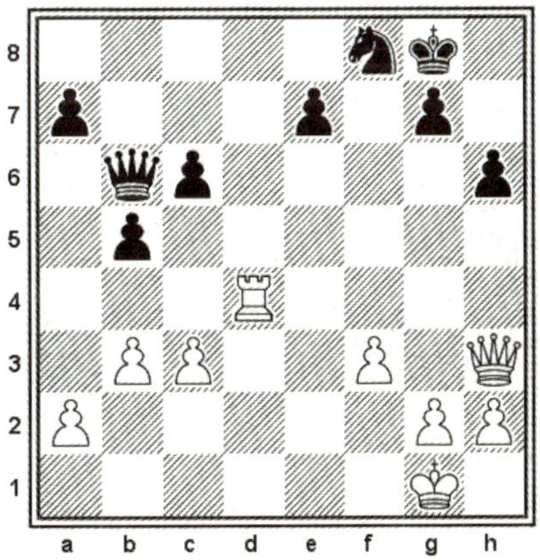

Weiß hatte zuletzt mit dem Bauernzug **c2-c3** den von der Dame auf **b6** angegriffenen Turm gedeckt. Ist damit alles okay?

Keineswegs, denn der Turm kann jetzt mit einem Zug noch mal angegriffen werden, und weil dahinter der König steht, ist er futsch!
Wie lautet der Zug, der den weißen Turm auf **d4** jetzt endgültig erobert?

Unzählige Partien gingen schon verloren, weil man die Fesselung zu wenig beachtet hat.

Deswegen müssen wir uns das mit weiteren Beispielen noch einmal ansehen.

Aufgabe 19:

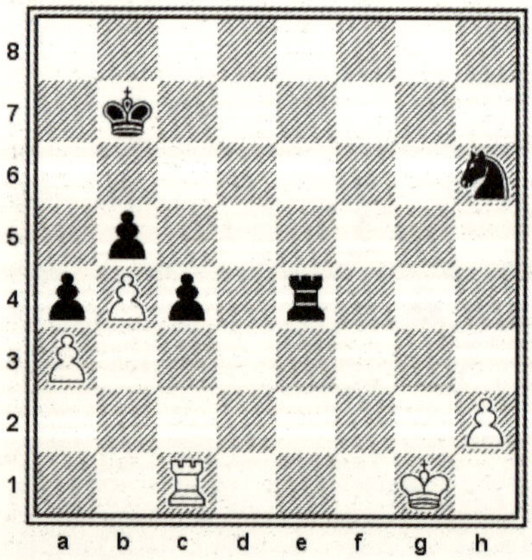

Nehmt den weißen Läufer aus dem Kasten und fesselt eine Figur des Schwarzen.

Aufgabe 20:

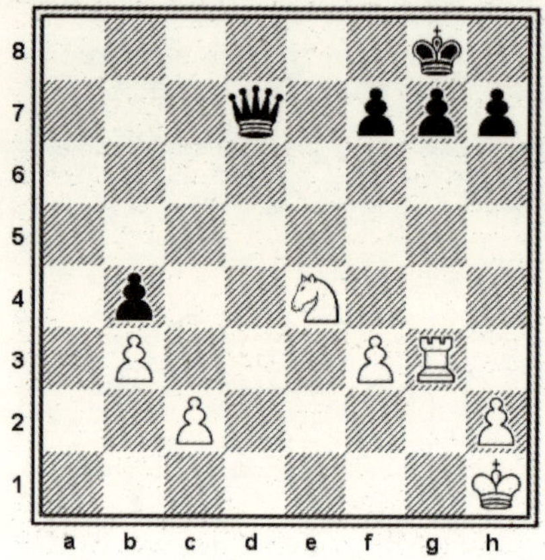

Gewinnt Weiß, wenn er am Zug ist? (Fesselungsmotiv bedenken! Der Springer kann zwei Figuren angreifen! Dazu später mehr.)

Zur Erinnerung: Wenn hinter der gefesselten Figur der König steht, dann ist sie echt an ihren Platz gebunden, denn der König darf nicht ins Schach!

Was aber ist, wenn hinter der gefesselten Figur die Dame steht? Seht euch das nächste Diagramm an:

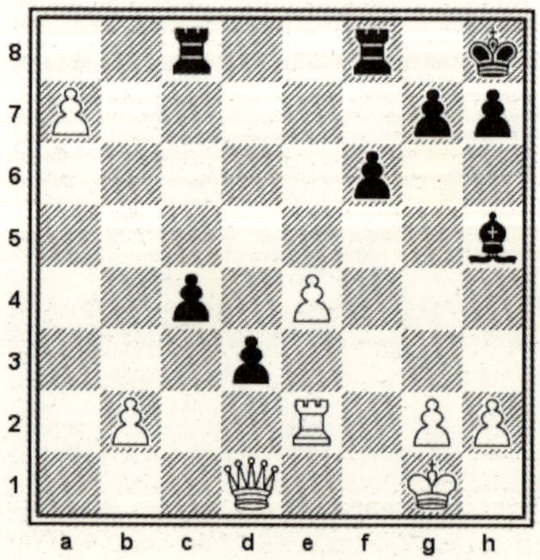

Trainingspartie zwischen Tim und Jan.

Weiß hatte nicht aufgepasst und den Zug **d4-d3** zugelassen. Jetzt hat er den Salat! Im Unterschied zu den Beispielen von vorhin kann der Turm ziehen, aber dann kann die Dame geschlagen werden!

Aufgabe 21:

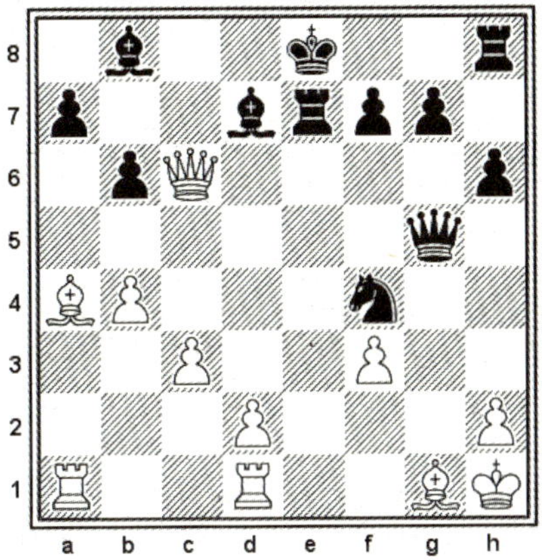

Was soll der Weiße gegen das drohende Matt (wo?) tun?
Hat der Schwarze vergessen, dass er jetzt selber ein Matt kriegt? Und wenn ja, wo. (Fesselungsmotiv!)

»Wenn eine Figur gefesselt ist, kann sie dann gar nichts mehr tun?«, fragt Laura. »Kann sie sich echt überhaupt nicht mehr rühren? Ich hab neulich im Fernsehen einen Magier gesehen, einen Entfesselungskünstler«, überlegt Laura laut. »Der hatte ruck, zuck die Ketten runter und war wieder frei.«

Schönes Beispiel. Beim Schach können auch wir zu Entfesselungskünstlern werden. Das sollte man sogar möglichst schnell tun, damit die gefesselte Figur wieder beweglich wird. Übrigens passiert eine solche **Entfesselung** dauernd.

Die Partie ist nach
1. d4, Sf6 2. Sf3, e6 3. Lg5
noch ganz am Anfang.

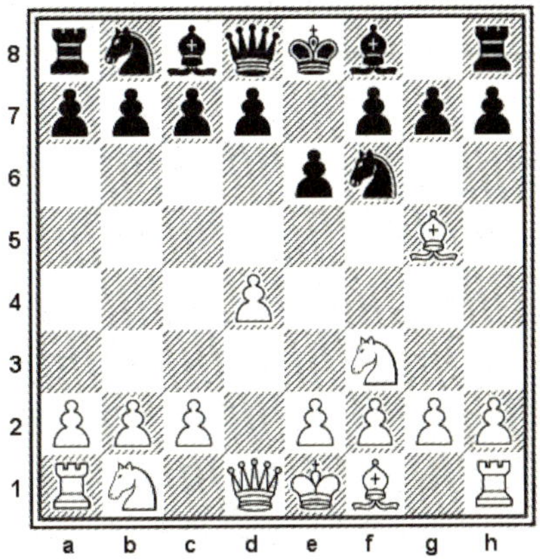

Weiß hat mit dem letzten Läuferzug den Springer auf **f6** gefesselt, denn dahinter steht die viel höherwertige Figur, die Dame. Aber die Entfesslung ist ganz einfach mit **3. ... Lf8-e7** zu machen. Der schwarze Läufer hat sich dazwischengestellt und schützt so die Dame. Jetzt ist der Springer wieder frei und kann ziehen. Dann kommt es höchstens zu einem Abtausch der Läufer.

Übrigens: Solche Fesselungen und Entfesselungen passieren in der Eröffnung – das sind die Anfangszüge einer Partie und darüber reden wir noch ausführlich – ständig.

Bei einer »echten« Fesselung kann die gefesselte Figur überhaupt nicht ziehen, weil dahinter der König steht.
Bei einer »unechten« Fesselung kann die gefesselte Figur zwar ziehen, allerdings ist dann vielleicht eine wichtige Figur weg, wie in dem letzten Beispiel die Dame, wenn der Springer auf f6 sich vom Platz bewegen würde.

Aufgabe 22:

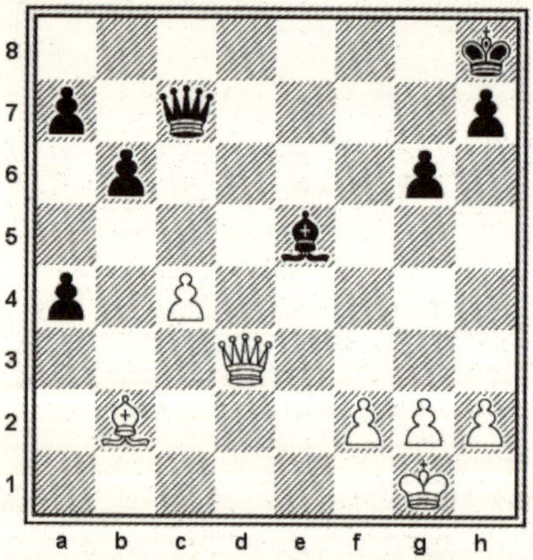

Wie lautet oben der siegbringende weiße Zug? (Es ist eine doppelte Fesselung oder, wie es auch heißt, eine »**Kreuzfesselung**«. Wer es rauskriegt, ist schon ein echter Spezialist!)

Aufgabe 23:

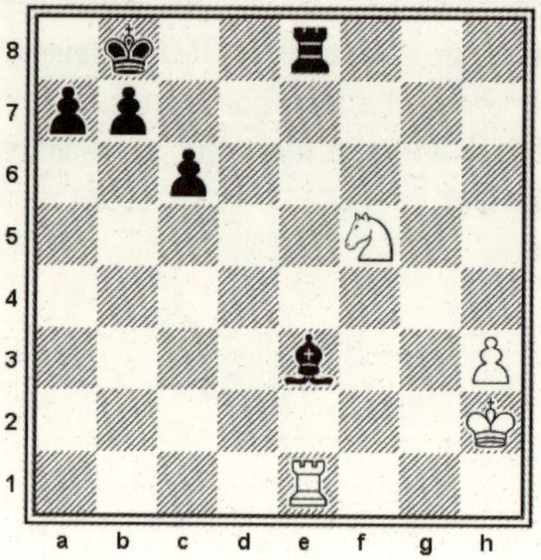

Die Entfesselung für Schwarz ist hier ganz einfach. Wisst ihr, wie?

Jetzt haben wir einiges über die Fesselung gelernt, sodass es einen Reinfall wie bei einer der ersten Partien, die Jan mit seinem vater spielte, bestimmt nicht mehr geben wird. Jan hatte Schwarz.
1. e4, d5 2. exd5, Dxd5 3. Sc3, Dc6??
Oh weh, so durfte er nicht spielen! Die Dame muss nach **d8** oder **d6**, aber nicht dahin!
4. Lb5 (Das macht der Vater gerne.)

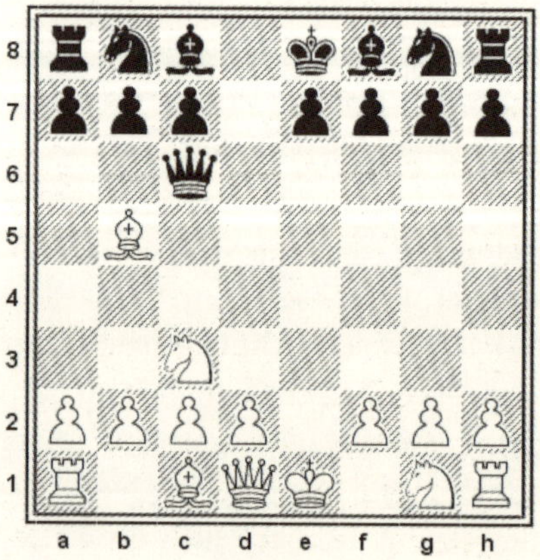

Die Dame ist weg! (Sie kann nicht ziehen, weil dann der König dahinter im Schach stehen würde.) Wie die Partie weiterging, ist jetzt uninteressant.

Warum kann der Springer zwar gefesselt werden, aber nicht selber fesseln? (Das machen immer nur, wie wir gesehen haben, Dame, Turm und Läufer, also die Figuren, die lange Wege gehen können. Vom Springer können sie nicht gefesselt werden, weil der ja sowieso drüber hinwegspringen kann!)

Und noch ein paar Quizfragen zum Thema Fesselung (deren Lösungen wir nicht hinten aufschreiben müssen, weil ihr sie leicht auf den vorherigen Seiten wiederfindet):

1. Was ist der Unterschied zwischen einer »echten« und einer »unechten« Fesselung?
2. Wie kann man eine gefesselte Figur erobern?
3. Was sollte man schleunigst versuchen, wenn der Gegner eine eigene Figur gefesselt hat?

Hamoun hat davon berichtet, wie das Spiel von Indien nach Persien kam. Von da gelangte es nach Arabien, und bereits im 8. Jahrhundert priesen die arabischen Dichter in ihren Liedern die Schönheit des Spiels, das auch am Hofe der Kalifen in Bagdad gespielt wurde. Sogar in den Basaren der einfachen Leute wurde es gespielt, in den Kaffeehäusern und Herbergen wurde das Brett aufgebaut; in den Vierteln der Armen und in den Palästen der Reichen wurde es gespielt, und beim Nachdenken über die guten und die weniger guten Züge vergaß man die Zeit. Es gab bereits Spieler, die sich mit dem Schachspielen ihr Brot verdienten. Etliche Berichte über Turniere und Wettkämpfe sind überliefert. Es erschienen Abhandlungen über bestimmte Eröffnungen, und Partien berühmter Spieler wurden aufgeschrieben, damit sie die Lernenden nachspielen konnten.
Die ältesten bekannten Meister der Schachgeschichte waren die Araber Al-Adli, As-Suli und Ar-Razi. Letzterer verfasste ein Werk mit dem Titel »Eleganz beim Schach«.

22. Schritt:

Ohne Opfer geht's nicht immer

Manchmal geben wir etwas her, um etwas dafür zu bekommen. Jemand opfert sich zum Beispiel für einen hilfsbedürftigen Freund auf, damit es ihm besser geht. Dafür wird er auf die eine oder andere Weise etwas zurückbekommen. Und in manchen Religionen wird geopfert, um Gott gnädig zu stimmen. Auch beim Schach wird geopfert, um etwas zu bekommen:

Wenn ich Material, zum Beispiel einen Turm, eine Dame oder auch nur einen Bauern opfere, dann will ich was dafür haben. Den Gewinn nämlich. Entweder den Gegner matt setzen oder das geopferte Material mit Zinsen zurückbekommen.

Ein Opfer ist etwas anderes als ein normaler Tausch von Figuren. Ihr seht es an einem schönen Beispiel, das ähnlich sogar in einer Partie zwischen Weltklassespielern vorkam.

Weiß ist am Zug:

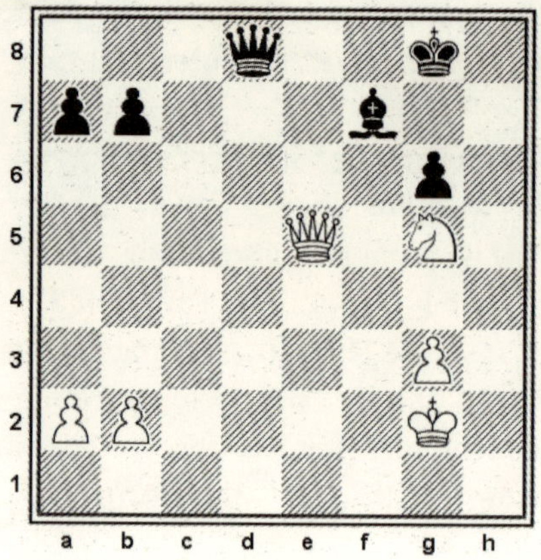

1. Dh8+!!

Ein tolles Opfer der Dame. Er bekommt sie mit Zinsen zurück. Schwarz muss schlagen, weil er sonst matt wäre.

1. … Kxh8

2. Sxf7+

(Klassische Springergabel, die immer wieder bei vielen Stellungen eine Rolle spielt.) Im nächsten Zug fällt auch die schwarze Dame, und der Weiße hat eine Figur mehr. Dieses Opfer hat sich mehr als ausgezahlt. Wir lassen es jetzt bei diesem Beispiel, denn bei sehr vielen Kombinationen, bei denen es dem König an den Kragen geht, spielen Opfer eine Rolle. Ihr habt schon einige beim Motiv »**Ersticktes Matt**« gesehen, wo die Dame ins Geschäft geworfen wurde, damit der König matt wird. Auch in anderen Kapiteln wird das Thema Opfer immer wieder eine Rolle spielen, zum Beispiel auch im nächsten Schritt.

23. Schritt:

»Zertrümmerung« der Königsstellung

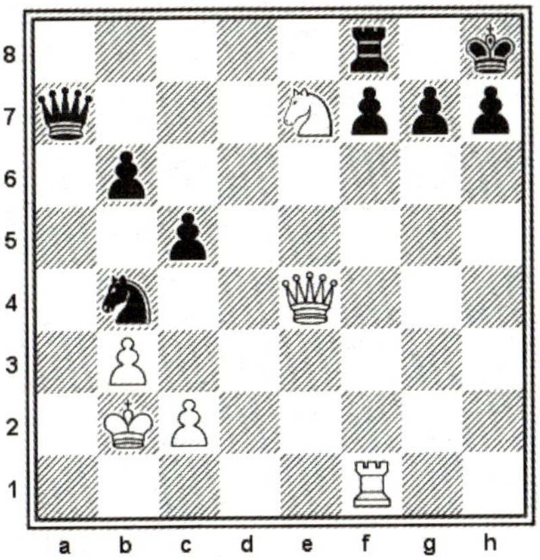

1. Dxh7+!

»Zertrümmerungsopfer«: Die Dame kracht wie eine Abrissbirne in die schützende schwarze Stellung.

1. … Kxh7

2. Th1#

(Das Mattzeichen, schon vergessen?) Dieses Mal hat er sein Material nicht zurückbekommen, dafür aber ein Matt, denn Matt gewinnt immer, egal wie viel Material noch da ist.

Oft hat das Opfer mit der Zerschlagung (Zertrümmerung) der gegnerischen Königsstellung zu tun. Die Verteidigung wird unter Einsatz von Material ausgeschaltet, so auch im folgenden Beispiel.

Aufgabe 24:

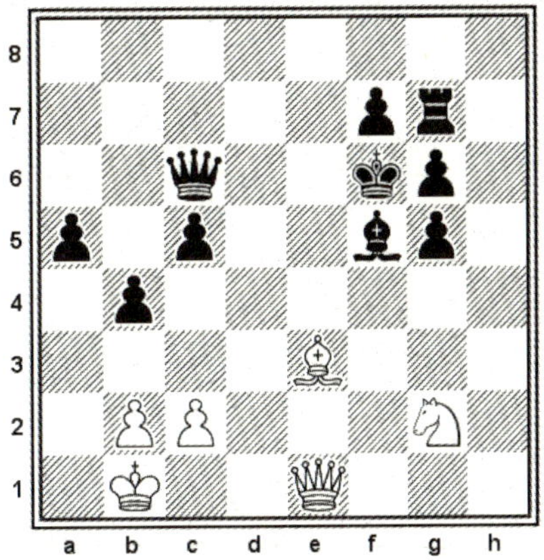

Weiß ist am Zug: Wer beseitigt einen schwarzen Verteidiger und wer setzt matt?

Aufgabe 25:

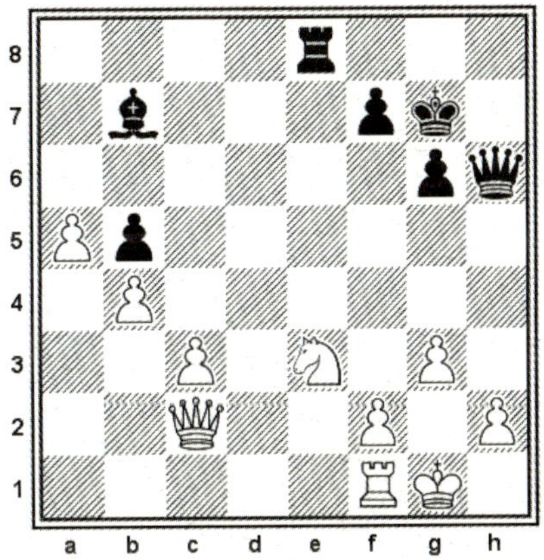

Schwarz ist am Zug: Wer opfert sich, und wer setzt matt?

Die nächsten typischen Opfermotive solltet ihr euch unbedingt gut merken. Immer wenn die Dame in Verbindung mit anderen Figuren auf den König zielt, ist Gefahr angesagt.

Aufgabe 26:

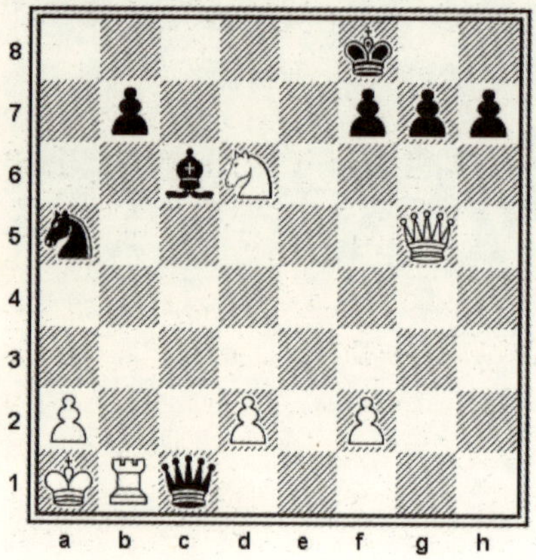

Schwarz ist am Zug: Es opfert sich der Springer für seine Kolleginnen und Kollegen.

Aufgabe 27:

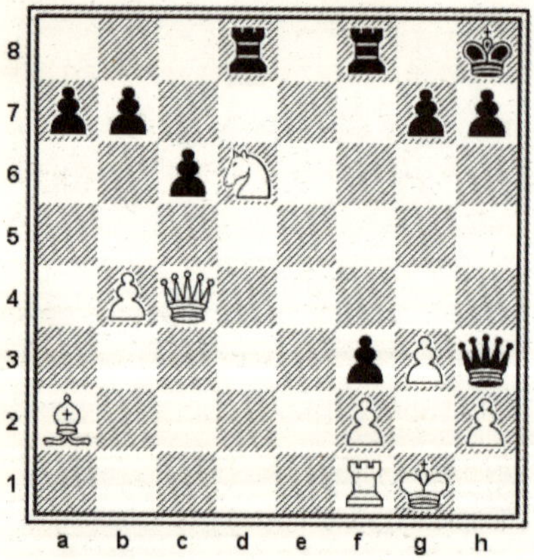

Weiß ist schwer in der Zwickmühle. Wie soll er das Matt verhindern? Zum Glück ist er selber dran und erinnert sich, wie das mit dem »Erstickten Matt« ging!

Viele der Stellungen, die ihr zuletzt gesehen habt, gehören eigentlich in das Kapitel »**Mittelspiel**«, denn bei allen Stellungen handelte es sich um Abschnitte der Partie, in dem noch relativ viele Figuren auf dem Brett sind.

»Muss man eigentlich immer bis zum Matt spielen?«, fragt Tim. »Es kann doch sein, dass ich keine Chance mehr habe und deswegen keine Lust mehr zum Weiterspielen habe. Was dann?« Gute Frage, denn die bringt uns zum nächsten Thema.

24. Schritt:

Wann ist eine Partie verloren?

Wir sehen als Nächstes eine Stellung, in der Weiß zwar die Dame hat, der Schwarze dafür aber noch Turm, Läufer und Springer. Das reicht normalerweise schon aus (Dame = 9 Punkte, die drei Figuren zusammen = 11 Punkte), erst recht, wenn die Figuren so gut stehen wie hier die schwarzen. Der weiße König ist total in der Ecke gefangen. Wenn wir uns jetzt noch vorstellen, dass der schwarze Läufer auf **c3** ein Schach geben könnte, wäre der König matt.

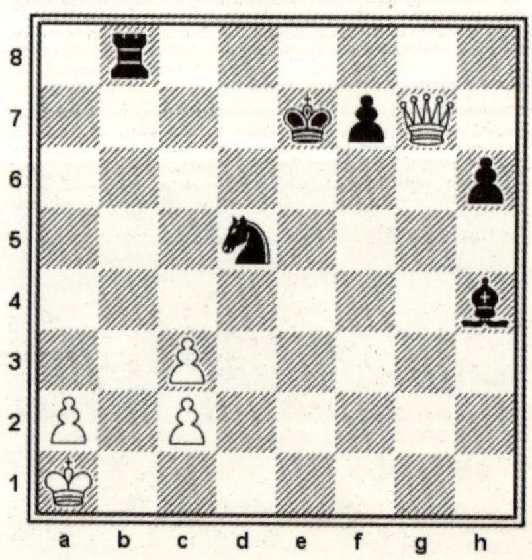

Also zieht Schwarz am Zug hier **Lf6**, denn er will nach **c3** und greift gleichzeitig noch die Dame an:

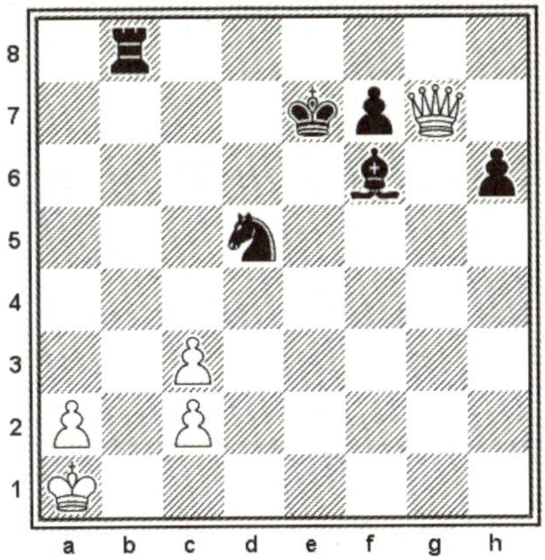

Schwarz verliert also die Dame, denn wenn er den Punkt **c3** mit der Dame von **g3** aus deckt, kommt trotzdem **Lxc3+**. Wenn Weiß nicht sofort matt werden will, muss er spätestens jetzt schlagen, und er bleibt ohne eine einzige Figur zurück. Schwarz hat aber dann noch Turm und Läufer.

In so einem Fall kann die betroffene Partei das Spiel aufgeben, weil sie im Weiterspielen keinen Sinn mehr sieht und das Matt nicht mehr verhindern kann.

Um mit Tim zu sprechen, könnte man auch sagen, dass er einfach keine Lust mehr hat. Er reicht dem Gegner die Hand und sagt: »Ich gebe auf, Kumpel, du warst heute besser als ich!«

Nun haben wir also bereits zwei Gründe, wie man eine Partie verlieren kann:

Entweder man wird matt oder man gibt auf, weil man das Weiterspielen für sinnlos hält (zu viel Material ist verloren und/oder das Matt ist auf Dauer nicht mehr zu verhindern).

Es gibt noch einen dritten Grund, warum man eine Partie verliert, und der ist gar nicht so selten. **Man verliert durch Zeit.** Das braucht uns hier im Kurs aber noch nicht weiter zu interessieren. Erst wenn ihr weiter Schach spielt und an Turnieren teilnehmt, dann geht es auch darum, in einer bestimmten Zeit eine gewisse Anzahl von Zügen zu machen, sagen wir in zwei Stunden 40 Züge. Diese verbrauchte Zeit wird mit speziellen Schachuhren für jeden Spieler gemessen. Wenn einer die Zügezahl nicht schafft und seine Bedenkzeit überschreitet, dann hat er verloren.

Wir lernen gleich noch weitere typische Kombinationsmotive (Themen) kennen. Da ihr sehr schnell im Lösen der Aufgaben seid, machen wir gleich auf unserem Lern-Schachbrett und du auf deinem Brett zu Hause noch ein paar weitere Züge, bei denen ich euch ein paar Kniffe aus der Trickkiste und Lösungen für bestimmte Fragen zeige.

Der teuflischen Kunst der Springer sind wir schon mehrfach begegnet. Zum Beispiel, als wir von Opfern sprachen oder vom »Erstickten Matt«. Wir wissen, was das Besondere an der Figur ist, nämlich dass sie über andere Figuren hinwegspringen und auch mehrere Figuren gleichzeitig bedrohen kann. Gleich im nächsten Schritt werden wir sie wieder in Aktion sehen.

25. Schritt:

Gabelfrühstück

Ihr werdet sehen: Derjenige, dessen Figuren wie bei einem Gabelfrühstück aufgepickt und verputzt werden, möchte am liebsten ausrufen: »So ein Mist!«

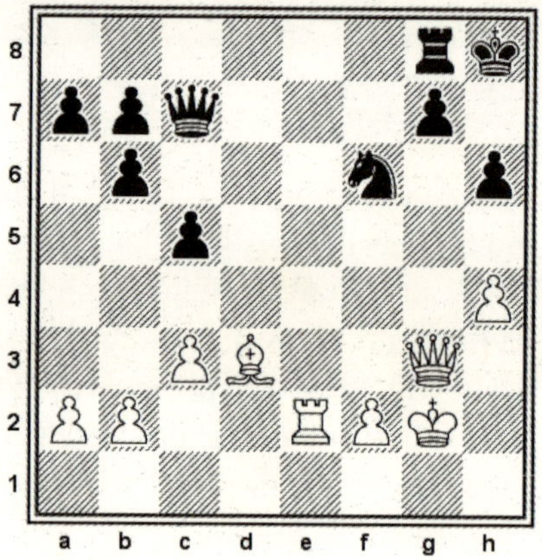

Schwarz greift in dieser Stellung mit **Sh5** die weiße Dame an. Ohne zu zögern, zieht Weiß sie **g3** nach **g6** in der Annahme, der Springer müsse nun zurück, um das Matt auf **h7** zu verhindern. Der denkt aber nicht daran und macht einen Satz von **h5** nach **f4**!

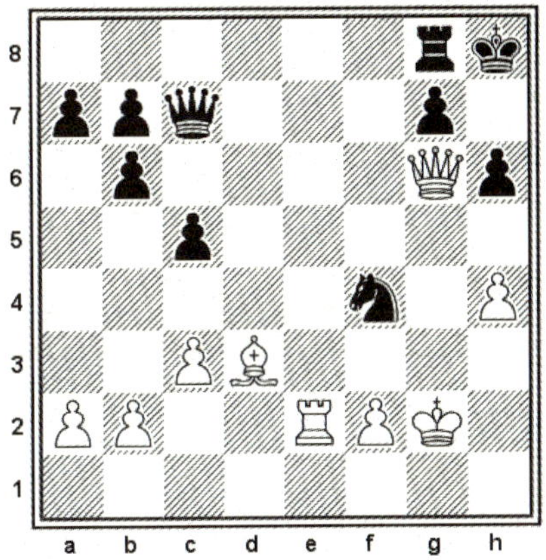

Springergabel! Mit dem Schach des Springers sind gleichzeitig neben dem König Dame, Turm und Läufer des Weißen angegriffen. Wenn das keine Superleistung des Springers ist!

Diese perfekte Rundum-Bedrohung heißt in der Schachsprache **Familienschach**. Das kriegt nur der Springer hin! Weiß verliert die Dame und kann das Handtuch werfen.

Eine Springergabel muss allerdings nicht unbedingt mit Schach verbunden sein. Es können auch einige Figuren gleichzeitig angegriffen werden, und da man nur einen Zug auf einmal machen kann, geht dann eine verloren.

Aufgabe 28:

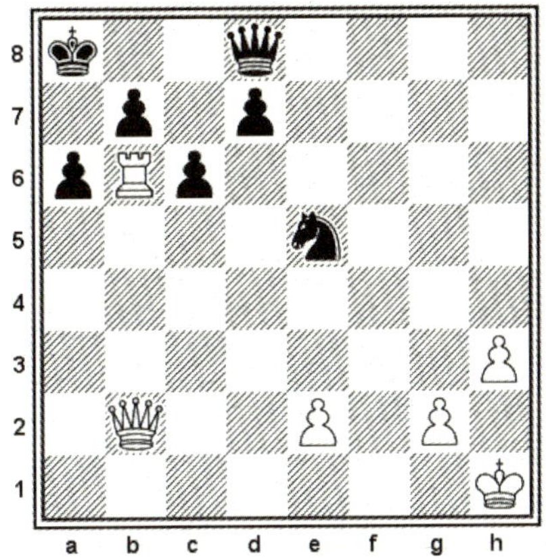

Weiß (Jan) dachte: Jetzt mache ich ihn fertig! Er zog zuletzt die Dame von **d2** nach **b2**, und es ergab sich obige Stellung mit Angriff auf den Springer **e5** und gleichzeitig auf **b7**. Es ist also ein **»Doppelangriff« – aber Schwarz (Tim) antwortet clever mit einer Springergabel. Welcher?**

Und jetzt ein Beispiel, bei dem gleich zwei Motive eine Rolle spielen.

Aufgabe 29:

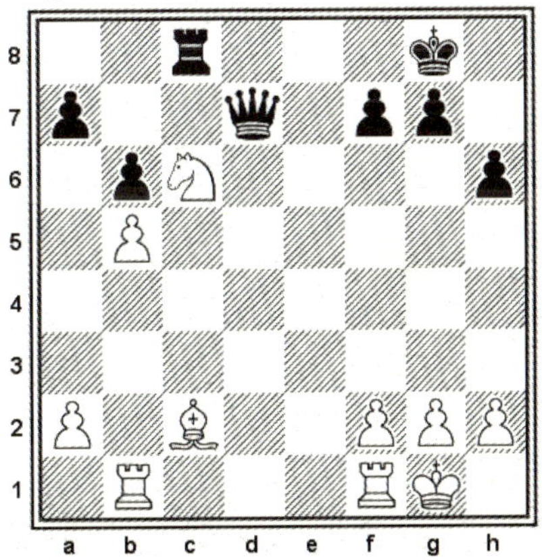

1. Lf5! Weiß opfert den Läufer mit Angriff auf die Dame. Das nennt man eine

»Hinlenkung«. Schwarz muss schlagen, sonst holt sich Weiß den Turm mit dem Läufer, und es kommt auch die Gabel.

1. . . . Dxf5 Jetzt greift im zweiten Zug der Springer ein und gabelt König und Dame auf! (Wo?)

Es gibt aber noch andere Möglichkeiten des Aufgabelns, zum Beispiel ein Gabelfrühstück für Bauern!

Das kommt sehr oft vor, gerade in den Partien der Anfänger und Schüler. Eine davon zeigen wir jetzt von Anfang an:

Weiß: Tim Schwarz: Laura

1. d4, d5 2. e3, Sc6 3. Ld3, e5

4. Sf3?

Der letzte Zug von Weiß ist ein schwerer Fehler. Überlegt mal, welche Züge besser gewesen wären.

4. . . . e4

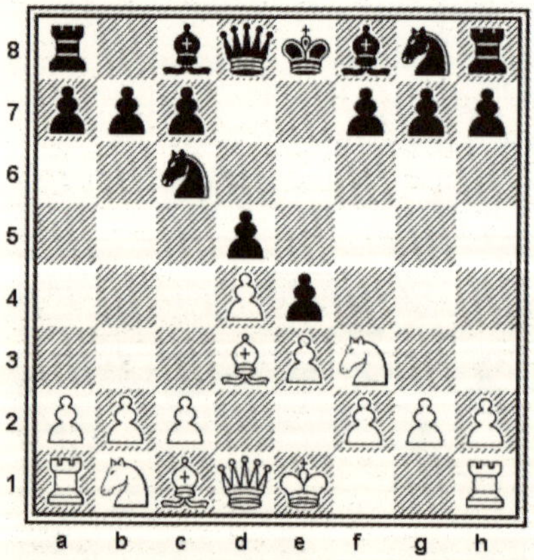

Der Bauer auf **e4** gabelt, als hätte er zwei Zinken links und rechts, zwei Figuren auf und bedroht sie. Weiß kann schließlich nur eine wegziehen und die andere verschwindet dann vom Brett. Schlechtes Geschäft also für Weiß: Er verliert eine Figur im Gegenwert von drei Punkten gegen einen Bauern mit einem Punkt.

Das also ist eine **Bauerngabel**. Sie wird oft übersehen, auch in den Partien der Meister kommt sie vor. Mitunter ist sie mit einem Opfer verbunden wie in dem Beispiel, das wir jetzt zeigen wollen:

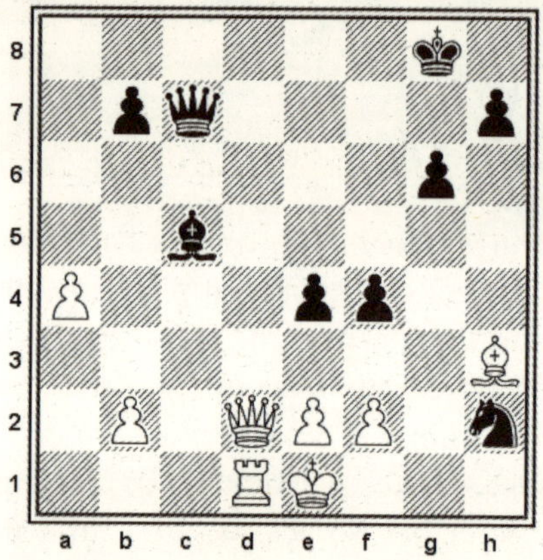

Hier sind beide Spieler schon schwer zur Sache gegangen. Jetzt erspäht Schwarz am Zug eine Chance, die Sache zu seinen Gunsten zu wenden. Eine Bauerngabel ist dabei entscheidend.

1. … Lxf2+

Ein Opfer des Läufers. Weiß muss leider nehmen, weil der König sonst keinen Ausweg hat.

2. Kxf2 e3+

Schach, Bauerngabel und Dame weg! Weiß kann die Partie aufgeben. (Das wäre so ein Fall, den wir auf Tims Frage im Schritt Nr. 24 beantwortet haben: Wann ist eine Partie eigentlich verloren?)

Von Springergabeln und Bauerngabeln war die Rede. Die kommen am meisten vor.

Aber auch die anderen Figuren können gabeln, also zwei gegnerische Figuren auf einmal bedrohen, und meistens geht dann eine verloren.

Der Läufer ist zum Beispiel ein Gabel-Experte – dazu ein Beispiel. Der Schwarze am Zug erobert mit **Ld4+** die Dame, die in einer Reihe mit dem König steht. Es ist eine Gabel, die ja auch immer ein Doppelangriff ist, in dem Fall auf König und Dame:

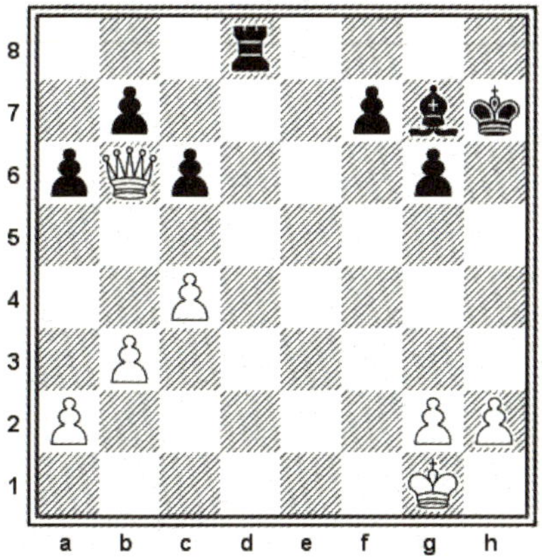

Und noch mehr Gabeln:

Aufgabe 30:

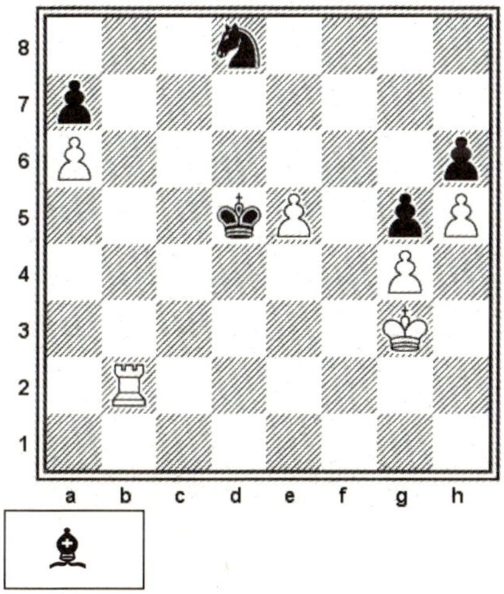

Nehmt den schwarzen Läufer aus dem Kasten, stellt ihn auf das Feld **b8** und zieht dann mit ihm so, dass er gabelt.

Jetzt kommt ein besonders raffiniertes Beispiel.

Aufgabe 31:

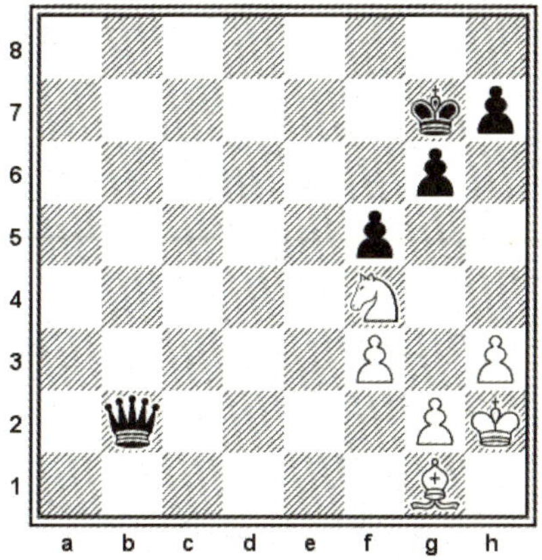

Hier wird gleich zweimal hintereinander gegabelt. Dann steht Schwarz auf verlorenem Posten, und die Dame kann in die Kabine gehen!

Aufgabe 32:

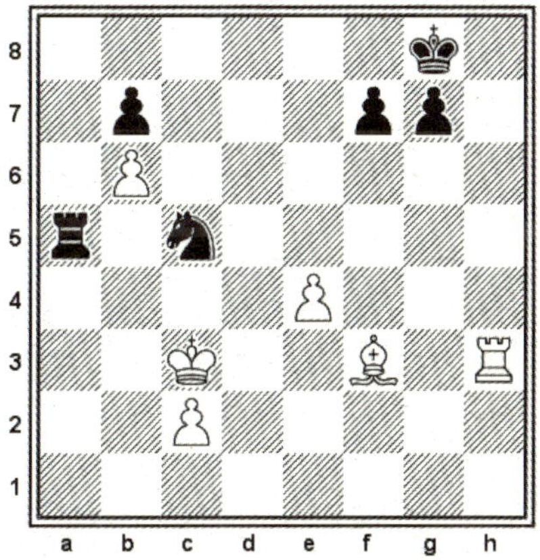

Auch seine Majestät kann sich als Gabelstapler betätigen. Wie, das zeigt Weiß in diesem Beispiel.

26. Schritt: Aufgespießt!

Hört sich gefährlich an und ist es auch! Stellt euch einen Spieß beim Grillen vor, der mehrere Fleischstücke durchbohrt. Im Schach gibt es etwas Ähnliches. Eine Figur »durchbohrt« zwei andere. Am besten gleich ein Beispiel:

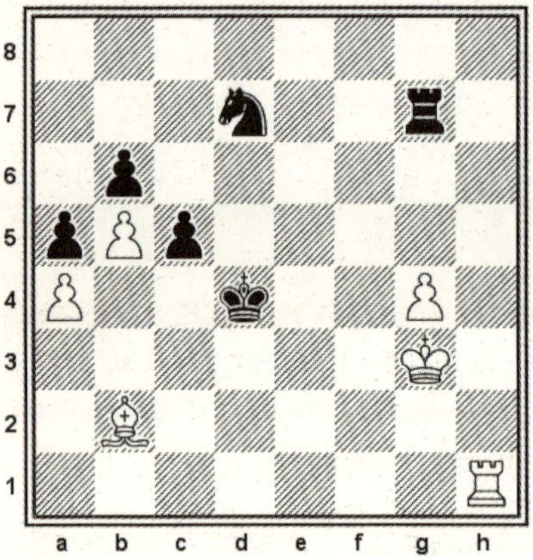

Der weiße Läufer gibt Schach auf **b2**. Damit spießt er förmlich den weit weg stehenden Turm auf der gleichen Diagonale mit auf. Denn der König muss weg, der Turm auf **g7** ist futsch!

Man sagt statt »**Spieß**« auch »**Durchleuchtung**« oder »**Röntgenschach**«. Der Grund ist klar: Vorne, auf einer Linie, auf einer Reihe oder wie oben auf einer Diagonalen steht eine höherwertige Figur, die angegriffen wird. Dahinter eine andere, die dann, wenn sie ungedeckt ist, geschlagen werden kann. Genau genommen ist es eine **umgekehrte Fesselung**. Bei der stand eine Figur, sagen wir der Springer, vor einer höheren (Dame, König, Turm) und konnte deswegen nicht oder nur schlecht wegziehen, weil er sie dann entblößt hätte.

Das Thema Spieß gibt es in vielen Variationen und kommt andauernd in einer Schachpartie vor.

Aufgabe 33:

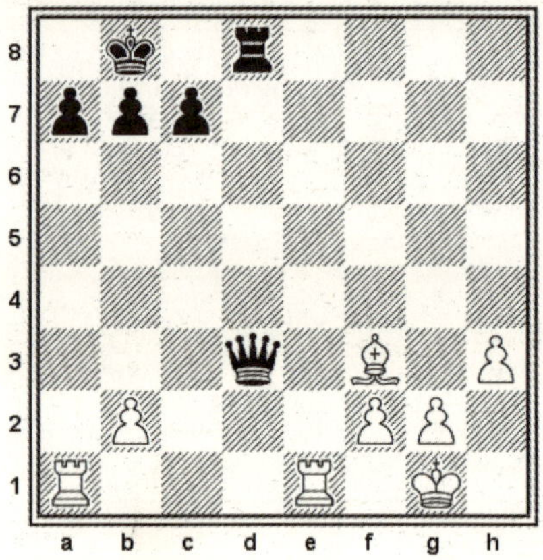

Weiß ist am Zug und hat seinen »Spieß« – in dem Falle ist es der Turm – schon scharfgemacht!

Aufgabe 34:
Weiß freut sich im nächsten Stellungsbild schon, den Schwarzen jetzt mit **Lb3** aufspießen zu können. Aber verliert Schwarz deswegen Material?
Wer das rauskriegt und nicht hinten nachsehen muss, der hat echt einen Beifall verdient!

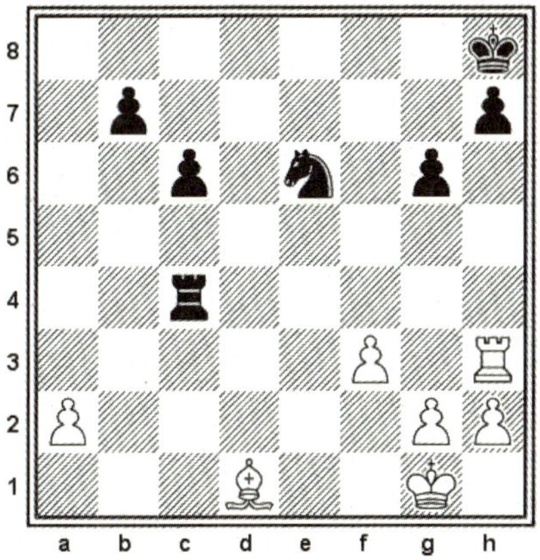

Aufgabe 35:

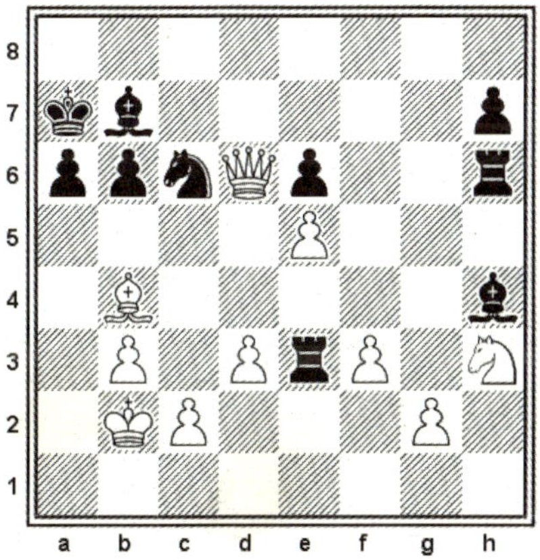

Wenn Weiß an der Reihe wäre: Welcher Zug könnte ein »Spießer« sein?
Und wenn Schwarz dran ist, wäre dann auch eine Durchleuchtung möglich?
Vielleicht geht ja beides. Denkt mal nach und seht dann hinten bei den Lösungen nach!
Aber nicht alle Züge, die wie ein Aufspießen aussehen, sind es auch wirklich.

Aufgabe 36:
Seht euch die nächste Stellung an und versucht rauszukriegen, was es mit Läufer von **f1** nach **g2** auf sich hat. Ist es ein gefährlicher »Spieß«, bei dem der Springer auf **b7** verloren geht?

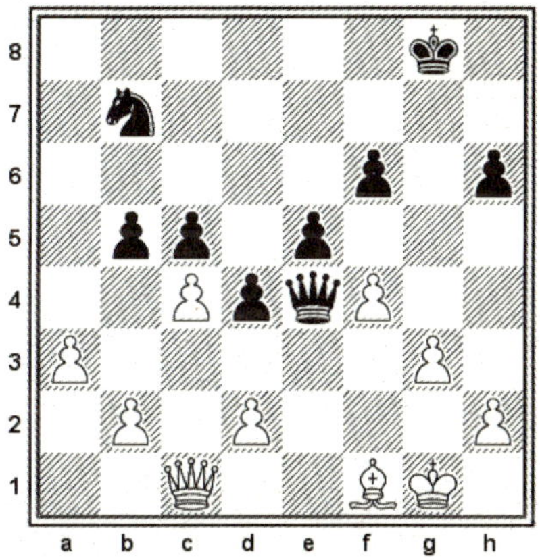

Von Arabien nach Europa

Wie ihr bereits wisst, meine Schüler, wanderte das Schachspiel von Indien nach Persien und von dort weiter nach Arabien. Im Jahre 711 erreichte den Sultan von Marokko ein Hilfegesuch seines Freundes Roderik, seines Zeichens König der Westgoten mit damaligem Sitz im spanischen Toledo. Roderik bat den Sultan, ihm bei einem schweren Streit innerhalb des Clans der Westgoten beizustehen. Tarik, der General des Sultans, setzte sogleich mit einem kleinen Reiterheer über das Mittelmeer. Dies war einer der ersten Schritte der arabischen Machtausdehnung auf das europäische Festland. Weitere Wege führten über Sizilien und Sardinien. Es ist gewiss, dass auch das Schachspiel auf einem dieser Wege nach Europa gelangte.

Von mir, dem fahrenden Schachbauern, kann ich berichten, dass ich mich zu jener Zeit im Besitze des persischen Sängers und Poeten Ziriab befand, dessen Kunst am Bagdader Hof des großen Kalifen Harun al-Raschid sehr angesehen und beliebt war. Abend für Abend musizierte er vor dem Hofstaat und spielte mit einer Truppe von Schauspielern und Sängern zu Ehren des Kalifen. Im Jahre 822 schickte ihn Harun al-Raschid in das befreundete Kalifat von Cordoba in Spanien, um dort als Botschafter die Kunst und

Poesie Arabiens zu verbreiten. Ziriab nahm sein mit silbernen Ornamenten reich verziertes Schachbrett aus dunklem Ebenholz und die aus Elfenbein gefertigten und mit kleinen roten Rubinen besetzten Figuren mit auf die Reise und so betrat ich, euer Hamoun, ebenfalls zum ersten Mal das europäische Festland.

Bei den Muslimen in Spanien wurde Ziriab rasch berühmt wegen seiner Sangeskunst, seiner Poesie und der neuen Art, wie er die spanische Laute zu spielen wusste. Voller Staunen lernte man in Cordoba das neue Spiel kennen, das er mitgebracht hatte. Der Sänger ermunterte die Menschen, es zu spielen, und so manches Mal hörte ich Ziriab bei Hofe und auf öffentlichen Veranstaltungen zur Laute aus dem Stegreif Verse vortragen, welche mit dem Schachspiel zu tun hatten.

Andere Legenden besagen, dass das Spiel im Gepäck von heimkehrenden Kreuzrittern auf den europäischen Kontinent gelangte, welche im Heiligen Land gekämpft hatten. Auch von einem sehr kostbaren Schachspiel wird berichtet, welches die Kaiserin von Byzanz Karl dem Großen zum Geschenk gemacht haben soll. Von Wikingern ist die Rede, die mit den arabischen Ländern Handel trieben und einige Schachspiele auf ihren weiten Reisen mit nach Norden bis nach Island brachten. Dies alles zusammen mit Hamouns Geschichte zeigt nur, dass der Siegeszug des Spiels nicht mehr aufzuhalten war.

27. Schritt:

Das Abzugsschach

Jetzt kommen wir zu einem sehr gefährlichen Zug, bei dem man schnell eine wertvolle Figur verlieren kann. Dabei ist das Abzugsschach, um das es nun geht, im Grunde eine ganz einfache Sache, wird aber oft auch von guten Spielern übersehen: Eine Figur zieht weg und macht den Weg frei für eine andere, die dann Schach gibt. **Das Gefährliche daran ist, dass erst etwas gegen das Schach getan werden muss, denn den König aus der Bedrohung zu bringen, ist die oberste Pflicht des Schachspielers.**

So auch in der nächsten Stellung, die so ähnlich schon ein paar Mal in den Partien der Schüler vorkam:

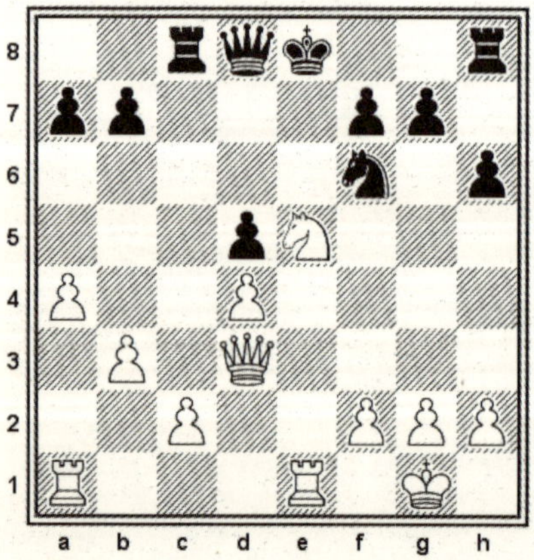

Weiß ist am Zug und gibt mit **Se5-c6** den Weg für den **Te1** frei, der dem schwarzen König ein Schach gibt. Die Dame auf **d8** geht verloren, weil der König erst ziehen muss.

Auch im nächsten Bild muss die Dame vom Platz, wenn der Weiße am Zug den Weg für ein Schach des Läufers freigibt.

Aufgabe 37:

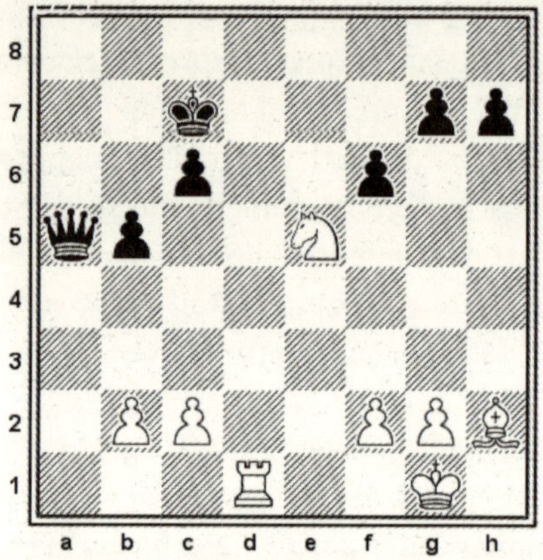

Aufgabe 38:

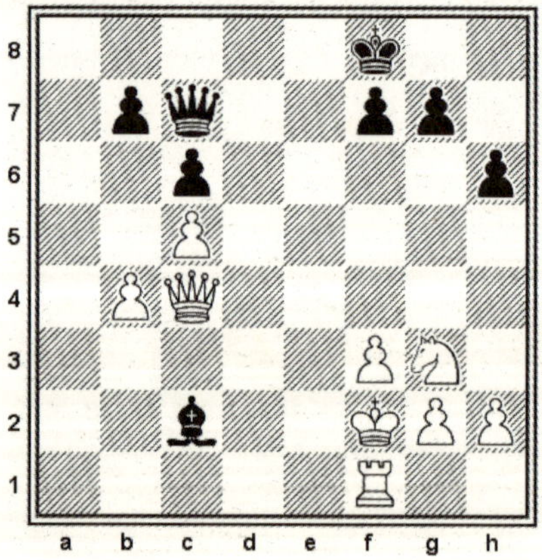

Natürlich kann auch der Turm beteiligt sein. Befreit ihn und bringt ihn auf dem Brett zum Einsatz, damit er zusammen mit dem Läufer ein Ding drehen kann, das Abzugsschach heißt! Man kann dabei die Dame gewinnen.

Ein richtiger Griff in die Trickkiste kann manchmal eine Stellung total verändern!

Das seht ihr in dem folgenden Bild, bei dem Weiß am Zuge eine vernichtende Aktion startet.

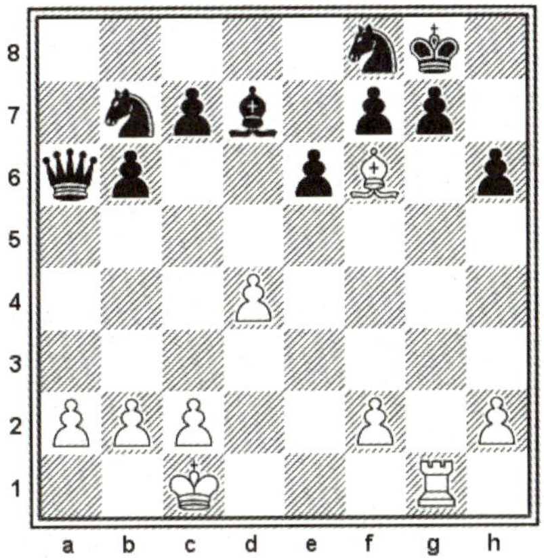

Los geht's nach dem Motto »Weiß sieht rot und räumt auf!«.

1. Txg7+, Kh8 **2. Txf7+** (Abzugsschach durch den **Lf6**, Schwarz kann nur mit dem König hin- und herziehen).

2. . . . Kg8

3. Tg7+, Kh8 **4. Txd7+, Kg8**

5. Tg7+,Kh8 **6. Txc7+** (Es geht wie auf einer Schaukel immer hin und her mit den Abzügen.)

6. ... Kg8 **7. Tg7+, Kh8**

8. Txb7+, Kg8 **9. Tg7+, Kh8**

10. Ta7+, Kg8 **11. Txa6**

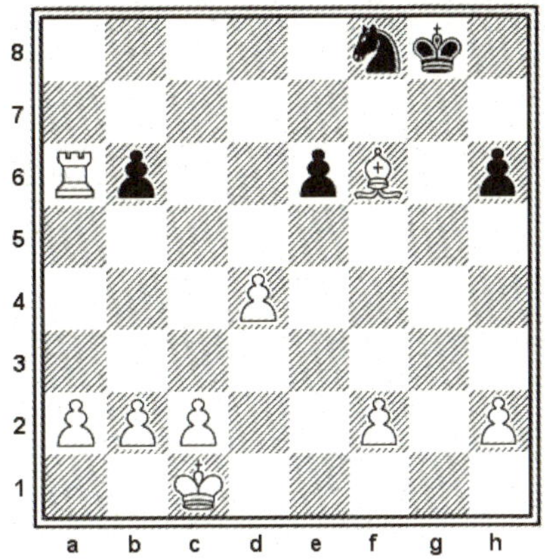

Und Schwarz ist verloren.

Merksatz: Beim Abzugsschach zieht eine Figur weg und macht für einen Hintermann den Weg frei, um den gegnerischen König ins Schach zu setzen.

28. Schritt:
Schach doppelt!

Keine Bange, es wird nun nicht doppelt so schwer, sondern wir geben ein Schach doppelt! Denn es gibt Stellungen, da kriegt der König sogar von zwei Feldern aus eins aufs Dach. **Doppelschach** nennt man das.

Springer und Turm geben dem weißen Monarchen den Rest, indem das Pferd von **d5** nach **c3** hüpft und ein Schach gibt. Gleichzeitig gibt der Turm, dem der Springer den Weg frei gemacht hat, auch noch ein Schach von **d8** aus. Da geht nichts mehr, kein Dazwischenziehen und kein Weglaufen. So sieht das Matt aus:

Auch in der nächsten Stellung ist ein schönes doppeltes Schach (++) und Matt (#) möglich:

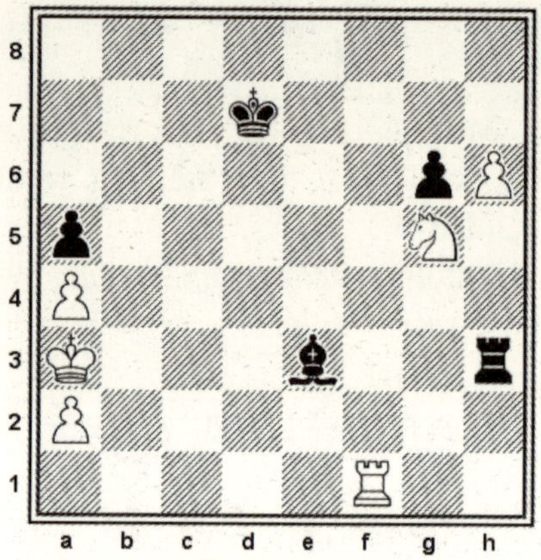

1. … Lc1++ und **#!**

Ihr seht, wie gefährlich das Doppelschach ist. Beide Schach gebenden Figuren, der Läufer auf **c1** und der Turm auf **h3**, könnten theoretisch geschlagen werden. Geht aber nicht, weil man ja nur einen Zug machen und dabei nur eine Figur schlagen kann; die andere gibt trotzdem noch Schach. Also merkt euch:

Bei Doppelschach hilft nur die Königsflucht!

Auch in der folgenden Aufgabe könnt ihr sehen, wie brandgefährlich das Doppelschach ist. Wie zieht Weiß im nächsten Bild?

Aufgabe 39:

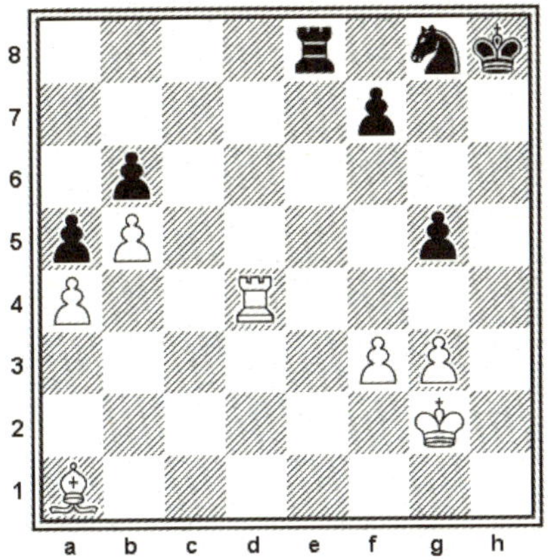

Wenn einem eine schöne Kombination gelingt, so ist das, als hätte man ein gutes Bild gemalt, ein tolles Tor geschossen oder eine Matheaufgabe genial gelöst. Deshalb zum Schluss dieses Schrittes noch ein doppeltes Schach, das diesmal in zwei Zügen zum Matt führt: Schwarz ist am Zug:

Aufgabe 40:

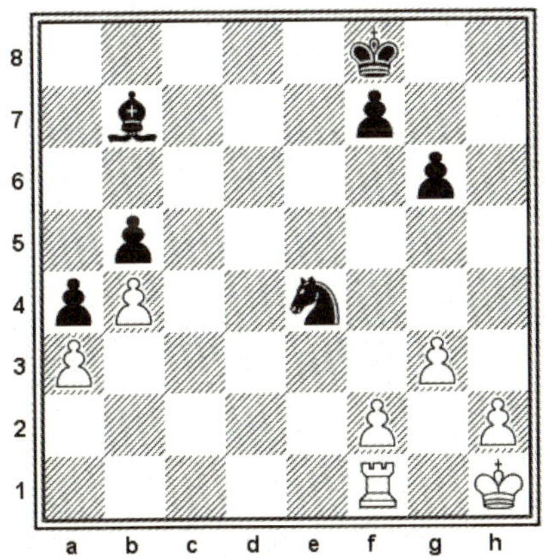

Zwei Lösungen sind möglich!
(Erinnert euch an die Matts mit dem Springer!)

29. Schritt: Die Ablenkung

Neulich beim Fußball: Der Stürmer geht aufs Tor los, aber da ist der Verteidiger und passt auf. Wie kriegt man den Verteidiger dazu, dass er einen durchlässt, dass er abgelenkt wird?
Eine ähnliche Situation gibt's auch beim Schach: Der Verteidiger bewacht ein wichtiges Feld. Wenn ich das unter meiner Kontrolle hätte, könnte ich den entscheidenden Zug ausführen. Sehen wir uns an, was damit gemeint ist:

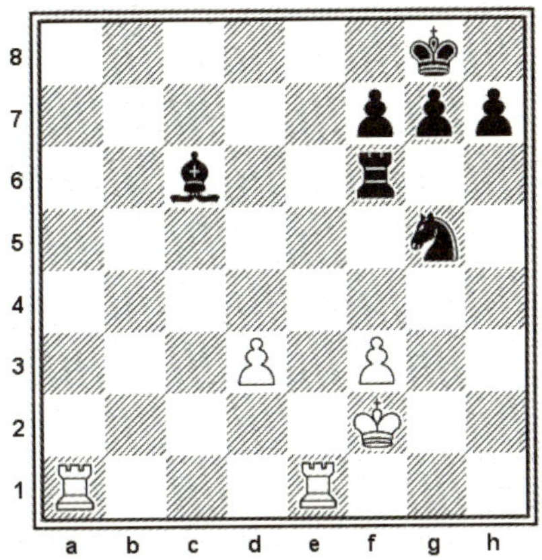

Was ist im obigen Bild zu sehen?
»Der Turm könnte ein Matt geben«, meint Jan.
Wo?
»Auf dem Feld **e8**.«
»Nee, auf **a8**«, ruft ein Schüler.
Ja, beides ginge. Blöd nur, dass da ein Wächter steht, der die beiden Felder bewacht. Sonst wäre es tatsächlich ein Matt auf der schwarzen Grundreihe.

Wie also könnte man den Verteidiger ablenken?

Jan kommt ans große Brett und probiert einiges aus: **1. Te8+** funktioniert nicht wegen **1. . . . Lxe8**, dann **2. Ta8**, und jetzt kann der **Le8** bequem entweder durch **2. . . . Kf8** oder **2. . . . Te6** gedeckt werden. So weit klar?

»Ich weiß es!« Laura ist ganz aufgeregt. »Ich mach das umgekehrt und spiele im ersten Zug **Ta8+**. Der Läufer muss schlagen, und dann folgt im zweiten Zug **Te8 matt!**«

Genau, das ist die richtige Ablenkung. So sieht es dann aus:

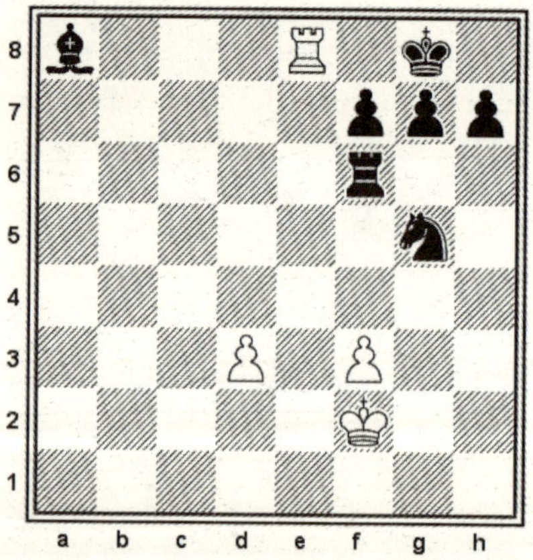

Der Läufer wurde durch das Opfer des Turms ins Eck gelenkt, dann hat der andere Turm freie Bahn nach **e8** zum Matt, das man das **Grundreihenmatt** nennt. Der Läufer war einfach überfordert, er konnte nicht beide Felder dauernd im Auge behalten.

Noch ein Beispiel für die **Ablenkung**, man könnte auch sagen für die **Ausschaltung des überlasteten Verteidigers**, der wie ein Verteidiger im Fußball zu viele gegnerische Stürmer bewachen muss:

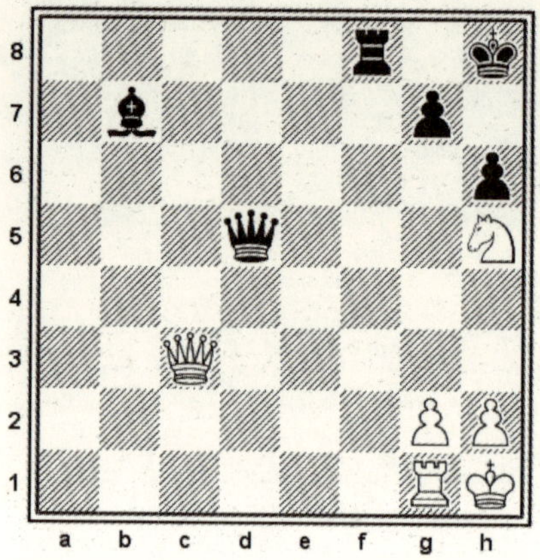

Beide Parteien wollen ein Matt geben. Wenn Weiß am Zuge wäre, spielte er locker **Dxg7#**. Dummerweise ist aber Schwarz dran und setzt sehr elegant matt. **1. Dxg2+**

Der Turm wird von der Grundreihe weggelenkt, und er muss das Damenopfer annehmen.

2. Txg2 Tf1#

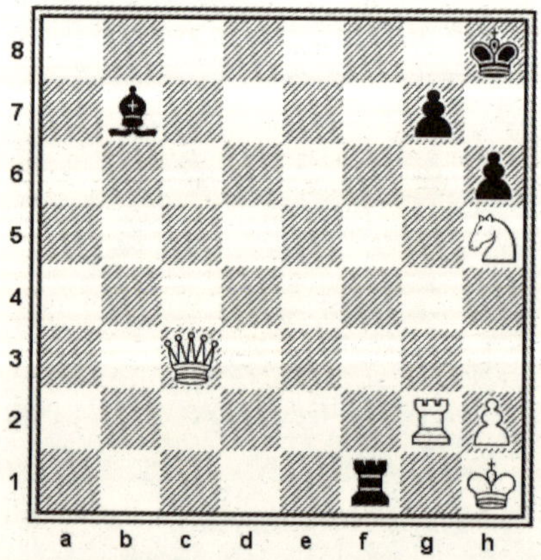

Der Turm ist **gefesselt**, kann also nicht mehr dazwischen! Man hätte dieses Beispiel also auch unter dem Kapitel Fesselung bringen können.

Es kommt öfter vor, dass mehrere Motive (Themen) eine Rolle spielen. Bei den letzten beiden Beispielen waren es Ablenkung und Fesselung.

Die Ablenkung muss aber nicht immer nur mit Schach oder Matt zu tun haben. In den meisten Fällen gewinnt eine Partei einfach Material. Es gelingt, eine Figur des Gegners zu erobern, indem die Deckungsfigur abgelenkt, sozusagen anderweitig beschäftigt wird. Das klingt etwas theoretisch, daher sehen wir uns das genauer an:

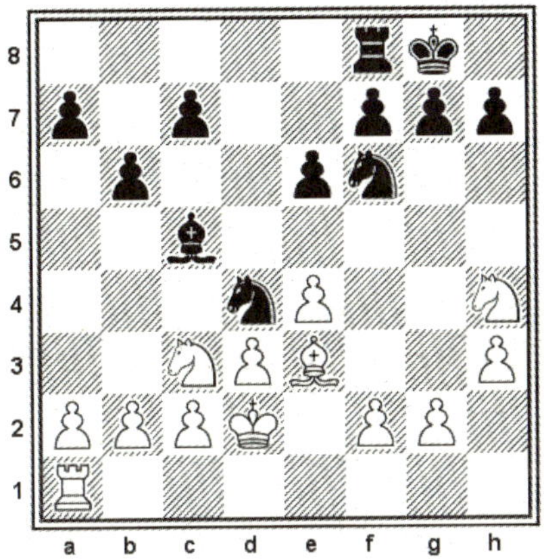

Aufgabe 41:

Diese Stellung oben ist aus einer Schülerpartie: Schwarz war mit dem Springer von **c6** nach **d4** gesprungen, weil er ganz richtig dachte, in der Mitte steht diese Figur immer am besten, weil sie da die meisten Felder unter Kontrolle hat. Normalerweise stimmt das, nur muss man sich immer genau die Stellung ansehen. Hier wird der Springer vom **Le3** angegriffen. Wie wäre es, wenn ich den Verteidiger **Lc5** ablenken kann, damit der Springer ohne Deckung ist?

30. Schritt:

Die Hinlenkung

Hier eine Stellung aus einem Übungsturnier:

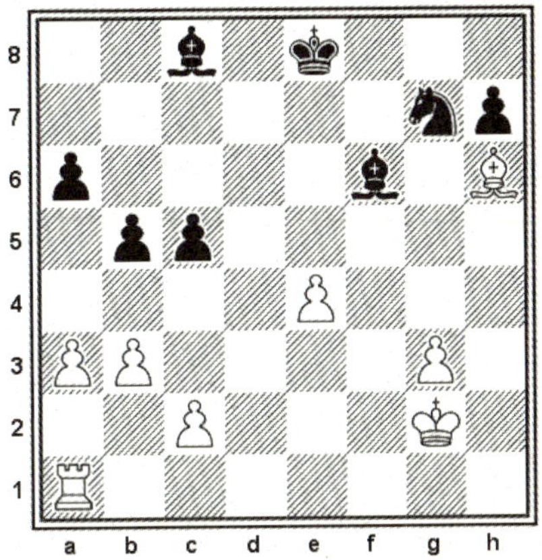

Laura hat zuletzt den Läufer von **e7** nach **f6** gezogen. Sie wollte ihren bedrohten Springer auf **g7** decken und gleichzeitig den weißen Turm angreifen. Tim zog ihn nach **e1**, dabei hätte er – mit **Hinlenkung** und anschließender **Fesselung** – leicht eine Figur gewinnen können.

Stellt euch in der obigen Stellung vor, der Bauer auf **e4** wäre verschwunden und der Läufer stünde auf dem Feld **e5**. Dann könnte ihn der Turm auf **e1** wunderbar fesseln – dahinter steht der König – und der Läufer wäre verloren. Wenn ihr so weit mit euren Überlegungen gekommen seid, zurück zur Stellung: Jetzt findet ihr natürlich sofort den Zug für Weiß, nämlich **e4-e5!**

Neues Beispiel:

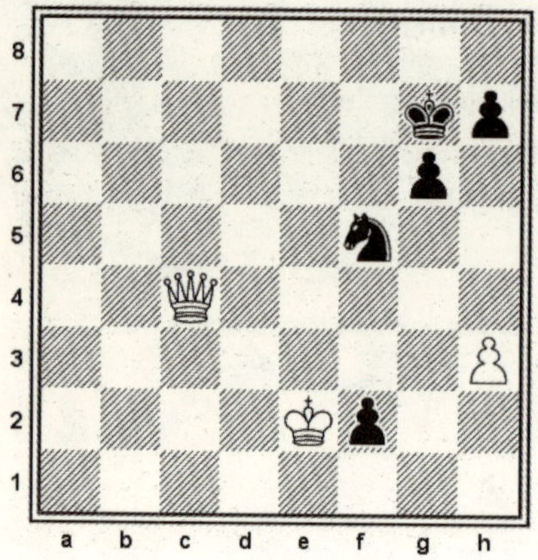

Schwarz ist am Zug. Er hatte schon vor einiger Zeit die Dame verloren, kämpfte aber tapfer weiter. Und sein Mut wurde belohnt!

1. … f1D+

(**Hinlenkung** des weißen Königs!)

2. Kxf1 Se3+

Springergabel! Die Dame ist weg. Jetzt hat Schwarz aufgeholt und kann gewinnen, wenn er es schafft, noch einen Bauern in eine Dame umzuwandeln. Wir werden in dem Abschnitt **Endspiel** sehen, wie man da vorgehen muss.

Oft ist die Hinlenkung mit einem Opfer eines eigenen Bauern oder einer anderen Figur verbunden.

31. Schritt:

Tests und Tricks

Jetzt wollen wir mal testen, was ihr alles behalten habt. Einige Aufgaben sind zu lösen, bei denen Fragen gestellt werden. Einiges habt ihr so ähnlich schon mal gehabt. Nehmt euch eine halbe Stunde Zeit zum Lösen, schreibt die Lösung auf und seht dann hinten nach. Wer weniger Zeit braucht, umso besser.

Aufgabe 42:

Schwarz ist am Zug: Erst hinlenken durch ein Opfer, dann spießen!

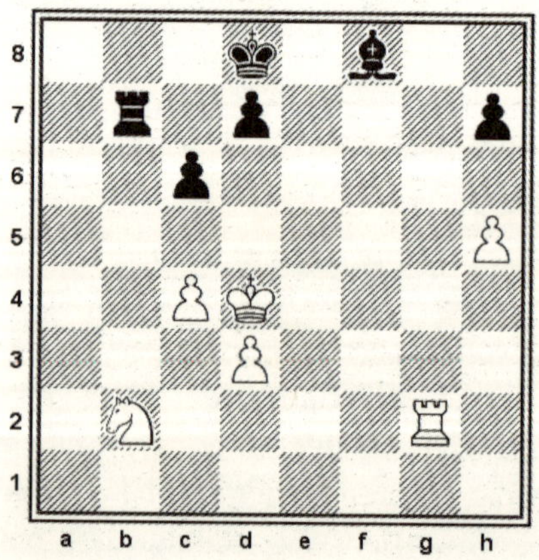

Na, die erste Nuss schon geknackt? Oder rauchen die Köpfe noch? Wenn eine Aufgabe nicht gleich gelöst werden kann, dann geht ruhig zur nächsten weiter und versucht es da.

Aufgabe 43:
Weiß ist am Zug: Erst hinlenken durch einen »Spieß«, dann gabeln!

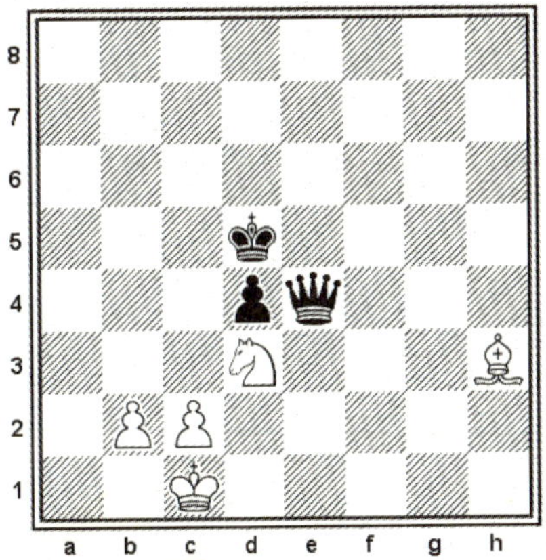

Das nächste Beispiel ist ein bisschen schwieriger. Aber auch da spielt ein Opfer eine Rolle.

Aufgabe 44:
Schwarz ist am Zug: Ablenkung mit Opfer und matt!

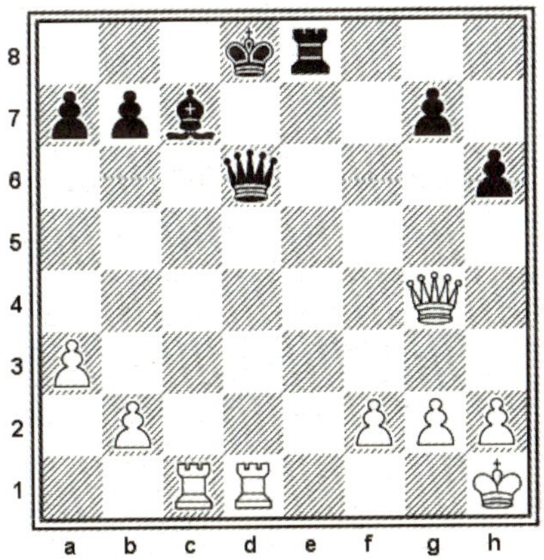

Aufgabe 45:
Der nächste Fall für Sherlock Holmes: Wieder kracht es, weil Schwarz die Dame opfert, einen Verteidiger ablenkt und dann dem weißen König den Garaus macht! Wie heißt das Matt? Schwarz ist am Zug.

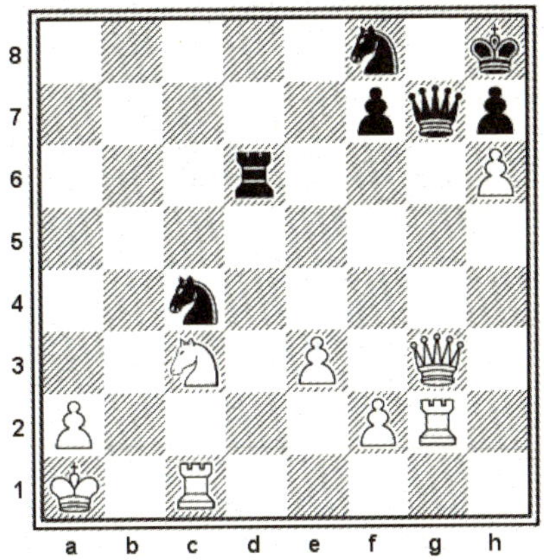

Noch eines kann ich euch versprechen: Wenn ihr euch bemüht, die Aufgaben im Kopf zu lösen oder ein Brett aufstellt und die jeweilige Stellung aufbaut, dann wird euch das von Mal zu Mal leichter fallen. Und ihr werdet bald die Schönheit der Kombinationen erkennen und feststellen, wie gut das Vorausdenken für euer Spiel ist.

Aufgabe 46:
Schwarz ist am Zug. Wer erinnert sich an dieses Matt, das jetzt folgt?

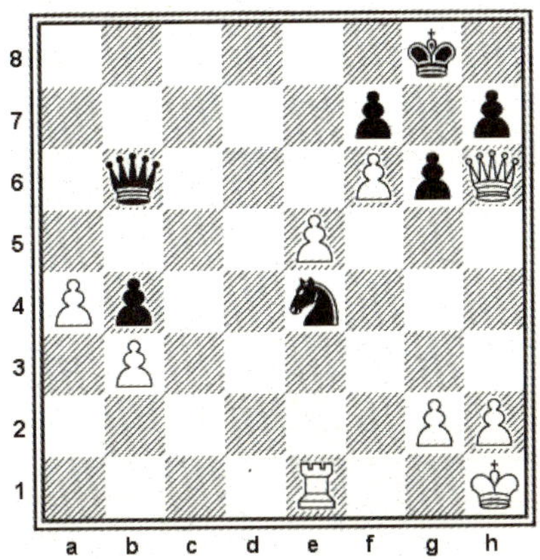

Aufgabe 47:
Im nächsten Beispiel ist Weiß am Zug und jetzt kracht es gewaltig!

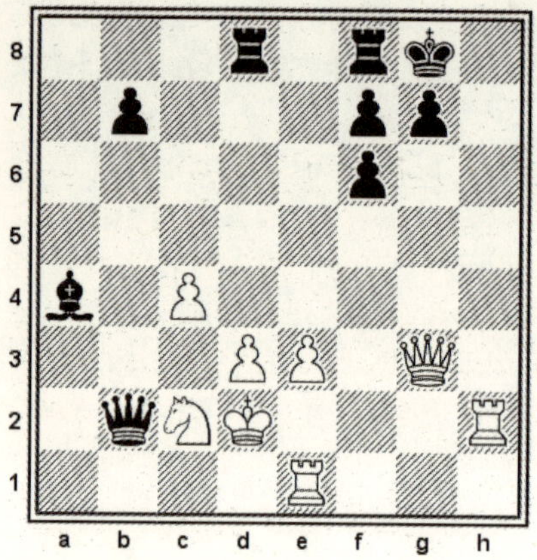

32. Schritt:

Das Remis

Jetzt, nach der Hälfte unseres Kurses, ist es an der Zeit zu erfahren, wie man beim Schach auch unentschieden spielen kann.

Der Kampf am Brett ist beendet, die Gegner haben sich die Hand gereicht und Frieden geschlossen. Keiner hat gewonnen: Sie haben ein Unentschieden vereinbart. **Im Schach heißt das, sie haben remis gespielt. Eine Schachpartie muss also nicht unbedingt mit dem Sieg der einen oder anderen Partei beendet werden.**

Anfängerpartien enden sehr selten mit einem Unentschieden. Meistens gewinnt eine Partei. Ja, viele wissen nicht einmal, dass es beim Schach wie beim Fußball auch ein Unentschieden geben kann. Es gibt aber Stellungen, in denen keine Partei mehr gewinnen kann. Schüler ziehen oft lange hin und her, machen sich sogar noch eine oder zwei Damen, kreisen den Gegner total ein, bis er nicht mehr ziehen kann; aber er steht weder im Schach, noch kann er sonst irgendeine Figur bewegen. Dann kommt der Lehrer und sagt »Patt«, das heißt Unentschieden. Wie kann das denn sein?

Im nächsten Schritt kommen wir darauf, was Patt bedeutet. Zuvor sehen wir uns aber noch andere Stellungen an, in denen es ein Unentschieden, also ein Remis, gibt.

So stand es nach langem Spiel in einer Partie zwischen Tim und einem anderen Schüler:

Hier kann man ewig auf dem Brett rumziehen. Mit dem Läufer und König kann

man nicht matt setzen. Das Gleiche wäre der Fall, wenn anstelle des Läufers ein Springer wäre.
Übrigens: Damit niemand auf die Idee kommt, es doch zu versuchen, weil er an ein Wunder glaubt und hundertmal hin- und herzieht, um den Gegner zu zermürben, merkt euch folgende Regel:
Wenn 50 Züge lang kein Bauer gezogen wird und keine Figur geschlagen wurde, ist die Partie remis.

Eine weitere Regel lautet:
Wenn sich auf dem Brett dreimal die gleiche Stellung durch den gleichen Spieler ergibt, dann ist es ein Remis durch Zugwiederholung.

Das sehen wir uns an zwei Beispielen an:

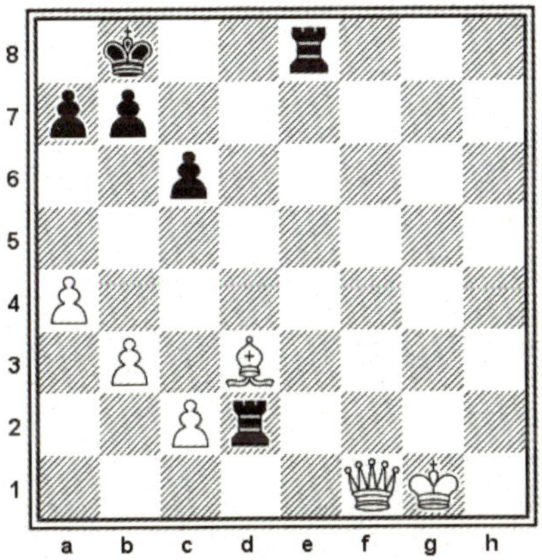

Schwarz, der materiell im Nachteil ist, versucht, ein Remis zu erreichen.
1. … **Tg8+** 2. **Kh1** Weiß kann ja schlecht die Dame nach **g2** dazwischenziehen. Dann wäre sie nämlich weg! 2. … **Th8+**
3. **Kg1** **Tg8+** und so weiter . . .

Das kann man dreimal machen und auch hundertmal. Es wäre eine **Zugwiederholung** und auch ein **ewiges Schach**.

Bei der Zugwiederholung muss nicht immer unbedingt der König mit im Spiel sein. Das zeigt als Nächstes eine Stellung, wie sie im Training vorkam. Weiß hat einen Turm mehr, steht also materiell besser. Aber Schwarz hat mit seinem letzten Zug **Sd7-f6** die weiße Dame angegriffen.

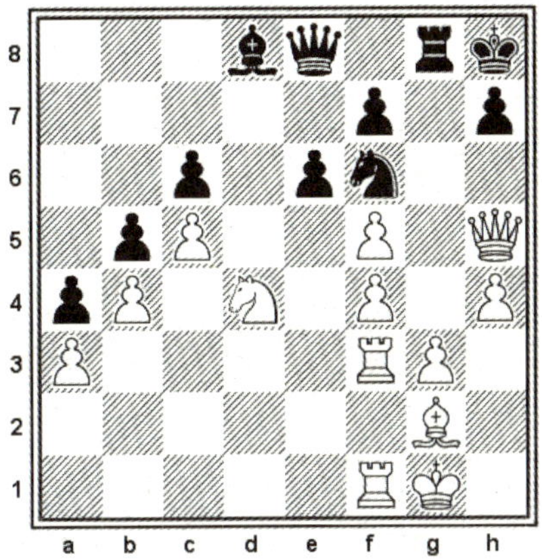

Die vom schwarzen Springer angegriffene Dame geht nach **h6**, dann kommt **Sf6-g4**, und wieder ist sie angegriffen. Also zurück nach **h5** und wieder **S4-f6** mit Angriff auf die Dame. So geht es dreimal weiter, und wir haben ein Remis durch Zugwiederholung.

Jetzt sollte es eigentlich nicht allzu schwer sein, die Frage zu folgendem Bild zu beantworten.

Aufgabe 48:

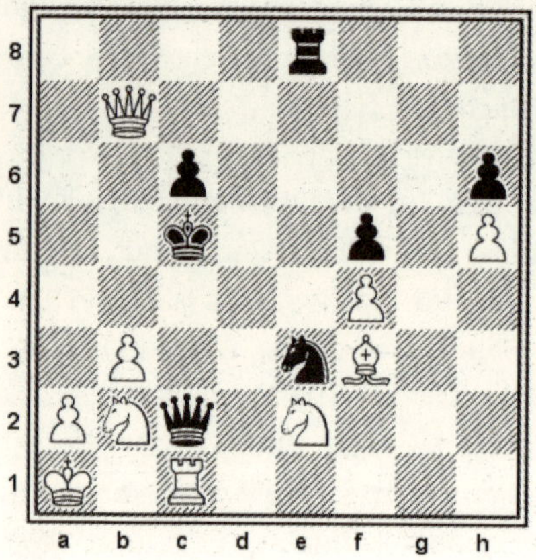

Muss Schwarz aufgeben, weil er jetzt auch noch die Dame verliert? Die kann nämlich nicht weg, weil der König in der gleichen Linie steht und dann im Schach stünde (eine Fesselung).

Wann gilt eine Partie als Remis? Dazu noch einige Regeln zum Merken:

1) Die Gegner vereinbaren einen friedlichen Ausgang, indem der Spieler, der am Zuge ist, das vorschlägt. Das kann zum Beispiel sein, weil sie beide die Stellung für ausgeglichen halten oder weil zu wenig Material auf dem Brett ist, als dass noch eine Partei gewinnen könnte.

2) Es kommt zu einem ewigen Schach (Dauerschach).

3) Es kommt zu einem ewigen Angriff auf eine Figur (Dauerangriff zum Beispiel auf die Dame wie im vorletzten Beispiel).

Die beiden letzten Beispiele bedeuten: dreimal dieselbe Stellung.
Eine solche Wiederholung der Stellung kann sich – abgesehen vom Dauerschach oder Dauerangriff – auch ergeben, weil beiden Spielern kein besserer Zug einfällt und sie deshalb einfach die Züge wiederholen.

33. Schritt: Vorsicht, Patt!

Laura und Jan hatten lange gespielt. Jan hatte einen schlechten Tag, Laura hatte schon eine Dame mehr, machte sich gleich noch eine und dann guckten beide auf einmal ganz ratlos.

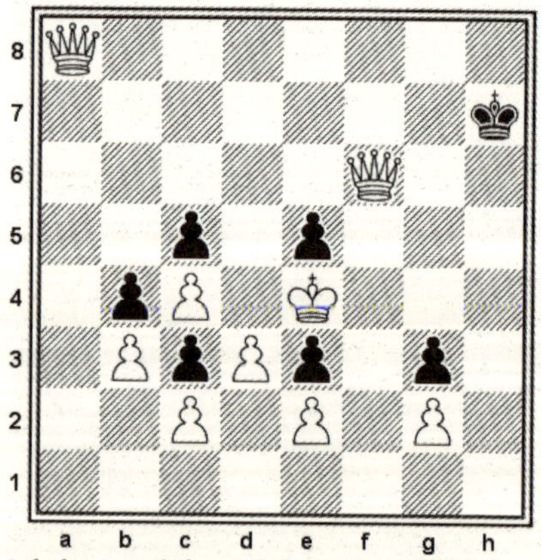

»Ich kann nichts ziehen«, rief Jan. »Jedes Mal komme ich ins Schach.«
»Aber du bist doch eigentlich . . . matt«, wollte Laura wohl sagen, brachte den Satz aber vor Verblüffung nicht zu Ende. Was war geschehen?

Weiß hatte zuletzt **a7-a8D** gezogen und wollte jetzt auf **h8** den schwarzen König matt setzen. Aber der kann echt nicht mehr ziehen, ohne ins Schach zu kommen. Auch alle anderen Figuren – in dem Fall die Bauern – sind blockiert. Schwarz kann nichts mehr machen, ist aber nicht im Schach und nicht matt und das heißt: **Patt!** »**Zugunfähig**« steht im Lexikon. Schwarz muss aber ziehen, es gibt die Zugpflicht für jeden, sobald der Gegner gezogen hat. Schwarz kann es aber nicht, die Partie ist remis! Das heißt unentschieden!

Kurz danach passierte es noch einmal in einer anderen Schülerpartie. Hier war auch schon fast alles vom Brett abgeholzt:

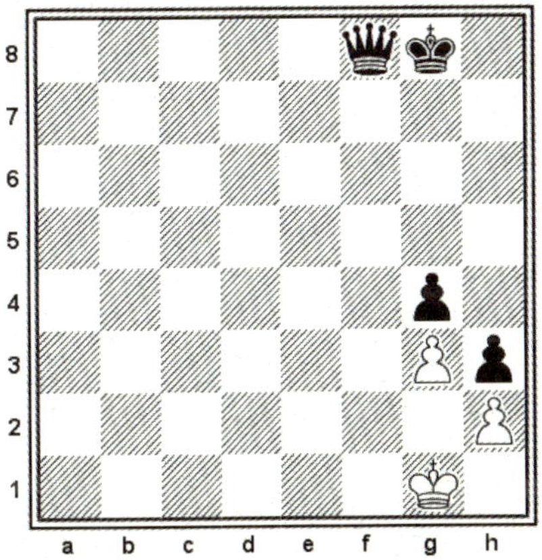

Klar, dass Weiß total verloren ist. Schwarz wollte die Partie schnell beenden, denn er hatte das Matt in zwei Zügen auf **g2** gesehen. Die Dame wäre dann vom Bauern auf **h3** gedeckt. Also triumphierend **Df8-f3**. Das sieht dann aus wie folgt:

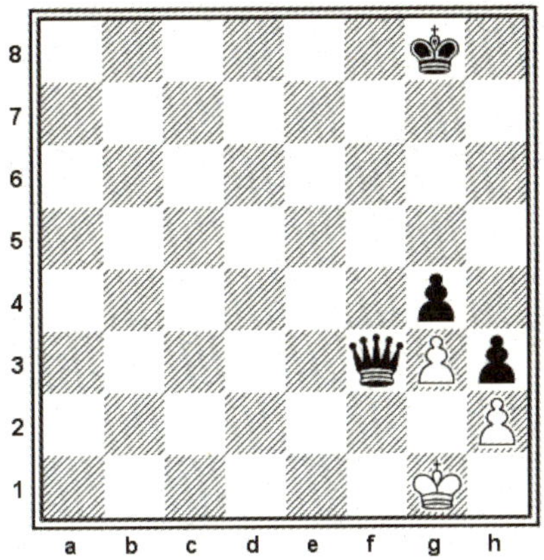

Da haben wir den Salat! Weiß kann nicht mehr ziehen, steht aber auch nicht im Schach! Also »Patt«! Somit merken wir uns:

Patt ist, wenn man keinen den Regeln entsprechenden Zug mehr machen kann, aber auch nicht im Schach steht, also weder der König noch sonst irgendeine Figur sich bewegen kann.
Da beim Schach jeder abwechselnd ziehen muss und nicht passen kann, ist die Partie jetzt beendet. Remis!
Jedes Patt ist ein Remis, aber nicht jedes Remis ist ein Patt!

Also immer aufpassen, besonders dann, wenn man als stärkere Partei eine Dame oder andere Figuren am Schluss mehr hat und glaubt, jetzt sei schon alles klar! Nicht zu schnell ziehen im Gefühl, die Partie sei schon gewonnen! Gerade dann passiert es oft, dass es ein Patt gibt, und man guckt dumm aus der Wäsche!
Umgekehrt gilt für die schwächere Partei: Immer nach Möglichkeiten suchen, vielleicht ein Patt zu erreichen!

Aufgabe 49:
Schafft der Weiße am Zug ein Remis? (»Achtung, Patt« kann man da nur sagen!)

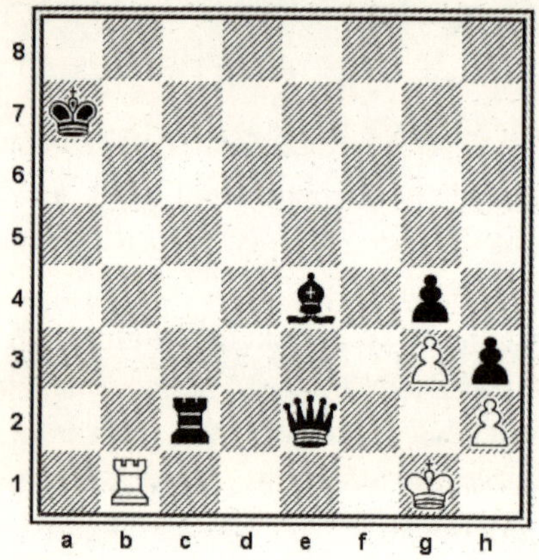

Aufgabe 50:

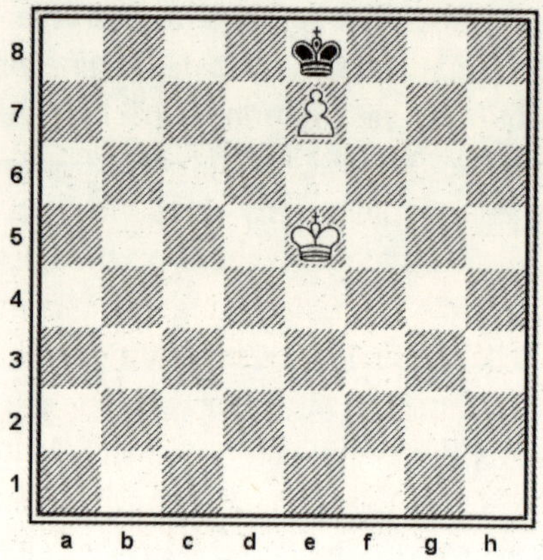

Wie man mit König und Bauern gegen König gewinnt (oder auch nicht), kommt später dran. Aber hier schon mal die Frage, weil es auch zum Thema Patt gehört: Wo darf Weiß auf keinen Fall hin, um seinen kostbaren Bauern auf **e7** zu decken und ihn dann zur Dame zu machen?

II. Wie fange ich eine Partie an?

Was sieht man oft bei Anfängern? Sie ziehen beide Randbauern gleichzeitig im ersten Zug einen Schritt vor, weil sie das von Freunden, Vater oder Mutter so gelernt haben. Und wenn man sie darauf aufmerksam macht, dass es besser ist, das Zentrum mit einem Mittelbauern zu besetzen, sagen sie: Ist doch egal, wie man anfängt! Es ist aber wichtig, ein paar Sachen zu wissen, um schon in der Eröffnung einen Vorteil zu erzielen oder nicht gleich nach wenigen Zügen schon zu verlieren. Sollen wir gleich wieder einsteigen? Mal sehen, wie weit wir heute kommen.

34. Schritt: Grundsätze der Eröffnung

Habt ihr Lust, am Anfang dieses Kapitels auszurechnen, wie viele Züge der Weiße in der Grundstellung machen kann?
Richtig, es sind **genau 20**, prüft es selber mal am Brett nach.

Die ersten Züge nennt man **Eröffnung**. Sie haben Namen, einige davon lernt ihr demnächst kennen. Doch zuerst bleiben wir beim Grundsätzlichen, denn worauf kommt es in einer Eröffnung an?
Tim: »Seine Leute rausbringen! Das hab ich mal gehört.«
Könnte man so sagen. **Es ist auf jeden Fall sehr wichtig, schnell seine Figuren zu entwickeln und ihnen möglichst viel Bewegungsfreiheit zu verschaffen.** Denn wenn er nur hinten dumm rumsteht, wird auch ein Fußballer kein Tor schießen können.

Wir schauen uns am besten zuerst den Anfang einer der ersten Partien an, die Tim (Weiß) und Laura (Schwarz) im Kurs gespielt haben. (Wir bleiben bei der Kurznotation.)
1. e4, e5 Es ist gut, die Bauern in die Mitte – ins **Zentrum** heißt es in der Schachsprache – zu stellen.
2. Dh5 Tim handelt sofort nach seiner Devise »Raus mit den Leuten!«. Allerdings wirft er hier gleich die nach dem König wichtigste Figur in die Schlacht. Das ist gefährlich, denn die könnte das Ziel von Angriffen sein. So sieht es nach zwei Zügen aus:

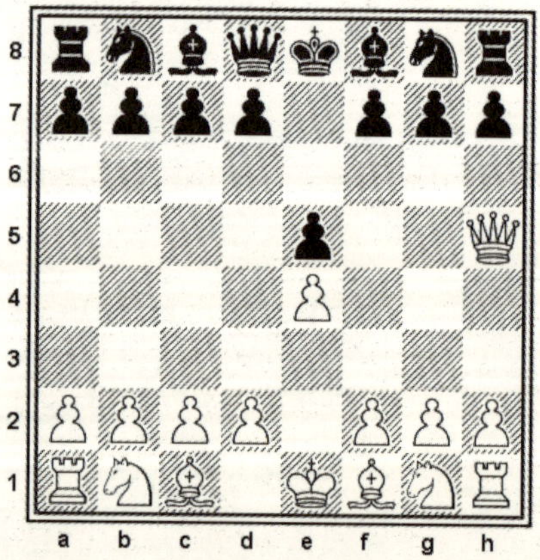

2. Sc6 Laura reagiert richtig. Sie entwickelt den Springer und deckt gleichzeitig ihren Bauern auf **e5**.
3. Lc4 Typisch Tim: Er will auf **f7** matt setzen und hofft, dass es der Gegner nicht merkt. **3. . . . g6**

4. Df3 Er versucht es noch mal, nach **f7** zu kommen. Vielleicht ist der Schwarze ja inzwischen eingeschlafen!

4. … Sf6

Von wegen, der ist hellwach!

5. d3, Sd4

6. De3?? Weil das mit dem Matt auf **f7** nicht geklappt hat, wird Tim jetzt ungeduldig und zieht total überhastet die Dame auf das falsche Feld, ohne zu beachten, welche Chancen Schwarz inzwischen hat.

6. . . . **Sxc2+**

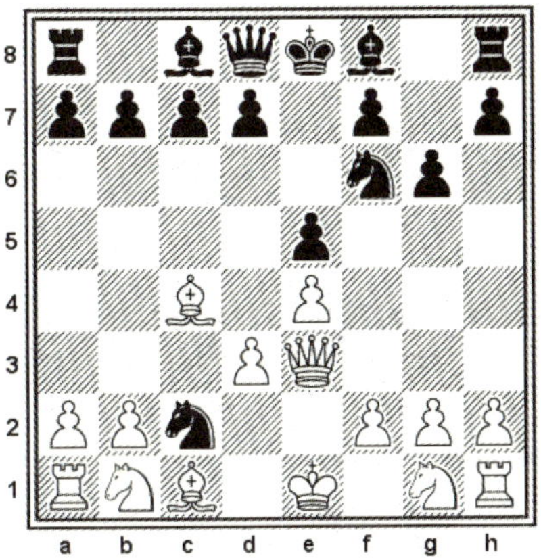

Peng, durch die **Springergabel** ist die Dame weg. Tim war zu hastig, hat nur auf das frühe Matt gesehen, statt auf die Züge des Gegners zu achten. Sie haben diese Partie noch eine Weile gespielt, aber Laura hat dann leicht gewonnen.

Kleiner Merksatz für künftige Meister: Wenn man schon von Anfang an versucht, seinen Gegner so schnell wie möglich matt zu setzen, kann man sicher sein, dass nicht alle Züge gut sind.

Nichts Besonderes, diese Partie, werdet ihr sagen. Das stimmt, aber so ähnliche haben wir viele im Training gesehen. Statt ruhig die leichten Figuren zu entwickeln, werden ganz unmotivierte Angriffe gestartet.

Wir zeigen eine Partie zwischen zwei Anfängern, die in den Kurs kamen.

1. h3, a5 Das bringt nichts für die Entwicklung, denn die Läufer bleiben eingesperrt.

2. a4, Sa6 Wir haben ja schon früher festgestellt, dass der Springer am Rand nicht viele Felder hat. Besser wäre es gewesen, ihn mit **Sc6** in die Mitte zu bringen.

3. g3, f6 Damit schwächt der Schwarze ganz unnötig die Seite des Königs, denn der sollte so lange wie möglich von den Bauern geschützt bleiben.

4. Lg2, Tb8 5. c3, Sc5 6. e3, d6 7. Sa3, Sd3+ 8. Kf1, g5 9. Dh5+, Kd7 10. h4, gxh4 11. Db5+

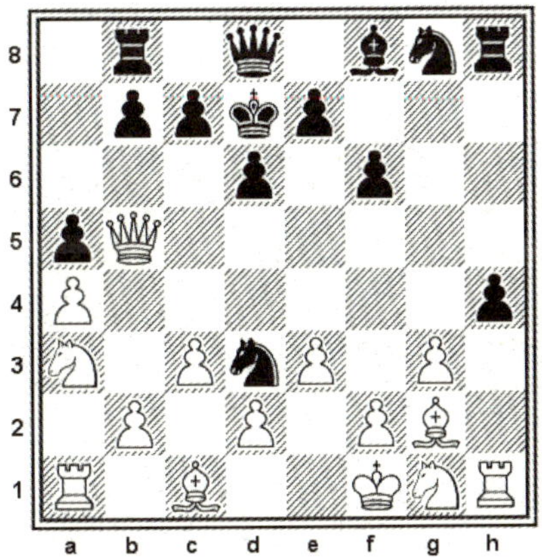

Ziemlich wüste Angelegenheit, werden die feststellen, die sich schon besser in der Eröffnung auskennen. Schwarz verliert jetzt den vorwitzigen Springer auf **d3: Doppelangriff** auf König und Springer. (Die Partie ging noch eine Weile weiter, ist aber für unser Thema, die Eröffnung, nicht weiter interessant.)

Wenn wir die Stellung oben sehen, die immerhin schon elf Züge alt ist, stellen wir fest, dass Schwarz außer dem Springer so gut wie keine Figur entwickelt hat.
Auch Weiß hat nicht viel getan, nur der Läufer steht auf **g2** und die Dame sauste in der Gegend rum und steht jetzt auf einem Feld, wo sie so früh bestimmt nicht hingehört. (Okay, in der Partie hat sie ein Schach gegeben und gewinnt eine Figur. Ausnahmen bestätigen eben die Regel.)
Im Grunde aber haben beide Parteien sehr ziellos und ohne Plan gespielt.

Man muss sich nur mal klarmachen, was die ersten Züge in der Partie, deren Beginn wir eben gesehen haben, eigentlich leisten. Hier ist die Stellung nach dem ersten Zug von beiden:

Zwei Randbauern wurden vorgezogen. Kann irgendein Läufer raus?
Nein.
Nur die Springer, aber die können auch ziehen, wenn alle Bauern noch auf ihrem Platz stehen. Und der wichtige Kampfplatz in der Mitte – das **Zentrum** nämlich mit den Feldern **c4, d4, e4, f4, f5, e5, d5** und **c5** – ist frei und wird von keiner Seite besetzt oder kontrolliert. Ihr seht die markierten zentralen Felder unten in dem Diagramm.

Der Bauer auf **h3** kontrolliert nur das im Moment ganz unwichtige Feld **g4**, weil er ja schräg schlagen kann. Und der Bauer **a5** hat das so früh nicht weniger unwichtige Feld **b4** im Blick.
Beide haben praktisch zwei Züge verschenkt, statt viel bessere Felder zu besetzen. Sie haben Zeit oder auch **Tempi** (lateinisch *tempus* = Zeit) verloren, wie man auch beim Schach sagt. Von **einem** verlorenen **Tempo** (Mehrzahl Tempi) spricht man, wenn ein Zug gespielt wurde, der die Stellung nicht verbessert und daher Zeit verschwendet hat.

Beim Fußball, Basketball oder einer ähnlichen Sportart würde das bedeuten, da spielt jemand dauernd in der Ecke hin und her, statt die Zeit zu nutzen, um sich gut aufzubauen und nach vorne zu kommen.

Anders wäre es, wenn die ersten Züge so lauteten:

Weiß:	**Schwarz:**
1. e4	e5

Man nennt sie die Königsbauern, und stolz stehen sie nach dem ersten Zug in der Mitte. (So beginnen auch die meisten Partien.) Das sehen wir uns an:
Der weiße Bauer **e4** kontrolliert die wichtigen Zentralfelder **f5** und **d5**, sein Gegenüber linst auf **d4** und **f4**. Außerdem können die Läufer (der weiße bei Weiß, der schwarze bei Schwarz) schon weit raus auf lange Diagonalen.
Zwei andere Anfangszüge, die ebenfalls sehr oft vorkommen, sind folgende.
1. d4, d5

Weiß kontrolliert bereits jetzt zwei wichtige Felder: **e5** und **c5**, Schwarz entsprechend **e4** und **c4**.

Und nun können wir auch schon einen kleinen Satz zum Merken festhalten: **Bauern gehören am Anfang ins Zentrum. Dort entfalten sie die größte Wirkung.**

Als Nächstes heißt es: **Möglichst schnell die Figuren raus!** Um noch mal beim Fußball zu bleiben: Da stehen sie ja auch nicht hinten rum und warten drauf, bis der Gegner kommt. Sie versuchen, ihn schon viel früher abzufangen, irgendwie zu beschäftigen und selber zum Angriff zu kommen.

Ebenso wie für die Bauern gilt auch für die anderen Figuren (und das heißt am Anfang für die Springer und die Läufer): **Immer Plätze suchen, wo sie besonders wirksam sind und wo sie vielleicht etwas angreifen können.**

Das sehen wir uns bei den ersten Zügen einer Partie an, die zwischen Schülern, die sich mit der Eröffnung schon besser auskannten, gespielt wurde:

Weiß: **Schwarz:**
1. e4 **e5**
2. Sf3
Der Springer wird entwickelt und greift den Bauern auf **e5** an. Schwarz deckt ihn mit
2. … **Sc6**
3. Lc4
Den Läufer zu entwickeln, ist gut. Es ginge auch nach **b5.** Auf **d3** würde er dem wichtigen weißen Bauern **d2** (den Damenbauern) den Weg verstellen,

und auf **a6** würde er weggeputzt. Schwarz macht das nach mit

3. … Lc5

4. Sc3

Der zweite Springer wird entwickelt.

4. … Sf6

5. d3 d6

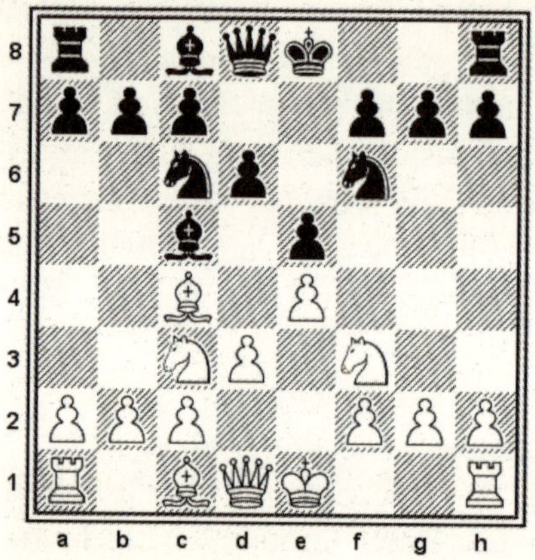

Wir sehen genauer hin und stellen nach den ersten fünf Zügen fest:

Beide Parteien haben gut und vernünftig gespielt, auch wenn Schwarz dem Weißen, so sieht es aus, erst mal die Züge nachgemacht hat. Das nennt man eine symmetrische Aufstellung. Beide haben schon einige Figuren entwickelt, sie stehen gut, und bald werden die Könige durch die Rochade in Sicherheit gebracht.

Man nennt diese Eröffnung übrigens die **Italienische Eröffnung**. Viele Eröffnungen tragen den Namen des Landes, in dem sie vor einigen Jahrhunderten oder Jahrzehnten entstanden sind. Darüber werdet ihr in einem späteren Kapitel noch mehr erfahren.

Wie man nicht unbedingt eröffnen sollte, seht ihr in der folgenden Partie (in Kurzform aufgeschrieben):

1. e4, e5 2. d4, exd4 3. Sf3, Sc6

4. Lc4 So weit, so gut. Aber jetzt lässt Schwarz sich verleiten, die Dame zu früh zu ziehen, weil er auf den Bauern **e4** schielt.

4. . . . De7?

Das kriegt ein dickes Fragezeichen. **Le7**, ein normaler Entwicklungszug, wäre viel besser gewesen.

5. 0-0, Dxe4?? Er frisst den Bauern!

6. Te1

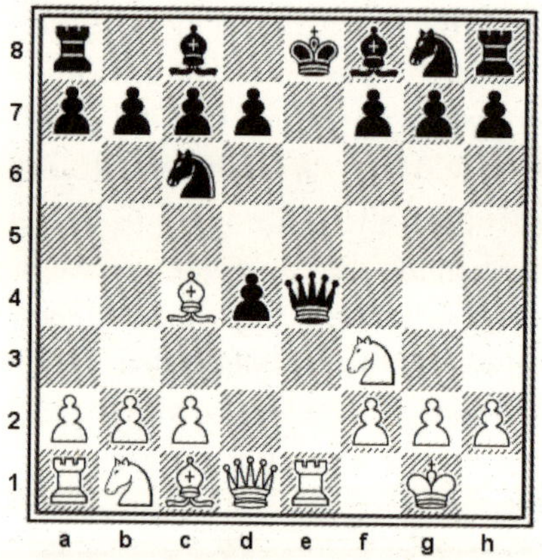

Nun geht die todesmutige Dame verloren, denn sie ist gefesselt (echte Fesselung). Übrigens hätte Weiß statt **Te1** auch **Lxf7+** spielen können. Warum? An das Motiv Springergabel denken!

Der Schwarze hat bei seinen Eröffnungszügen gleich gegen zwei Grundsätze verstoßen: Die Dame kam zu früh raus, und der König wurde nicht in Sicherheit gebracht. Daher lohnt es sich, wenn wir uns noch einmal die drei wichtigsten Prinzipien der Eröffnung im nächsten Schritt genau ansehen.

35. Schritt:
Merksätze für die Eröffnung

1) Bauern ins Zentrum!
Je besser man die wichtigen zentralen Felder kontrolliert, umso mehr hat man vom Spiel. Den Randbauern am Anfang vorzuschieben, nützt nichts.

2) Figuren raus!
Sehr wichtig ist es, »seine Leute«, wie Tim sagen würde, früh zu entwickeln und ins Spiel zu bringen. Wenn man dabei zu viel Zeit (»Tempi«) verliert und unnütze Züge macht, kommt einem der Gegner zuvor. Was für die Bauern gilt, gilt auch für die Figuren: Das Zentrum, also die Mitte des bretts, ist sehr wichtig. Man kann das schon an der einfachen Tatsache erkennen, dass der Springer am Rande die wenigsten Felder hat und auch die anderen Figuren meist vom Rand aus weniger bewirken können. Zähle nur einmal die Anzahl der Felder, die ein Läufer auf **h4** hat im Gegensatz zu denen, die er von **d4** aus beherrschen könnte. Aber aufpassen: **Nicht ohne Grund zu früh die Dame rausziehen und sie dadurch vielleicht in Gefahr bringen!**

3) König in Sicherheit bringen!
Die wichtigste Figur des Spieles ist auch die schwächste. Auf seinem Ursprungsfeld in der Mitte ist er am meisten gefährdet. Durch die Rochade kann er in Sicherheit gebracht werden. Die schönste Figurenentwicklung nützt gar nichts, wenn der König vom Gegner bedroht werden kann. Gleichzeitig wird durch die Rochade auch der Turm aus seiner Ecke rausgeholt und kann so am Geschehen teilnehmen.

Das sind die drei wichtigsten Grundsätze. Es gibt noch ein paar mehr, so sollte man am Anfang nicht mehrmals mit einer Figur ziehen. Man sieht nämlich oft in den Partien der Schüler, dass sie zum Beispiel erst mit dem Springer brav rausgehen nach **f3**, ihn dann nach **g5** ziehen und schließlich wieder zurück nach **f3**, ohne dass es irgendeinen Nutzen gebracht hätte. Damit hat man Zeit vergeudet, die man besser für die Entwicklung von anderen Figuren genutzt hätte. Also immer daran denken: **Wenn es geht, keine Figur am Anfang mehrmals ziehen und damit Tempi verschenken!**

Übrigens, eines muss euch klar sein: Wir können hier im Kurs nur über die allgemeinen Prinzipien der Eröffnung sprechen, also darüber, was wichtig ist und was man tun oder besser lassen sollte. Wir können noch einige der am meisten gespielten Eröffnungen kurz vorstellen. Es gibt aber Hunderte von Büchern über die Eröffnung, mit Tausenden von einzelnen Varianten. Die großen und kleinen Meister studieren sie ständig, um fit zu sein für den Anfang ihrer Partien. Wenn ihr eine Weile dabeibleibt, kriegt ihr mit der Zeit raus, welche Anfangszüge ihr bevorzugt.

36. Schritt:
Kleiner Eröffnungstest

Wie gesagt kann es nur um die grundsätzlichen Sachen gehen und hierzu haben wir noch ein paar Stellungsbilder und Aufgaben ausgesucht. Es wird euch nicht schwerfallen zu sagen, was man von den angegebenen Zügen spielen könnte und was man besser lassen sollte.

Aufgabe 51:

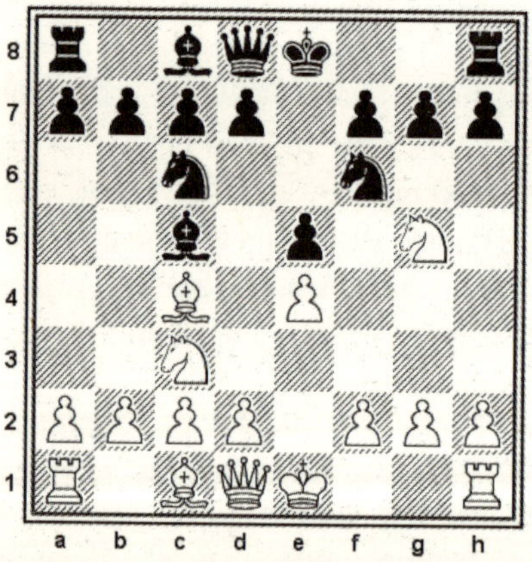

Schwarz ist am Zug: **h6, d6, De7** oder **0-0?** Welcher Zug ist richtig?

Kleiner Tipp: Bitte an unsere Eröffnungsprinzipien denken oder sie noch mal durchlesen.

Aufgabe 52:

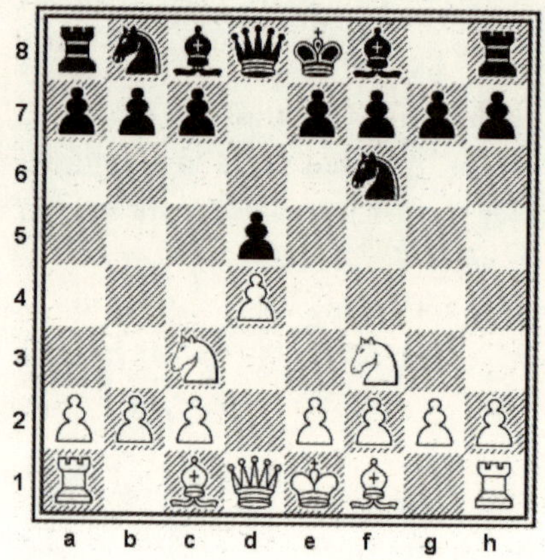

Schwarz ist am Zug: **a6, Lf5** oder **Dd6?** Immer normale Entwicklungszüge machen. Keine Tempi verschenken!

Aufgabe 53:

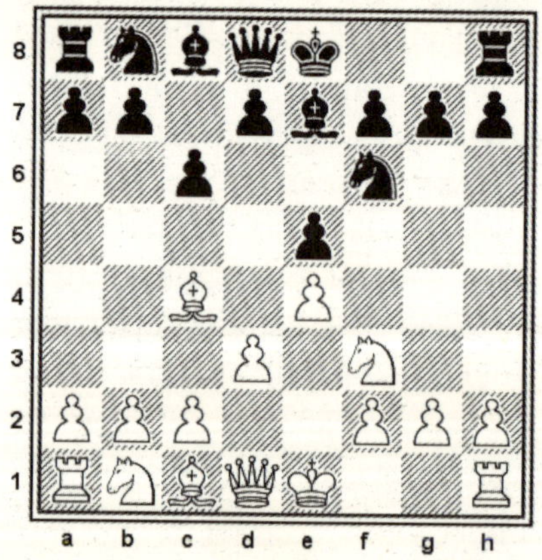

Weiß ist am Zug: **0-0, Sc3** oder **Sxe5?** Tipp: Achtung, bei einem Zug läuft man in eine Falle. (Stichwort »Doppelangriff«!)

Aufgabe 54:

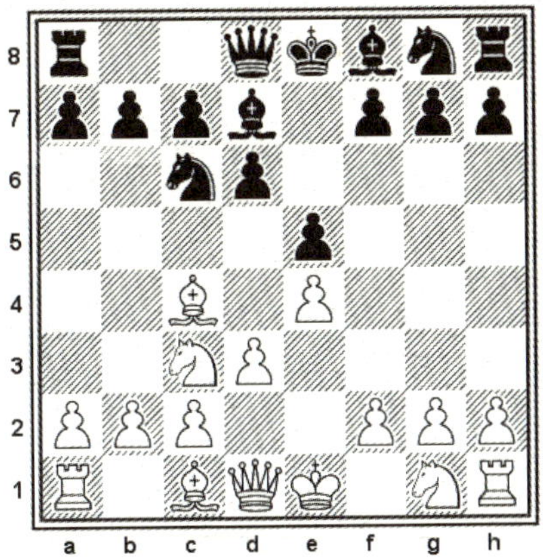

Weiß ist am Zug: **Dh5, Sf3** oder **Df3**?

Aufgabe 55:

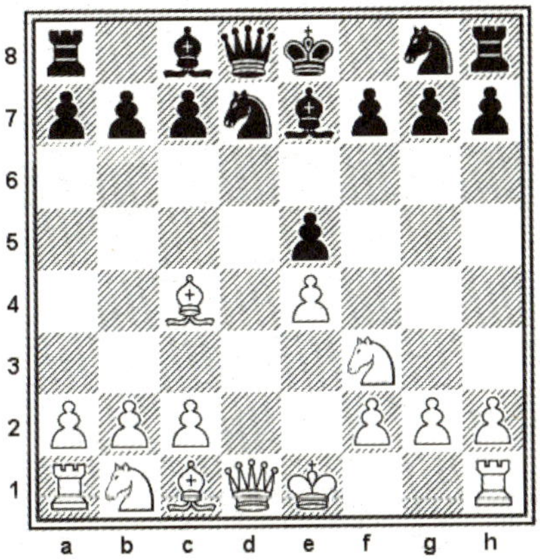

Weiß ist am Zug: **0-0, Dd5** oder **Le3**?

Dazu wiederholen wir den altbekannten Satz: **Ausnahmen bestätigen die Regel**. Was ist wohl in dieser konkreten Stellung oben damit gemeint?
Eine kleine Anmerkung: Beim Schach wie bei allen anderen Spielen gibt es festgelegte Regeln. Die müssen natürlich befolgt werden, sonst gibt es die Rote Karte. Daneben gibt es Prinzipien, die im Laufe der Zeit durch Erfahrung, durch Nachdenken, durch Ausprobieren herausgefunden wurden. Es ist gut und nützlich, dieses Grundsätzliche zu beachten. Aber manchmal drängen sich andere Ideen auf, und dann kann man auch schon mal eine Figur zweimal in der Eröffnung ziehen oder die Dame ganz früh entwickeln. Denn: **Matt gewinnt immer!** Nun haben wir aber fast schon zu viel zur letzten Stellung verraten, daher gleich die nächste:

Aufgabe 56:

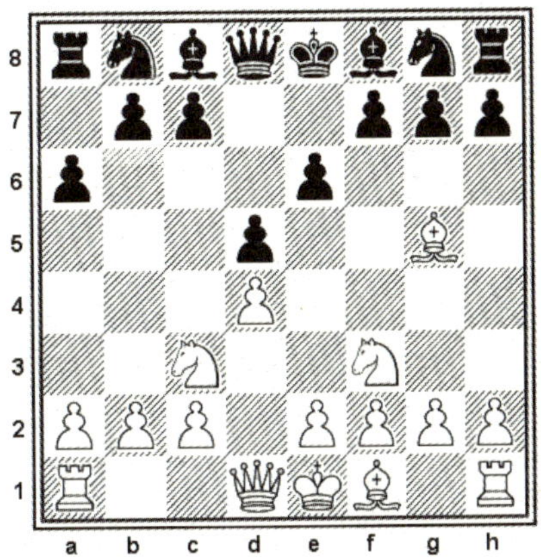

Schwarz ist am Zug: **Sf6, Dd7, Le7** oder **f6**?

Okay, wer die Aufgaben richtig löst, hat einen fetten Applaus verdient!
Am Anfang einer Schachpartie ist übrigens die Zahl der unterschiedlichen, guten Zugfolgen noch übersichtlich. In der Meisterpraxis haben sich bestimmte Eröffnungen – so heißen diese Zugfolgen zu Beginn der Partie – bewährt. Im nächsten Schritt stellen wir kurz einige dieser Eröffnungen vor, aber erst einmal ist Hamoun wieder dran.

Das Schachspiel ist kunstvoller und vornehmer als alle anderen!

Hatte ich erwähnt, dass sich die indischen und arabischen Regeln langsam und Schritt für Schritt verwandelten, als sich das Spiel in Europa ausbreitete? Zum Ende des 15. Jahrhunderts jedenfalls waren die Läufer schneller, die Rochade war erfunden, aus dem Wesir, der früher dem König zur Seite stand, wurde, oh Wunder einer Umwandlung der Geschlechter, eine Königin, die heute meist »Dame« genannt wird. Und wir, die kleinen Bäuerlein, wurden aufgewertet durch die Möglichkeit der Umwandlung in jede beliebige Figur mit Ausnahme des Königs. Der Kleinste kann der Größte werden, und so kam es einst zur folgenden Szene, die ich, euer Hamoun, jetzt zu eurer Unterhaltung schildern werde:

»Was, der einfache Fußsoldat soll Königin werden?«, schnauzte der Herzog von Burgund seinen Berater an, als man ihm an einem schönen Sommertage im Pavillon seines Schlosses in Dijon die Regeln des Schachspiels erklärte. »Das können wir auf keinen Fall dulden!«

Der Vertraute des Herzogs, ein gewisser Lucien de Montargis, ein schon lange des Schachspiels und in vielen Wissenschaften kundiger Mann, ließ sich nicht einschüchtern.
»Eure gütige Herrschaft ist im ganzen Reiche bekannt«, lobte er den Herzog. »Die Ordnung in Burgund ist vorbildlich. Sie gleicht der fest gefügten Ordnung auf diesem Brette.« Damit verwies Montargis auf den aus herrlichen roten und weißen Edelsteinen bestehenden Schachtisch, der zwischen ihm und dem Herzog stand. »Kein Spiel auf dem Erdenrunde könnte die Ordnung des Staates besser darstellen.«
»Ich dulde keine Revolution! Wenn die Bauern sich in Herrscher umwandeln können, so kommt dies einer solchen gleich!«, donnerte der Herzog.
»Im Mittelpunkt des Schachbretts sowie des Staates steht der König, niemand sonst«, versicherte der Ratgeber seinem Herrn. »Alle Figuren haben ihre Ämter und Befugnisse von ihm und müssen ihm untertan sein. Gleich ob Dame, Läufer, Springer oder Bauer, der Wille des Herrschers ist entscheidend. Die Bauern symbolisieren dabei mit ihrer Gabe, sich in eine höhere Figur umwandeln zu können, die unendliche Güte des Herrn, der allen Menschen einräumt – sofern sie dem König treu dienen – auch aufsteigen zu können, um so ihre Kraft noch mehr zum Wohle des Staatswesens einsetzen zu können.«
Ein fürwahr heller Kopf, dieser Lucien de Montargis! So hatte er den Herzog schon halb gewonnen. Er verwies noch darauf, dass von Revolution, also Aufstand gegen die Herrschaft, keine Rede sein könne. Die Bauern würden sich ja nicht in eine Figur der gegnerischen Partei umwandeln, sondern würden das eigene Heer verstärken und ihm somit zum Siege verhelfen. Schließlich legte er dem Herzog noch das Buch vom Schach-, Würfel- und Brettspiel vor, welches sich in einer Ecke der herzoglichen Bibliothek befunden hatte. Es war Ende des 13. Jahrhunderts von König Alfons X. von Kastilien verfasst worden. Montargis zitierte auch sogleich eine Stelle daraus: »Die Spiele unterschieden sich auf vielfältige Art. Das Schachspiel jedoch ist kunstvoller und vornehmer als alle anderen.«
Nun war der Herzog von Burgund geschlagen. Ich hörte noch, wie er tief aufseufzte und dem Berater bedeutete: »Dann stelle er nun die Figuren auf und lehre mich das Spiel!«

Ich schließe diese kleine Geschichte, liebe Freunde, mit dem Hinweis, dass der Herzog von Burgund fortan einer der eifrigsten Schachspieler war und jedermann zu einer Partie einlud, ja sogar Turniere organisierte, bei denen es viel Geld zu gewinnen gab für die fahrenden Ritter und Spieler jener Zeit.

37. Schritt:

Das »Ruhige Spiel« oder die »Italienische Partie«

Man mag bei Italien an die Adria und an Pizza denken, an herrliche Strände und nette, freundliche Menschen. Stimmt alles, Schachspielern fällt zu Italien noch ein, dass es vor ein paar Hundert Jahren in dem Mittelmeerland viele gute Spieler gab und dort eine bis heute gespielte und berühmte Eröffnung erfunden wurde: das **Giuoco Piano.** Rund 400 Jahre ist das »Ruhige Spiel«, wie es übersetzt heißt, schon alt. Verkürzt heißt die Eröffnung heute **Italienisch.** Ihre ersten Züge gehen so:

1. e4, e5 2. Sf3, Sc6 3. Lc4, Lc5

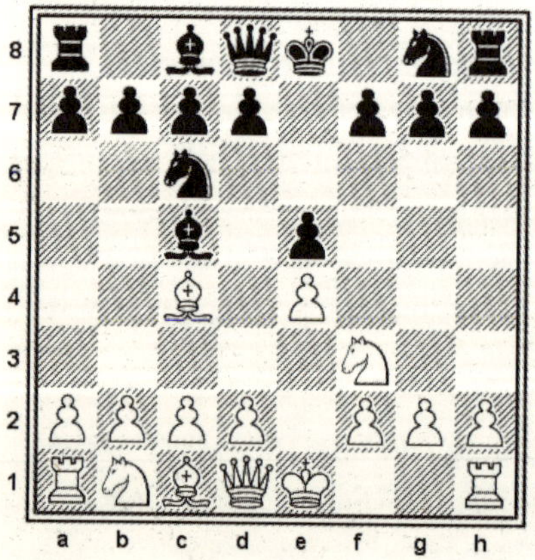

Das ist die Grundstellung der Italienischen Partie. So ruhig, wie sie ursprünglich hieß, ist sie nicht, denn der Weiße hat schon seinen Läufer in Angriffsposition gebracht und schielt nach **f7**, auf den am wenigsten geschützten Punkt in der schwarzen Stellung. (Erinnert euch an das »Schäfermatt«, wo es auf dem Feld dann krachte und der schwarze König sein Leben aushauchte.)

Es gibt ab hier in dieser Eröffnung schon Dutzende verschiedener Möglichkeiten, die wie gesagt in den speziellen Eröffnungsbüchern beschrieben werden. Mit **4. d3** kann es ruhig weitergehen (piano!), **4. c3** wird am meisten gespielt (um dann mit **d4** das Zentrum weiter zu besetzen), aber natürlich sind auch andere Züge möglich.

Diese Eröffnung gehört zu den sogenannten **Offenen Spielen,** das heißt, es gibt einen direkten Zusammenprall im Zentrum (**e4, e5**) und eine schnelle Entwicklung, damit der Kampf beginnen kann.

Es kann ganz symmetrisch weitergehen wie in einer Partie zwischen Tim und Carola, die wir noch einige Züge lang zeigen wollen:

4. 0-0, Sf6 5. d3, 0-0 6. Sc3, d6
7. Lg5, Lg4

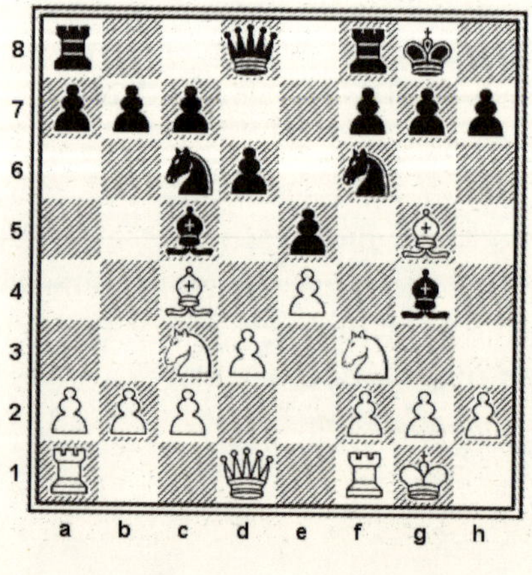

Die Stellung ist total ausgeglichen. Beide sind voll entwickelt, der Kampf kann jetzt richtig losgehen. Schwarz kann auch nicht mehr lange die Züge von Weiß nachmachen, denn wenn der jetzt zum Beispiel **h2-h3** zieht und den Läufer angreift (das könnt ihr euch jetzt sicher schon genau im Kopf vorstellen, oder?), dann muss sich Schwarz entscheiden: den Springer schlagen oder zurück mit dem Läufer. Damit wäre die Symmetrie dann aufgehoben.

38. Schritt:

Die Spanische Partie

Spanien war nach Italien das zweite große Schachland des Mittelalters, in dem es die ersten Berufsspieler gab und Schach hoch angesehen war. Die neuen Regeln, von denen wir schon gesprochen haben und die bis heute gelten, hatten sich überall durchgesetzt. Der spanische Priester Ruy Lopez veröffentlichte im Jahre 1561 ein Buch über seine Theorie der Eröffnung. Das war eines der ersten Schachbücher. Die nächste wichtige Eröffnung, die sogenannte **Spanische Eröffnung**, wird auch heute noch tausendfach auf allen Turnieren der Welt gespielt und geht auf diesen Geistlichen zurück. (Sie hieß zuerst auch »Eröffnung Ruy Lopez«.)

Das sind die ersten Züge:
1. e4, e5 2. Sf3, Sc6 3. Lb5

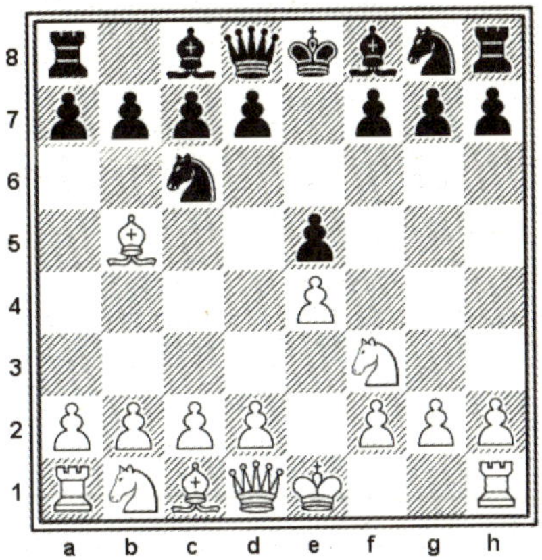

Da haben wir die Grundstellung. Statt nach **c4** wie bei der Italienischen Eröffnung ist der Läufer nach **b5** gewandert. Meist wird jetzt **3. . . . a6** gespielt, um den Läufer zu einer Erklärung zu zwingen. Tauschen oder wegziehen? Das ist hier die Frage. Nehmen wir an, Weiß tauscht den Läufer gegen den Springer (der Versuch, direkt einen Bauern zu gewinnen, scheitert): **4. Lxc6, dxc6 5. Sxe5, Dd4 6. Sf3, Dxe4+.**

Weiß muss ja nicht auf **c6** tauschen, sondern kann sich nach **3. ... a6** zurückziehen. So geht es weiter:

4. La4, Sf6 5. 0-0, Le7 6. Te1, b5
7. Lb3, 0-0 8. c3

Weiß will mit **d4** das Zentrum besetzen!

8. . . . d6 9. h3

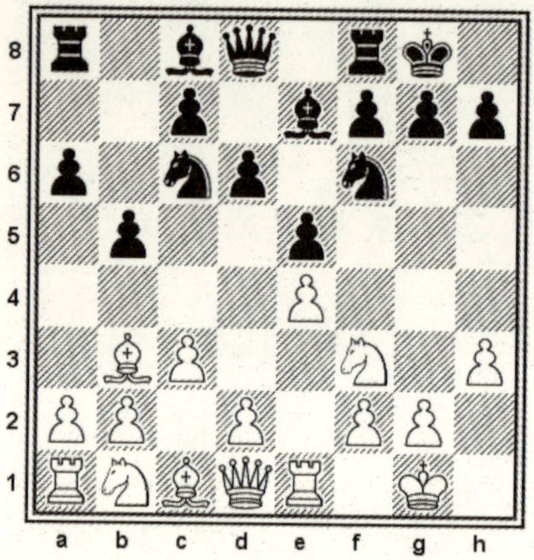

Wir verlassen bei dieser Position die Spanische Eröffnung und sehen, dass auch hier unsere nun schon mehrfach besprochenen **Eröffnungsgrundsätze** eingehalten werden:

1) Zentrum besetzen

2) Figuren entwickeln

3) König in Sicherheit bringen

39. Schritt:

Die Schottische Partie

Zum Kennenlernen noch zwei Anfangsspielzüge. Die sogenannte **Schottische Partie** wurde bei einem Städtewettkampf zwischen Glasgow und London im vorletzten Jahrhundert erfunden. Diese Eröffnung fängt so an:

1. e4, e5 2. Sf3, Sc6 3. d4

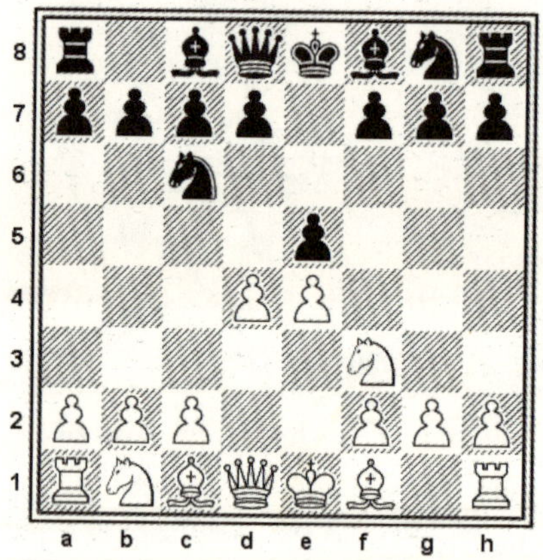

Hier geht es gleich zur Sache. Entwicklung und Angriff stehen an erster Stelle. Für temperamentvolle Angriffsspieler ist diese Eröffnung zu empfehlen.

Im früher viel gespielten **Königsgambit** versucht der Weiße Schwarz schon sehr früh anzugreifen: **1. e4, e5 2. f4**
Mit dem Zug **f4** soll zum einen der schwarze Bauer durch ein Opfer – das nennt man Gambit, was vom italienischen Ausdruck *dare la gambetta* kommt und so viel heißt wie *»ein Bein stellen«* – aus dem Zentrum gelockt werden. Zum

anderen will Weiß sich die f-Linie öffnen, um später starke Angriffsmöglichkeiten gegen den schwarzen König zu erhalten.

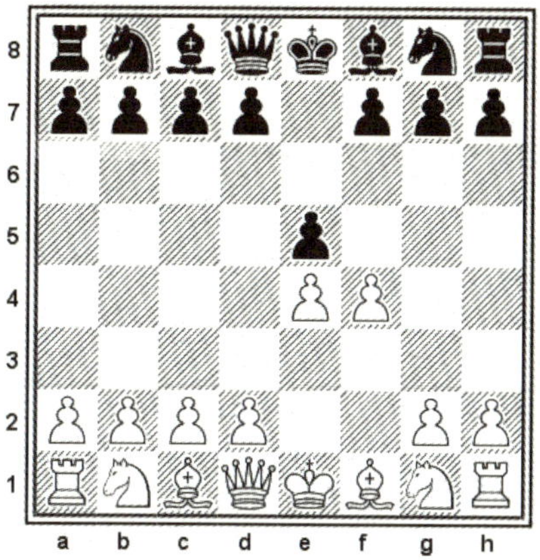

40. Schritt: Das Vierspringerspiel

»Ich ziehe, so früh es geht, die Springer raus«, meint jemand im Kurs. Auch andere Schüler ziehen am liebsten in den ersten Zügen alle Springer raus. Das nennt sich Vierspringerspiel und sieht dann so aus:

1. e4, e5 2. Sf3, Sc6 3. Sc3, Sf6

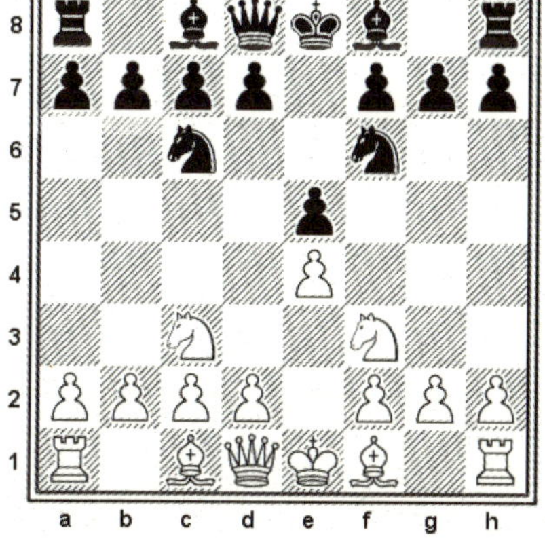

Diese Eröffnung kann gut gespielt werden, wenn man sich auf beiden Seiten ruhig weiterentwickelt und unsere schon öfters genannten Eröffnungsprinzipien beachtet. Weiß kann überlegen, ob er mit der Entwicklung des Läufers italienisch **(Lc4)** oder eher spanisch **(Lb5)** weitermachen will, um anschließend durch die Rochade den König in Sicherheit zu bringen.

41. Schritt: Die Französische und die Caro-Kann-Verteidigung

Wir verlassen in unserer kleinen Übersicht über die Eröffnungen die **Offenen Spiele**, bei denen Schwarz auf das weiße **e4** immer auch seinen Königsbauern zwei Felder vorzieht. Die Bezeichnung »offen« ist schon sehr alt. Irgendwann hat sich jemand überlegt, dass, wenn beide Parteien den Königsbauern zwei Felder vorziehen, der König eben »offen« dasteht.

Wenn der Schwarze seinen Königsbauern (auf **1. e2-e4**) nicht zwei Schritte vorzieht, kann es zu einem sogenannten **Halb offenen Spiel** kommen. Ein Beispiel hierfür ist die **Französische Eröffnung.**

Ihr habt gehört, dass Italien und Spanien im Mittelalter die führenden Schachländer waren. Anfangs des 19. Jahrhunderts übernahm Frankreich diese Rolle. Das Zentrum der Meister und Berufsspieler war das Pariser *Café de la Régence*. Dort traf sich die Schachwelt und es kam eines Tages jemand auf die Idee, auf den Zug des Königsbauern etwas zurückhaltender zu beginnen und eine andere Strategie einzuschlagen, ohne dabei die allgemeinen Prinzipien zu verletzen:

1. e4, e6 2. d4, d5

Statt mit **e5** auch einen Bauern schon mit dem ersten Zug mitten ins Zentrum zu bekommen, zieht der Schwarze es vor, erst mit dem 2. Zug dort einzugreifen. Damit zwingt er den Weißen schon zu einer Entscheidung: schlagen (**exd5 = Abtausch**), vorbeiziehen (**e5 = Vorstoß**) oder den Bauern auf **e4** erst mal decken (**Sc3** oder **Sd2 = Deckung**). Diese ganzen Abzweigungen, die ungefähr gleichwertig sind, findet man ausführlich in den Eröffnungsbüchern beschrieben.

Eine ähnliche Idee wie in der Französischen Verteidigung (verzögerte Zentrumsaktion) findet sich auch in der Eröffnung, die nach ihren beiden Erfindern benannt wurde: die **Caro-Kann-Verteidigung.**

Die beiden Wiener Spieler *Caro* und *Kann* griffen die Idee aus der Französischen Verteidigung auf und besetzten das Zentrum mit einer kleinen Verzögerung.

1. e4, c6

Das ist der charakteristische Caro-Kann-Zug. Damit sperrt man sich den Läufer auf **c8** nicht ein und kriegt trotzdem einen Bauern in die Mitte.

2. d4, d5

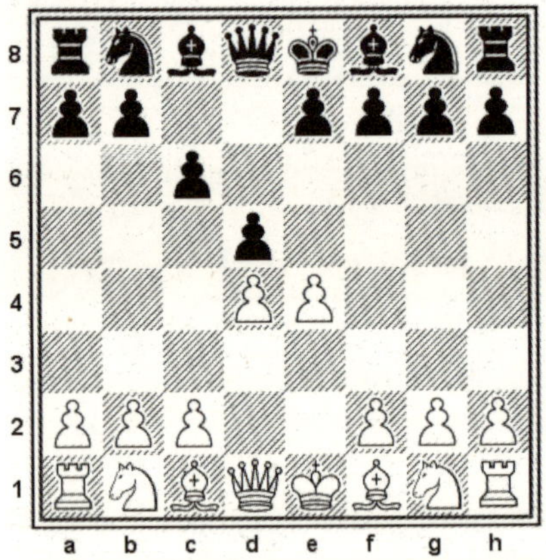

Ab hier gibt es wie in vielen anderen Verteidigungen des Schwarzen ganz viele verschiedene Möglichkeiten für Weiß, das Spiel fortzusetzen. Er kann zum Beispiel auf **d5** den Bauern tauschen oder mit **e5** den Bauern weiter vorstoßen lassen. Dann würde sich Schwarz ruhig mit **Lf5** entwickeln und stünde solide da. Das ist ungefähr gleich gut und eröffnet beiden Seiten gute Möglichkeiten, bei denen, wie in allen Spielen, der Bessere oder Glücklichere schließlich gewinnen wird. Eine Binsenweisheit, klar. Aber so ist es nun

mal, wobei beim Schach vielleicht das Glück eine geringere Rolle spielt, eher die Tagesform der Spieler, der Ehrgeiz und die Vorbereitung, von Talent und Können mal abgesehen.
So, genug der Abschweifung und auf zur nächsten Eröffnung.

42. Schritt:
Die Sizilianische Partie

Diese Eröffnung wird von fast allen großen und kleinen Meistern gespielt. Sehr viel ist über diese Eröffnung geschrieben worden, und man muss sich genau auskennen, wenn man sie spielt. So gehen die ersten Züge:

1. e4, c5

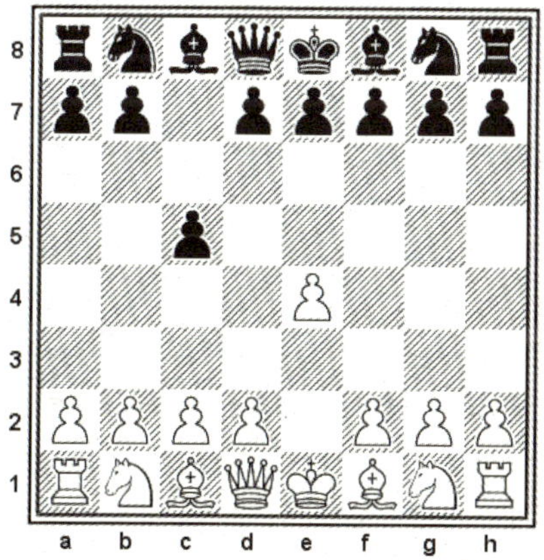

Mit seinem ersten Zug hat Schwarz erschwert, dass Weiß mit **d4** das Zentrum weiter besetzt. Wenn es jetzt sofort geschieht, tauscht Schwarz und greift dann die auf **d4** stehende Dame mit **Sc6** an. Weiß bereitet in fast allen gespielten Varianten mit **2. Sf3** den Zentrumszug **d2-d4** vor.

2. . . . d6 3. d4, cxd4 4. Sxd4, Sf6 5. Sc3

Nun gibt es ganz viele verschiedene Wege für Schwarz, die Eröffnung fortzusetzen. Wir nennen nur als 5. Zug **g6**, um den Läufer von **g7** aus auf das Zentrum einwirken zu lassen. (Diese Entwicklung eines Läufers nennt man *Fianchetto,* ein Begriff, der vom italienischen *fianca* kommt und auf Deutsch »Flanke« bedeutet.) Auch **a6** wird oft gespielt, um **b5** vorzubereiten. Bei allen Varianten spielt für Schwarz die c-Linie eine wichtige Rolle, die er sich mit seinem 3. Zug geöffnet hat und die er nach und nach besetzen und unter seine Kontrolle bringen wird. Wir spielen das Spiel noch einige Züge weiter mit einer anderen Haupt-Zugfolge, die zuerst am holländischen Nordseestrand gespielt wurde und nach der Stadt Scheveningen benannt wurde:

5. . . . e6 6. Le2, Sc6 7. 0-0, Le7 8. Le3, 0-0 9. f4

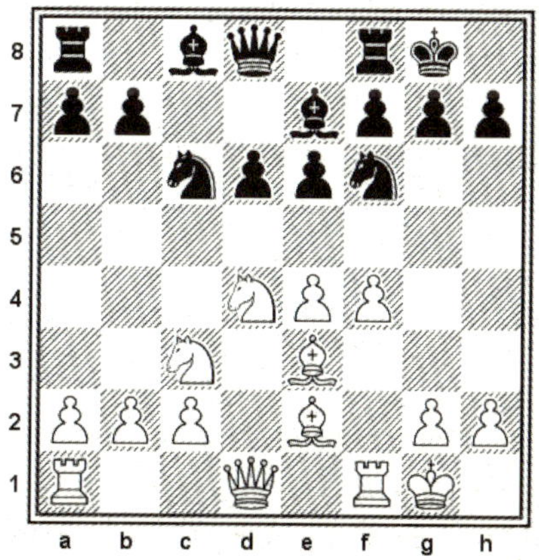

Wie man sieht, wird sich der Weiße an den schwarzen König heranmachen. Der Zug **f4** deutet diese Absicht schon an. Schwarz wird sich sorgfältig verteidigen und sein Spiel auf der c-Linie versuchen. Es ist, wie wir schon gesagt haben, eine Eröffnung für Spieler, die sich gut darin auskennen und die vielen Vorbilder, die es hier gibt, sorgfältig studiert haben.

43. Schritt: Das Damengambit

Jetzt werfen wir einen Blick auf die Eröffnungen, die mit dem Damenbauern beginnen. Man hat sich vor langer Zeit dafür die Bezeichnung **Geschlossene Spiele** ausgedacht, weil im Gegensatz zu den Offenen Spielen, bei denen der Doppelschritt des Königsbauern bei Weiß und Schwarz den Majestäten schon ziemlich viel Wind um die Nase wehen lässt, hier die Könige durch die Königsbauern abgeschirmt sind. Wir fangen an mit dem sogenannten **Damengambit.**

Hier geht es auch gleich von Anfang an um die Besetzung des Zentrums. Mit einem Bauerndoppelschritt in die Mitte, nämlich so:

1. d4, d5

Die beiden Züge sind ungefähr genauso viel wert wie die Züge des Königsbauern. Jetzt darf eben der Läufer auf **c1** bzw. der auf **c8** an die frische Luft, die Damen kriegen auch etwas mehr Platz. Aber der entscheidende Zug dieser Eröffnung ist: **2. c4**

Gambit heißt, wie wir schon beim **Königsgambit** gelernt haben, das Opfern eines Bauern, um dafür einen Vorteil einzutauschen. Hier wird, so sieht es jedenfalls im ersten Augenblick aus, der Bauer **c4** gegeben, denn er ist nicht gedeckt. Falls der Schwarze ihn schlägt mit **dxc4** – man nennt es dann **Angenommenes Damengambit** –, kann Weiß mit **e2-e4** das Zentrum besetzen. Das ist eine Möglichkeit, die oft gespielt wird. Sie führt zu einem scharfen und komplizierten Spiel. Weiß kann auch vorsichtiger **e2-e3** spielen oder den Bauern auf **c4** sofort mit **Dd1-a4+** zurückgewinnen. (Die sich dafür interessieren, müssen es in den speziellen Büchern über das Damengambit nachschauen.)

Wir wollen jetzt auf eine klassische, oft gespielte und empfehlenswerte Zugfolge eingehen. Es handelt sich um das **Abgelehnte Damengambit**. Schwarz schlägt nicht, sondern spielt, weil er seinen Bauern im Zentrum behalten

will, solide weiter und deckt **d5** mit **2. . . . e6**. Genauso gut ist auch **c6**.
3. Sc3, Sf6 4. Lg5 Fesselung!
4. . . . Le7 Entfesselung!
5. e3, 0-0 6. Sf3, h6 Neben vielen anderen Zügen, die hier möglich sind, »befragt« Schwarz erst mal den schwarzen Läufer: »Willst du dich gegen den Springer tauschen, oder willst du wieder abhauen?« Weiß entscheidet sich für Wegziehen.
7. Lh4, b6 Der Läufer soll jetzt auf die lange Diagonale, der zweite Springer von **b8** nach **d7**. Weiß wird den Läufer **f1** nach **d3** entwickeln und dann rochieren.

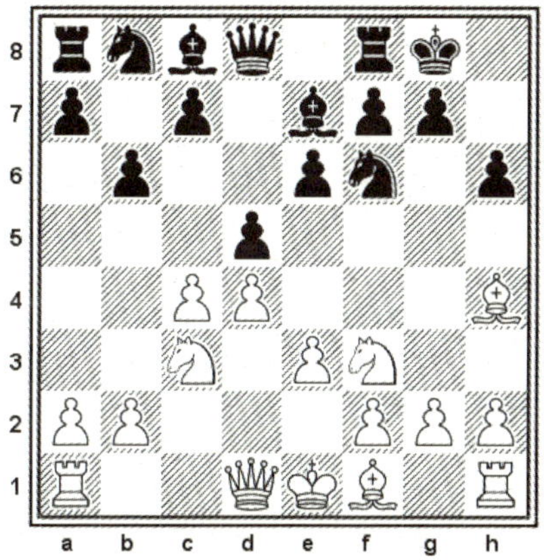

Die Eröffnungstheorie geht hier noch viele Züge weiter und zeigt eine ganze Reihe von Möglichkeiten (zum Beispiel jetzt **Lxf6, Ld3, cxd5, Se5** usw.). Wir machen mit dieser Stellung Schluss und stellen fest: Beide Seiten haben vernünftig gespielt, die Entwicklung ist bald beendet, das Zentrum haben beide im Visier, und die Könige sind gleich in Sicherheit. Der Kampf kann beginnen und damit eine neue Phase, die man das **Mittelspiel** nennt. Jetzt geht es darum, die richtigen Pläne zu fassen, um dem Gegner Schwierigkeiten zu machen und nach Möglichkeit dessen König in Bedrängnis zu bringen.

Zum Schluss unserer Eröffnungsrundreise landen wir, jedenfalls vom Namen her, wieder im Mutterland des Schachs.

44. Schritt:

Die Königsindische Verteidigung

Hier die ersten Züge dieser Eröffnung für die Freunde des Kampfes mit geschlossenem Visier:
1. d4, Sf6 2. c4, g6
3. Sc3, Lg7 4. e4, d6

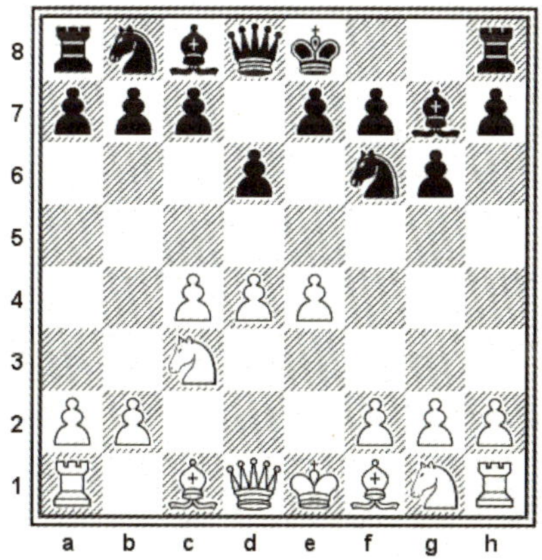

»Völlig verrückt!«, riefen die Meister vor ungefähr 60 Jahren, als man diese und ähnliche Eröffnungen – irgendjemand gab ihnen den Namen »indisch« – zum ersten Mal sah.

Das kann man doch nicht machen, dem Weißen das ganze Zentrum ohne Kampf zu überlassen! Und wir wissen ja inzwischen auch, dass das eigentlich den Eröffnungsgrundsätzen total widerspricht.
Doch schauen wir uns die Stellung etwas genauer an: Der Läufer auf **g7** steht im Moment noch etwas versteckt. Er wird aber demnächst den Kampf ums Zentrum sozusagen aus der Distanz aufnehmen und den Vorstoß der Bauern nach **e5** oder **c5** unterstützen.

Diese Eröffnung ist beliebt bei den Meistern. Doch auch hier gilt wie zum Beispiel bei der Sizilianischen Verteidigung oder manch anderen Eröffnungen: Man kann sie nur spielen, wenn man genaue Pläne hat und die Zugfolgen gut kennt. Sonst wird man von einem Weißspieler, der in diesen Eröffnungen zu Hause ist, ziemlich bald überfahren.
Schüler, die erst beginnen, sollten versuchen, nicht so komplizierte Eröffnungen wie die **Königsindische Verteidigung** zu spielen. Da muss man zu viel wissen und kann leicht in eine vorbereitete Falle tappen oder einfach nach einigen Zügen sehr schlecht stehen, weil der Gegner die Eröffnung besser kann.

Es gibt noch eine ganze Reihe Eröffnungen mit komischen Namen, wie zum Beispiel die »Orang-Utan-Eröffnung«, die »Drachenvariante«, das »Igelsystem«, das »Elefantengambit«, die »Jagdvariante«, die »Bindfadenvariante«, den »Geschlossenen Sizilianer« oder den »Offenen Spanier«.
Wir können hier allerdings nur einen kleinen Teil der umfangreichen Eröffnungstheorie vorstellen. Es gibt noch sehr viel mehr Spielzüge zu Beginn der Schachpartie. Und bei den Eröffnungen, von denen wir gesprochen haben, gibt es sehr viele Abzweigungen (Varianten).
Das können wir jetzt nicht alles zeigen, nur noch einen Merksatz sollten wir uns hinter die Ohren schreiben:

Es hat keinen Sinn, eine Anzahl von Eröffnungszügen stur auswendig zu lernen, wenn jemand den Plan, der dahintersteckt, gar nicht versteht!

Das Auswendiglernen bringt schon deswegen nichts, weil der Gegner vielleicht im 3. oder 4. Zug ganz anders spielt und man sich immer wieder auf neue Situationen einstellen muss. Allerdings sollte man nie vergessen, dass die Eröffnung ziemlich entscheidend ist für den weiteren Verlauf des Spiels.

III. Die Wünsche der Schachfiguren

Lebhaft war es heute im Schachklub. Der Kurs hatte länger gedauert, weil einige Trainingspartien noch nicht beendet waren, und ausnahmsweise hatten alle schon die Schularbeiten gemacht. Auch Jan konnte noch im Schachklub bleiben, denn sein Vater hatte noch in seiner Firma zu tun und konnte ihn erst später abholen. Und so spielte er noch ein paar schnelle Partien mit seinem Freund Tim.

Am Abend musste Jan noch an einige Stellungen denken, die sich auf dem Schachbrett ergeben hatten. Dass er dabei alles noch so klar vor sich sah, passierte ihm zum ersten Mal. In der Nacht konnte er schlecht schlafen und träumte ziemlich viel. Und plötzlich sprachen im Traum die Schachfiguren zu ihm!

45. Schritt: Die Wünsche des Königs

Der König spricht zu Jan: »Du hast mich heute sehr schlecht behandelt, mein Sohn!«

»Warum denn, Majestät?«

»Du musst mich schützen, nicht den Feinden ausliefern!«

»Aber das habe ich doch schon gelernt«, rief Jan aus. »Das weiß ich längst. Man muss früh rochieren!«

»Das reicht nicht. Erinnere dich, was du angerichtet hast.«

Jan sah plötzlich eine Stellung vor sich:

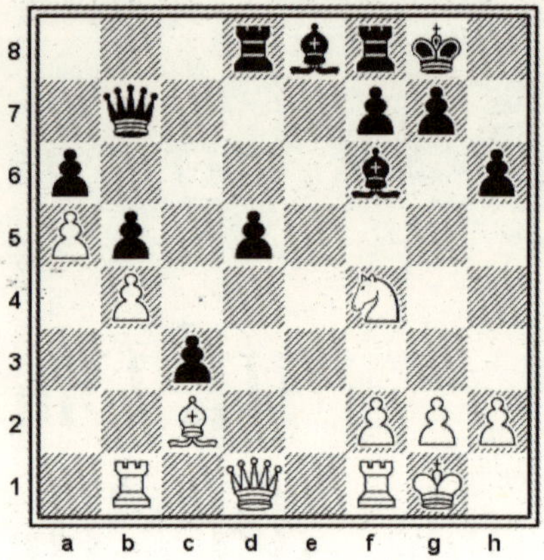

»Erkennst du sie wieder?«, fragte der König.

»Ja, das ist die Partie gegen Tim. Ich hatte Schwarz.«

»Ganz ohne Grund hast du mich bloßgestellt und geschwächt!«

»Ich wollte doch nur mit dem Bauernzug nach **g5** den Springer vertreiben.«

»Warum?«

»Ich dachte, der wird gefährlich.«

»Aha, du ›dachtest‹. Aber was geschah? Hat dein Freund den Springer gezogen?«

»Nein«, gab Jan kleinlaut zu. »Er hat mich matt gesetzt.«

»Jawohl, nach **Dd3** gab es keine Verteidigung mehr. Auf dem Feld **h7** ging es mir mit der feindlichen Batterie von Dame und Läufer unweigerlich an den Kragen. Ich konnte keine Hilfstruppen mehr herbeibeordern, die mich beschützen konnten! Siehst du es vor dir?«

Jan sah die folgende Stellung:

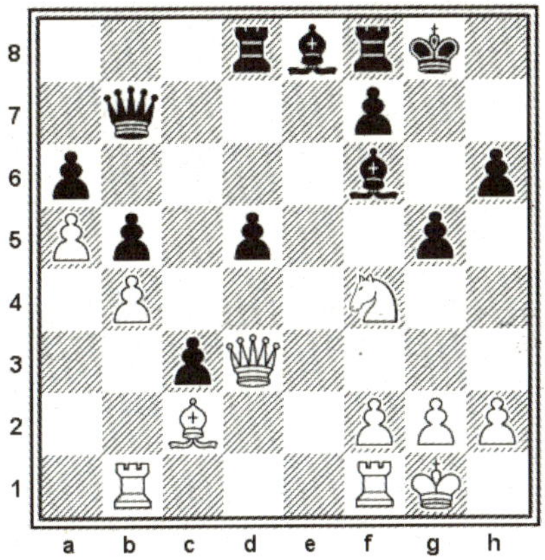

»Okay, Majestät, wird nicht wieder vorkommen, versprochen.«
Der König war wieder friedlich gestimmt.
»Nun gut, ich will es glauben. Ich will in Zukunft nicht mehr erleben, dass mein Schutzwall, wie du es heute mit deinem Zug **g7-g5** getan hast, ohne Not so geschwächt wird und mir der feindliche Wind um die Nase pfeift. Schließlich will ich so lange wie möglich mitspielen und nicht schon so früh im Kasten liegen, weil ich matt bin!«

46. Schritt: Was die Queen sich wünscht

»Ach«, sprach dann die Dame in Jans Traum. »Wie so oft muss ich erleben, dass man mich viel zu früh hinausschickt auf das Feld, wo die feindlichen Figuren gierig wie die Geier lauern, um mich einzukesseln und gefangen zu nehmen. Das ist meines hohen Standes nicht würdig! Sieh nur an, was man hier mit mir angestellt hat!«

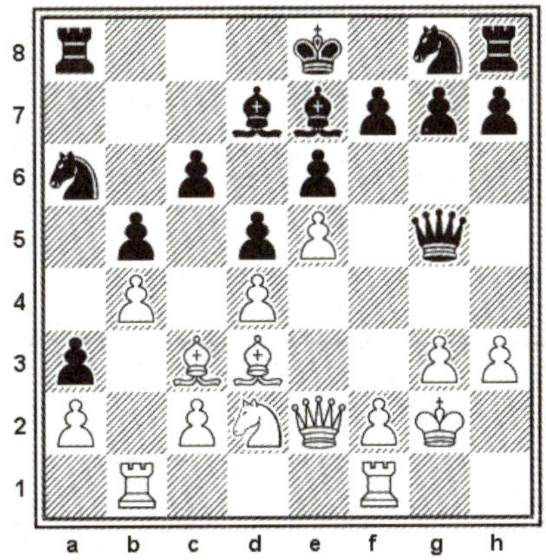

»Ich war das aber nicht«, protestierte Jan, als er die Stellung sah.
»Du oder ein anderer, das ist völlig egal. Das tut man nicht mit einer Königin, sie so dem Beschuss der Feinde auszusetzen!«, jammerte die Dame.
»Aber was ist denn passiert?«, wollte Jan gerade sagen, da ging die Klage der Traumdame auch schon weiter:
»Erst werde ich viel zu früh ins Feld geworfen, in diesem Fall auf **g5**, wo ich wirklich nichts zu suchen habe! Dabei habe ich mich mit Händen und Füßen dagegen gewehrt! Und als ob das nicht genug wäre, folgt dann auch noch der unselige Springerzug nach **h6**. Das allerletzte Rückzugsfeld war damit für mich abgeschnitten! Der Gegner konnte mit seinem Zug des Bäuerleins von **f2** nach **f4** mich, die stärkste Figur, angreifen und erobern. Eine Schande ist das! Sieh es dir nur genau an und merke es dir!«

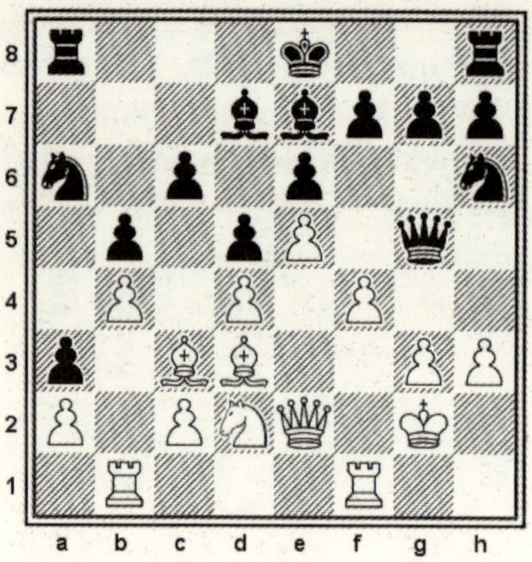

Ja, es war echt ein Jammer, wie die Dame hier bei vollem Brett gefangen war. Jan nahm sich vor, dass ihm das niemals passieren würde. Nie würde er ohne einen triftigen Grund die wichtigste Figur neben dem König zu früh in den Kampf führen. Auch auf Springer- und Bauerngabeln, von denen er ja schon früher gehört hatte, wollte er immer achten und darauf, dass die Dame nicht durch einen »Spieß« von Läufer oder Turm verloren ging.

47. Schritt: Was die Türme sich wünschen

»Wir«, sprach der Turm ruhig und bedächtig, der jetzt in Jans Traum aufgetaucht war, »wünschen uns nur eins zum guten Leben: offene Linien und Reihen. Mehr brauchen wir nicht. Das vergessen die Spieler aber oft, weil sie nichts mit uns anfangen können. Auch wenn wir am Anfang eine Weile still in der Ecke stehen, werden wir doch ganz stark, wenn schon viele Figuren vom Brett verschwunden sind und es viel Platz für uns gibt. Mitten im Getümmel geht es uns oft nicht gut, da ist es zu eng für uns, und die Bauern, Läufer und Springer können uns leicht angreifen, uns den Weg abschneiden und fangen. Aber am Ende der Partie, im Endspiel, beherrschen wir das Feld, besonders wenn wir zu zweit sind.«

»Ihr könnt matt setzen, wenn ihr mit dem König alleine seid und der andere nur noch den König hat«, rief Jan, stolz auf sein Wissen.

»Das auch«, sagte der Turm. »Ich sehe, du hast gut aufgepasst. Wir können aber auch feine Manöver durchführen, wenn wir genügend Platz haben. Vorausgesetzt ein Spieler weiß, wie er uns zu führen hat. Bitte sieh dir das folgende Beispiel an:

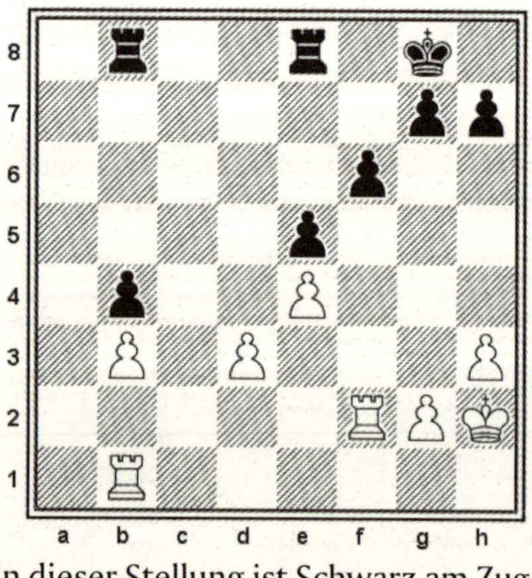

In dieser Stellung ist Schwarz am Zuge. Du wirst sogleich merken, wie stark wir sind, wenn wir die **offenen oder halb offenen Linien** besetzen. Der

Schwarze möchte nicht länger seine eigenen Bauern ansehen und zieht:
1. . . . Te8-d8 Damit greift er auf dieser (halb) offenen Linie einen **rückständigen** – so genannt, weil er hinter seinem Nebenmann steht und nicht vorwärts kann – gegnerischen Bauern an. Der Weiße deckt ihn mit **2. Td2, Tb8-c8.** Der zweite Turm besetzt ebenfalls eine offene Linie. Der Weiße denkt, ich hab ja schließlich auch eine. Nichts wie hin!
3. Ta1, Tc3! Solche Züge machen uns Türmen einen Riesenspaß!

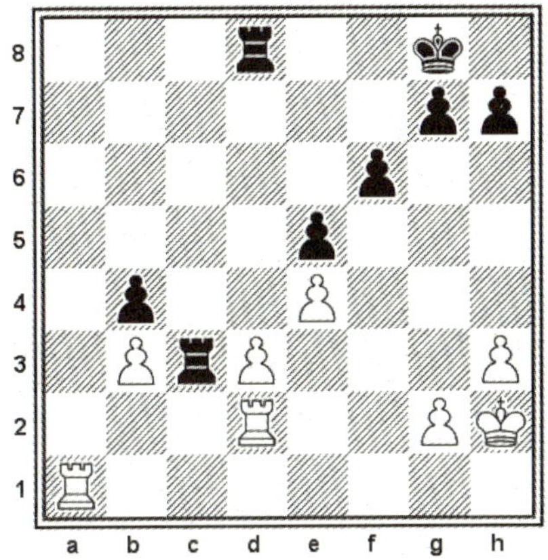

Wie du siehst, greift der Turm jetzt noch einen Bauern auf **b3** an, außerdem ein zweites Mal den auf **d3**. Einer davon wird fallen, und das bedeutet, Schwarz hat jetzt die besten Gewinnchancen. Und warum? Weil der Spieler der schwarzen Figuren seine Türme auf freie Linien geführt hat. Unsere Wünsche sind bescheiden, denn außer einer freien Bahn auf dem Schachbrett brauchen wir nichts.«

Im Hintergrund war schon ein lautes Geräusch zu hören. Was war das? Jan vernahm erst ein ungeduldiges Hufscharren und dann einen Ruf:
»Eh, dicker Turm, lange genug gequatscht! Wir sind dran!«, rief jemand. Es folgte ein lautes Wiehern und Jan erfuhr in seinem Traum nun, was der Springer auf dem Herzen hatte.

48. Schritt: Die Wünsche der Springer

»Wir sind doch viel wendiger als alle anderen Figuren«, rief der Springer, der nun im Traum aufgetaucht war.
»Wir jumpen wie nix über die Hindernisse, das kann keiner!«
»Das weiß ich doch«, wendete der träumende Jan ein.
»Aha, das weißt du? Dann erinnere dich bitte daran, wie du in der vorletzten Stunde gegen Laura gespielt hast.«
»Wieso?«, fragte Jan unschuldig.
»Da hast du die schwarzen Gäule wie den letzten Dreck behandelt.«
»Keine Ahnung, wovon du sprichst.«
»Gut, dann zeig ich es dir. Sieh dir diese trostlose schwarze Stellung an mit dem Hüpfer auf **a8**. Der hat überhaupt kein Feld mehr!«
Ganz genau sah Jan das folgende Bild vor sich:

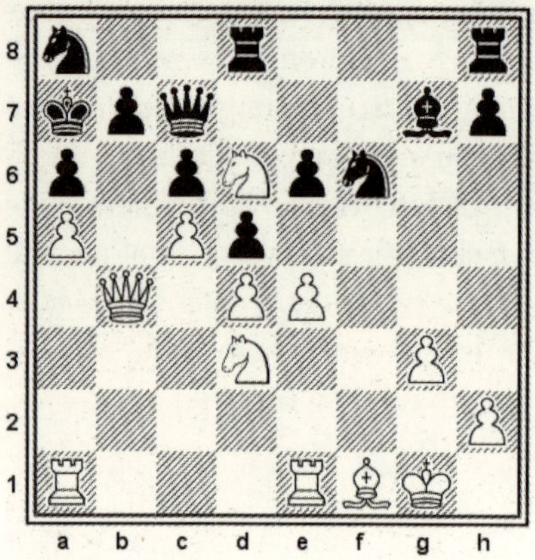

»Na gut, der Springer steht nicht so toll in der Ecke«, gab Jan zu.

»Nicht toll? Eine Katastrophe!«, schimpfte der Traumgaul erbost. »Aber es kommt ja noch viel schlimmer! Deine Gegnerin zog:

1. e5 Und statt dass du den zweiten Springer jetzt auf **e8** postierst, um das starke Pferd auf **d6** anzugreifen, springst du ganz ins Abseits:

1. … **Sh5??**

Brrr! Es schüttelt mich, ich kann gar nicht hinsehen! Aber damit du daraus lernst, zeige ich dir, wie es weiterging, falls du dich nicht mehr erinnern kannst:

2. Le2 Sie will das Pferd natürlich ganz easy abholen.

2. . . . Txd6 3. cxd6, Df7

Anders hätte er das Pferd auf dem blöden Feld **h5** ja nicht decken können. Aber jetzt wirft Weiß den zweiten Springer nach vorne:

4. Sc5 Damit droht Weiß, auf **h5** zu schlagen, und wenn die Dame wieder nimmt, gibt die weiße Dame auf **b7** Matt.

Immerhin hast du das noch gesehen und zogst:

4. . . . Tb8 5. d7 und **Aus!**

Die Drohung ist, dass der Bauer einzieht nach **d8** und sich in eine neue Dame verwandelt. Der Turm kann dann nicht schlagen wegen **Lxh5** (siehe Anmerkung zum 4. Zug von Weiß).

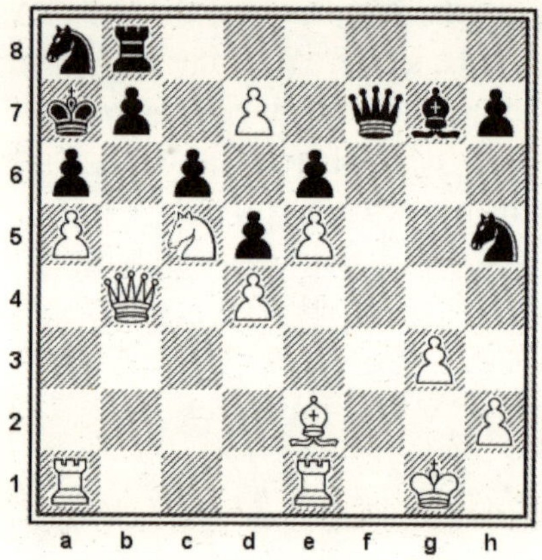

»Guck dir das Schlussbild ganz genau an, mein Lieber: So dürfen wir, die Springer, wirklich nicht auf dem Brett stehen. Die reinsten Jammergestalten! Dabei habt ihr in eurem Kurs schon früh gelernt, wie viele Felder die Springer in der Mitte haben, wie viele am Rand und in der Ecke. Schon vergessen?«

49. Schritt:

Die Wünsche der Läufer

»Wir sind schnell«, sagte der Läufer, der jetzt im Traum erschien. »Wir sind stark, wenn wir eine lange Diagonale vor uns haben, auf der wir im Nu das Brett überqueren können, und wir sind noch stärker, wenn wir zu zweit sind, einer auf der weißen, der andere auf der schwarzen Farbe.«

»Ich weiß«, sagte der träumende Jan. »Ihr habt schon ein paar Mal geholfen beim matt setzen.«

»Sehr richtig, wenn du uns richtig führst und schon früh in der Eröffnung auf gute Felder stellst, sind wir dir sehr zu Diensten.«

»Wie beim Schäfermatt.«

»Du hast es erfasst! Wir möchten auf keinen Fall eingesperrt werden, wie du es vor Kurzem mit mir gemacht hast!«

»Davon weiß ich nichts.«

»Pass auf, ich zeig es dir.«

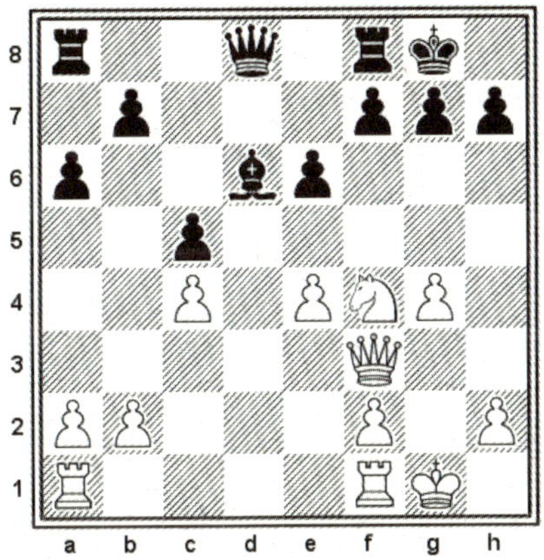

»Erinnerst du dich, Jan?«

»Nicht direkt.«

»Du hattest in dieser Stellung gegen Tim Schwarz. Wie so oft in der Schachpartie muss man nur die richtige Entscheidung treffen, und schon wendet sich das Blatt. Und hier bestand die richtige Entscheidung darin, die Stärke des Läufers zu nutzen. Stattdessen hast du mit deinem Zug **1. e6-e5?** deinen eigenen Läufer, also mich, eingemauert und den Springer des Weißen viel stärker gemacht, denn der hüpft natürlich freudig nach **d5**.

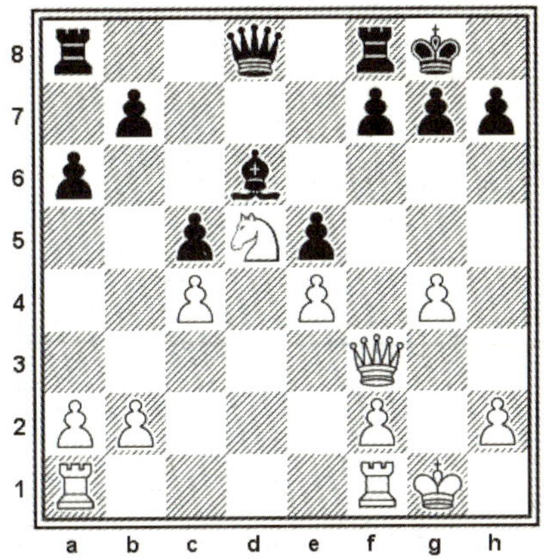

Auf diesem Feld wirst du ihn nicht mehr mit dem Läufer vertreiben können, denn der ist an seine Farbe gebunden. Jetzt ist er nur noch halb so viel wert.«

»Was hätte ich denn machen sollen?«

»Ich hatte so gehofft, du würdest die Diagonale für den Läufer mit deiner Dame verstärken. Schau dir noch mal das Bild vor dem dummen Zug **e5** an. Na, kommst du drauf?«

»Ich glaube, **Dc7** wäre in der Stellung besser gewesen«, sagte Jan kleinlaut.

»Viel besser! Du hast verstanden, was ich meine«, lobte der Läufer. »Diesem Zug hätten wir das Gütesiegel Ausrufezeichen gegeben, denn mit **1. . . . Dc7!** wären wir ganz stark auf der Diagonalen geworden.«

»Weiß hätte jetzt den Springer von **f4** wegziehen müssen«, meinte Jan.

»Genau, nach **2. S2** wäre der nächste

Zug klar. Er hätte auch nach **h5**, **h3**, **e2** oder **d3** gehen können, aber das spielt keine Rolle. Es folgt auf jeden Fall:

2. . . . Lh2+ 3. Kh1

Nun sieht die Sache ganz anders aus, oder?

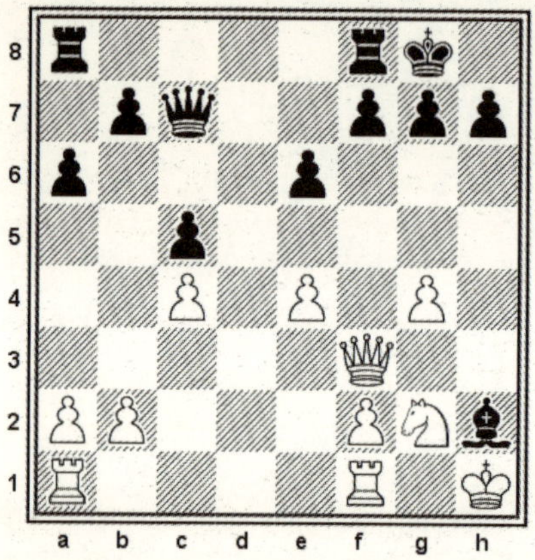

Der Läufer hat in Verbindung mit der Dame freie Fahrt. Schwarz steht viel besser, als es vorher der Fall war. Also immer darauf achten, uns nicht mit den eigenen Figuren zu verstellen. Denn besonders im Endspiel, wenn nur noch einige Figuren da sind, sind wir von größter Wichtigkeit. Das wirst du später noch sehen.«

»Okay, ich merke es mir.«

An dieser Stelle noch ein Satz: Nicht umsonst sprechen die Schachspieler vom guten und vom schlechten Läufer. Der gute Läufer kann sich frei bewegen und wird nicht von den eigenen Leuten behindert; der schlechte Läufer ist hinter den eigenen Bauern gefangen. Er kann nichts machen und keine feindliche Figur angreifen.

50. Schritt: Die Wünsche der Bauern

Jan war im Begriff aufzuwachen.

Sein Traum verblasste allmählich, da hörte er eine schwache Stimme:

»Das ist ja wieder typisch! Alle anderen drängen sich vor und uns vergisst man!«

»Wen vergesse ich?«

»Na uns, die angeblich schwächsten Figuren!« Die Stimme war jetzt lauter geworden, ja, es wurde ein ganzer Chor daraus, der sang einen Vers, den wir schon kennen:

»Der Bauer kämpft sich durch das Feld
Mit Glück wird er zum großen Held!«

»Schon vergessen?«

»Nein«, sagte Jan.

»Dann erfahre jetzt noch etwas über die Wünsche der Bauern.«

Die Figur, die da immer lauter geredet hatte, war ein weißer Schachbauer, der jetzt auftauchte. »Wir haben auch Wünsche, will die denn keiner hören?«

»Am Anfang wollt ihr schnell ins Zentrum.«

»Richtig.«

»Ihr wollt möglichst viele Figuren des anderen angreifen und schlagen.«

»Wenn der es zulässt, meinetwegen.«

»Ihr wollt euch in eine Dame umwandeln.«

»Korrekt.«

»Wie ihr zieht, weiß ich, und *en passant* schlagen habe ich auch gelernt.«

»Wenn du alles weißt, dann hast du bestimmt auch schon von einer schlechten Bauernstellung oder von einem Doppelbauern gehört, oder?«

»Mmh, was soll das sein? Zwei Bauern nebeneinander?«

»Ich zeige es dir. Sieh dir die folgende Stellung an.«

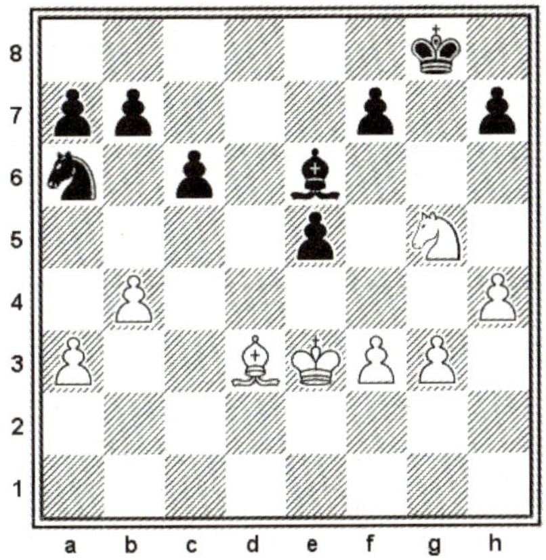

Jan zählte ab: »Schwarz hat einen Bauern mehr. Und er ist am Zug.«

»Ach, wenn der Schwarze bloß den Springer nach **c7** gezogen hätte, dann wäre alles in Butter«, hörte er. »Aber du machtest den größten Bockmist für uns Bauern, den man sich denken kann:

1. . . . h7-h6? 2. Sxe6!, fxe6
3. Lxa6!, bxa6 4. Ke4

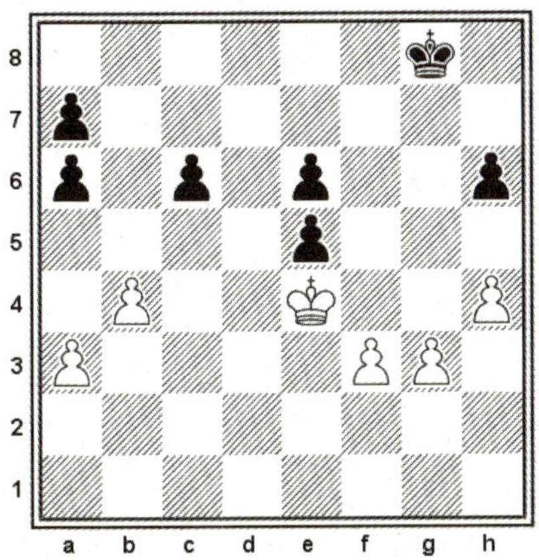

Schau dir diesen schwarzen Schrott an, und du weißt, was Doppelbauern sind.«

»Ja und?«

»Gleich wird der König den Bauern auf **e5** verspeisen, und dann geht es abwärts mit den Schwarzen, das kann ich dir versichern. Der König wird einen nach dem anderen fressen, weil kein Bauer seinem Nebenmann mehr helfen kann. Schließlich können sie sich ja nur decken, wenn sie schräg hintereinanderstehen und nicht in der gleichen Linie hintereinander.«

»Okay, ich weiß Bescheid«, winkte Jan ab.

»Aha, dann kannst du sicher sagen, was du jetzt gelernt hast.«

»Die Bauern nicht so verdoppeln lassen.«

»Genau, dann haben wir es nicht so schwer, wenn wir angegriffen werden, und können uns gegenseitig helfen. Außerdem solltest du nicht zu großzügig sein mit den Bauerngeschenken! Gerade bei den ungeübten Spielern kann man oft sehen, wie sie einen nach dem anderen von uns dem Gegner zum Fraße vorwerfen, ohne dass sie dafür was kriegen. Sie sehen nicht, wie wertvoll wir Bauern sein können.«

»Klar, am Schluss werdet ihr zum großen Helden!«

»Na bitte, du hast es begriffen, mein Lieber. Denk beim nächsten Mal dran.«

»Versprochen«, sagte Jan noch, bevor er aufwachte.

Merke: Wer den Bauern nicht ehrt, ist der Dame nicht wert!

Der Kampf mit dem Piraten

Seid ihr begierig zu erfahren, wie sich ein von Seeräubern mit dem Tode bedrohter Schachmeister durch seine Kunst retten konnte? So hört zu, oh eifrige Schüler, und zieht eure eigene Lehre aus dieser spannenden Geschichte.

Es geschah in jener Zeit des Mittelalters, als die Schachspieler fahrenden Rittern gleich durch die Lande zogen, um sich ihr Brot zu verdienen. Sie waren Profis, sie verdingten sich nicht in den Truppen der Fürsten und Könige, sie kämpften nicht mit Schwert und Lanze, sondern auf den 64 Feldern. Ihre einzige Waffe war die Kenntnis des Schachspiels, die Kunst der Kombination und die überlegene Kampfführung, mit der sie ihre Figuren auf dem Brett bewegten. Denn das Spiel aus Arabien war bereits hoch angesehen, und wer es gut beherrschte, hatte sein Auskommen als Berufsspieler.

Einer der bekanntesten Meister Kalabriens war Paolo de Montana. Eingeladen vom König von Spanien, schiffte er sich auf einem Kauffahrer nach Barcelona ein. Doch auf der

Höhe von Mallorca wurde das Schiff von algerischen Seeräubern überfallen. Diese Piraten waren sehr gefürchtet ob ihrer Grausamkeit, denn sie pflegten die gekaperten Schiffe, nachdem sie sie ausgeraubt hatten, mit Mann und Maus zu versenken. Im Augenblick des Überfalls befand sich Montana unter einem Sonnensegel auf dem Hinterdeck und bereitete sich auf ein Turnier am spanischen Königshofe vor. Ihr müsst wissen, dass die ersten Schachbücher bereits erschienen und theoretische Kenntnisse des Spiels durchaus verbreitet waren. Die Mannschaft des gekaperten Schiffes wurde, soweit sie nicht im Kampfe gegen die Piraten umgekommen war, an die Masten und Planken gebunden. Nachdem der kostbare Teil der Ladung auf das Kaperschiff verladen worden war, sollte das Schiff versenkt werden. Da bemerkte der Kapitän der Freibeuter, ein gefürchteter Pirat aus Oman mit Namen Oman Salvio, das kostbare Schachspiel des Meisters. Die Figuren waren im Kampfesgetümmel auf dem Deck verstreut worden, das mit Ebenholz eingelegte und mit kostbaren Steinen verzierte Brett jedoch stand unversehrt auf dem Tisch.

»Wer von Euch ist des Spiels der Könige kundig?«, fragte der Pirat.

»Ich«, antwortete einer der an den Mast gebundenen Gefangenen. »Ich bin empört über diese unwürdige Behandlung eines Meisters aus Kalabrien. Ich verlange, auf der Stelle freigelassen zu werden. Man wartet am spanischen Hofe auf Meister Paolo de Montana.«

»Wenn Ihr so ein guter Spieler seid, wie Ihr behauptet«, sagte der Pirat spöttisch, »so werdet Ihr mir die Bitte gewiss nicht abschlagen, eine Partie mit dem unbedeutenden Meister der Piraten des südlichen Meeres zu spielen.«

»Ich spiele nicht mit Piraten!«

»Euch wird Euer Stolz noch vergehen«, höhnte Salvio und befahl: »Werft ihn ins Meer!«

Zwei finster aussehende Piraten stürzten sich auf den Schachmeister und waren im Begriff, ihn ins Meer zu schleudern.

»Haltet ein!«, rief Montana.

»Habt Ihr es Euch anders überlegt?«, wollte Salvio wissen.

»Wenn ich gewinne, so lasst mich und alle meine Gefährten frei. Das ist meine Bedingung.«

»Versenkt das Schiff!«, befahl der Pirat.

»Lasst mich zu Ende sprechen, Meister der südlichen Meere«, rief Montana laut. »Ich werde gegen euch mit verbundenen Augen spielen.«

»Ihr meint ohne Ansicht des bretts?«, fragte der Kapitän verwundert.

»Gewiss, ich habe die Welt des Schachspiels ganz in meinem

Kopfe. Ich brauche Brett und Figuren nicht. Sollte ich verlieren, könnt Ihr mit mir verfahren, wie Ihr wollt. Doch sollte der Gewinn mein sein, lasst die Leute am Leben.«
»Nun gut«, sprach Salvio, denn er konnte sich nicht vorstellen, dass jemand eine Schachpartie mit der unendlichen Vielzahl von Zügen im Kopf behalten konnte, ohne das Brett zu sehen.
Das Schachbrett wurde mit den Figuren, die man auf dem Deck wieder zusammengesucht hatte, vor dem Piratenkapitän aufgestellt. Montana setzte sich in einiger Entfernung mit dem Rücken dazu auf einen Segeltuchballen. Der Pirat spielte mit den weißen Steinen und rief seinen Zug dem Gegner zu, der Schachmeister erwiderte seine Gegenzüge, indem er – damals gab es die Notation, wie ihr sie kennt, noch nicht – die Felder beschrieb.
»Ich ziehe den Königsbauern zwei Felder vor.«
»Die Antwort ist: Damenbauer zwei Felder vor.«
»Königsbauer schlägt Bauer.«
»Dame schlägt Bauer.«
Alle, die gefürchteten Piraten und die Gefangenen, denen der Tod drohte, verfolgten ganz gebannt dieses spannende und seltsame Schauspiel. Der Kampf ging hin und her, der Pirat erwies sich als ein durchaus guter Spieler und mehrmals war die schwarze Partei nahe dran zu verlieren. Das hätte den Tod Montanas und den seiner Gefährten bedeutet. Doch es gelang ihm, das Unheil abzuwenden und einen Gegenangriff zu starten.
Die meisten Zuschauer hatten noch nie im Leben eine Schachfigur berührt, geschweige denn wussten sie, wie man sie zu bewegen hatte. Dennoch spürten sie, dass eine Entscheidung nahte. Sie drängten sich um das Brett des Kapitäns, auf dem folgende Stellung entstanden war:

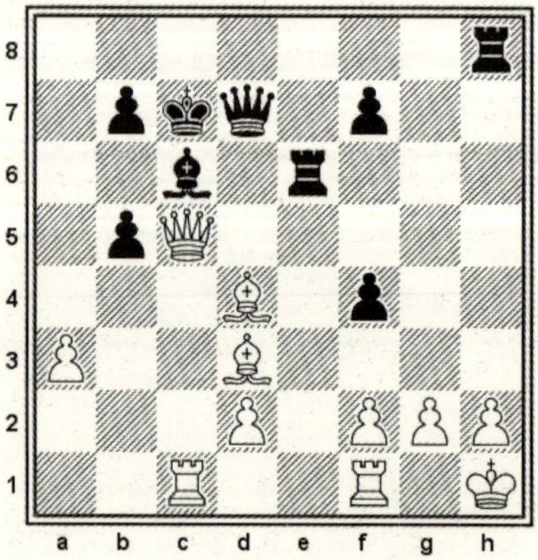

Schwarz war am Zug.

»Ihr seid in spätestens sechs Zügen schachmatt!«, rief Montana.
»Niemals!«
Salvio konnte es nicht glauben. Er hielt seine Stellung für ausreichend geschützt.
»Nun, so will ich es Euch zeigen«, sprach der Meister. »Ich schlage mit meinem Turm den Bauern vor eurem König und gebe ein Schach!«
Der Kapitän versank in tiefes Nachdenken. Er war, wie gesagt, ein guter Spieler und erkannte die Tiefe der schwarzen Kombination.
»Ihr habt mich besiegt«, sprach er schließlich und großer Jubel brach unter den Gefangenen aus.
Der Pirat hielt sein Versprechen, denn er war voller Hochachtung für die Leistung seines Gegners. Er ließ die Mannschaft frei und sie durften mit ihrem Schiff weiterreisen an die spanischen Gestade. Ich, Hamoun, reiste mit und erlebte ein prächtiges Turnier am Hofe Philipps II. Später, so vernahm ich, wurde der Schachmeister aus Kalabrien von einem eifersüchtigen Rivalen vergiftet, den er in einer fünfzügigen Kombination, die er auch noch laut dem Publikum angekündigt hatte, im Schach besiegen konnte. Was einmal mehr beweist, dass es Zeiten gab, in denen die Schachspieler gefährlich lebten, selbst wenn es ihnen auch öfters gelang, durch ihre Kunst ihr Leben zu retten.

Von einer weiteren Begebenheit, die sich einige Hundert Jahre später zutrug und in der ebenfalls ein Leben durch das Spiel gerettet werden konnte, werde ich euch bald berichten.

Aufgabe 57:

Doch nun frage ich euch, liebe Schüler: Wie ging diese Kombination in sechs Zügen, mit der es dem Meister aus Kalabrien gelang, den Piratenkapitän matt zu setzen und damit sein Leben und das seiner Gefährten zu retten?

IV. Das Mittelspiel: »Was soll ich jetzt bloß machen?«

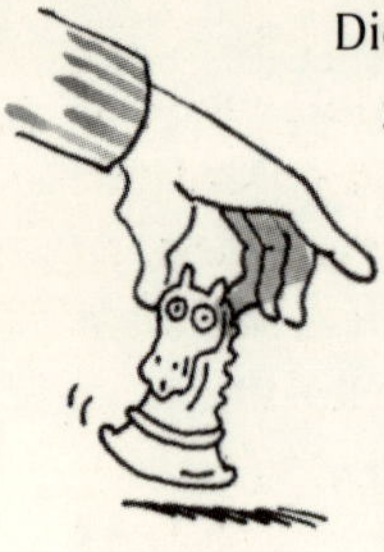

Die Eröffnungszüge sind gemacht, die Figuren entwickelt, der König durch die Rochade in Sicherheit gebracht. Das ist der Punkt, an dem manche Schüler ratlos ausrufen: »Was soll ich jetzt bloß machen?«

Die Antwort lautet: Das Wichtigste ist, einen guten Plan zu entwerfen, eine Strategie zu entwickeln. Sieg oder Niederlagen hängen in den meisten Partien davon ab, wie gut oder wie schlecht die Pläne der Spieler sind und wie leicht oder wie schwer man sie ausführen kann.

Das Ausdenken und Durchführen von Plänen bezeichnet man sowohl im Schach als auch in vielen anderen Sportarten als **Strategie**. Dabei geht es darum, den Gegner irgendwie zu schwächen und sich selber Vorteile zu verschaffen. Diese Vorteile können vielfältiger Natur sein. Beim Schachspiel sind es vielleicht aktivere, das heißt besser aufgestellte Figuren, als es bei der gegnerischen Partei der Fall ist. Das bedeutet, dass die eigenen Figuren viel mehr Felder und Linien auf dem Brett besetzt haben. Das wird dazu führen, dass man am Ende den gegnerischen König früher bedrängen, einkesseln, in die Ecke treiben und matt setzen kann. Denn das ist ja schließlich das Ziel! Wenn die Pläne besser als die des Gegners sind, wird sich zeigen, dass sich die Stellung immer mehr verbessert und der Moment kommt, in dem man entscheidende Züge zum Sieg findet. Das kann zum Beispiel eine **Kombination** sein, bei der es direkt auf den König losgeht. Solche Kombinationen habt ihr bereits in früheren Kapiteln gesehen, und es werden noch weitere folgen. Es kann sich bei dieser Kombination auch darum handeln, dass man Material des Gegners gewinnt, was ja letztlich auch entscheidend ist.
Kombinationen gehören zur **Taktik** des Spiels. Bei der Taktik geht es um kurze, genau berechnete Schritte, mit denen bestimmte Ziele – zum Beispiel das matt setzen oder das Gewinnen einer Figur – erreicht werden.

Strategie und Taktik gehören eng zusammen. Eine gute Strategie ist die Voraussetzung für die Taktik, denn Kombinationen kann man nicht einfach erzwingen. Man kann sich nicht ans Brett setzen und sagen: »So, heute mache ich mal eine tolle Mattkombination, um was anderes kümmere ich mich nicht!« Wenn man so denkt, wird man böse Überraschungen erleben!
Aber jetzt genug der Vorrede. Wir fangen mit einem praktischen Beispiel an. Noch ist es nicht ganz so weit, dass Jan seinen Vater schlagen kann . . .

51. Schritt:

Jan verliert durch planloses Spiel gegen seinen Vater

Jan zeigte uns eine Partie, die er vor einigen Tagen gegen seinen Vater gespielt hat. Er hatte sie sauber in kurzer Notation aufgeschrieben, und es war leicht, sie vor dem Kurs vorzuführen. Jan ist sehr dafür zu loben, dass er eine Partie zeigt, die er verloren hat. Das tun nicht alle Schachspieler, denn wer verliert schon gerne und will durch das Zeigen an seine Niederlage auch noch erinnert werden!

Jans Spiel, das wir an den Anfang unseres Kapitels über das Mittelspiel stellen, soll uns zeigen, was passiert, wenn man falsche oder gar keine Pläne fasst, sondern nur auf den Gegner reagiert.

Weiß: Vater Schwarz: Jan

1. d4, d5 2. Sf3, Sc6 3. Sc3, Sf6 4. Lg5, Lg4 5. e3, e6 6. Lb5, Lb4 7. 0-0, 0-0 Hier machen wir einen Stopp und gucken uns die Stellung an:

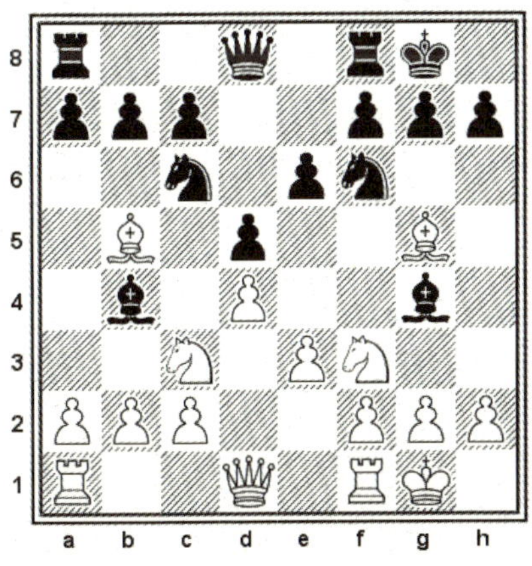

Gegen die Eröffnung ist nichts zu sagen. Jede Partei hat einen Bauern im Zentrum, die leichten Figuren sind entwickelt, die Könige haben rochiert. Es herrscht die totale Symmetrie auf dem Brett, das wird dem Vater jetzt zu bunt:

8. h3 Der Läufer wird »befragt«: Tauschen oder weg mit dir! **8. ... Lh5 9. a3** Auch der andere Läufer soll sich entscheiden.

9. ... La5 Er wäre besser nach **e7** zurückgegangen, um die Fesselung des Springers auf **f6** aufzuheben und sich zu entfesseln!

10. g4 Vorwärts, lautet der Plan.

10. ... Lg6 11. Se5! Guter aktiver Zug. Weiß nutzt das planlose Spiel des Gegners aus. Er hat erkannt, dass Schwarz den Springer schlecht tauschen kann. Auf **Sxe5, dxe5** wäre der **Sf6** ein weiteres Mal angegriffen. Da er gefesselt ist, kann er nicht weg, ohne dass die Dame verloren ginge. **11. ... Dd6?**

Schlechter Zug. Schwarz deckt den Springer auf **c6** ein weiteres Mal, ohne vorauszusehen, was nun kommt.

12. Lf4! Kompliment an Jans Vater. Das war ein sehr guter Zug:

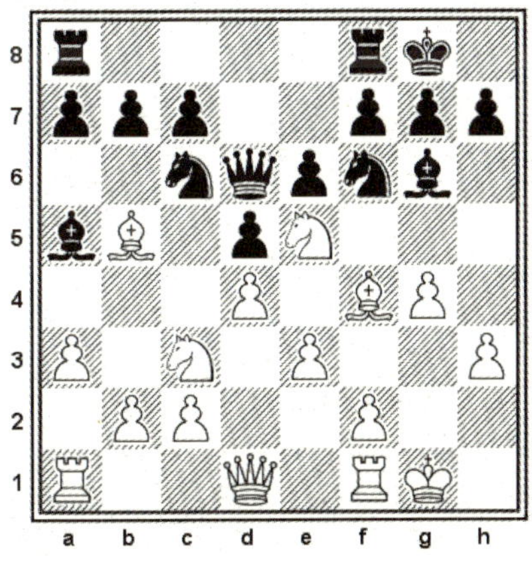

Wieder geht der Tausch der Springer schlecht wegen der möglichen **Bauerngabel** auf **e5**. Außerdem droht der Weiße jetzt mit **Sxg6** die Linie des Läufers **f4** auf die Dame freizumachen und eine Figur zu gewinnen. (**Abzugsangriff!**) Der planlose Zug **Dd6** wird hart bestraft.

»Aber was hätte ich denn sonst machen sollen?«, fragt Jan in die Runde. Alle grübeln. Tim schlägt vor (statt **Dd6?**):

11. … Lxc3 12. bxc3, Sa5. Also den Springer dem Tausch entziehen – spiel es an deinem Brett zu Hause nach – und einen eigenen Plan entwickeln. Hier hat er dem Gegner einen **Doppelbauern** gemacht und wird den Springer später vielleicht aktiv auf dem Feld **c4** postieren. Der ganze Schlamassel, der durch den Zug **Dd6** entstanden ist, wäre vermieden worden.

12. … Dd8 Planloses Spiel und Zeitverlust. Das wird jetzt bestraft mit:

13. Lxc6, bxc6

14. Se5xc6

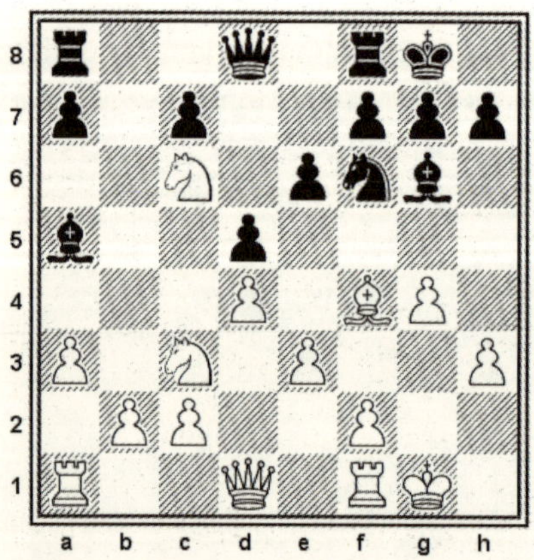

Springergabel! Das starke Ross galoppiert in die schwarze Stellung und erobert durch die Bedrohung von Dame und Läufer eine Figur.

14. … De8 15. Sxa5, h5 16. f3, c6? Wie so oft in einer Partie ist es auch hier: Kaum ist ein Fehler gemacht, folgt schon der zweite.

17. Ld6, Dd7

18. Lxf8, Txf8

Jetzt hat Schwarz einen ganzen Turm weniger. Damit ist die Partie praktisch zu Ende, Schwarz hat keine Chancen mehr, den Gegner irgendwie noch zu beschäftigen. So ging die Partie zu Ende: **19. b4, hxg4 20. hxg4, Kh7**
21. Kg2, Kg8? 22. Th1, Tb8
23. De1, Kf8 24. Th8+, S8
25. e4, Ke7 26. Dh4+, Ke8?
27. Txg8#

»Irgendwann schlage ich ihn aber!«, ruft Jan aus. Man merkte ihm den Ärger richtig an, dass es wieder nicht geklappt hatte. Was aber haben wir aus der Partie gelernt?

Wie es bei der Eröffnung einige Regeln zu beachten gibt, so gilt das auch für die anschließende Phase, das Mittelspiel. Durch planloses Spiel kann man nicht gewinnen, und ohne aktive Figuren, die Linien, Reihen, Diagonalen beherrschen und die schwachen Felder des Gegners ausnützen, geht es gar nicht.

Wichtig ist auf jeden Fall: Immer überlegen, welche Pläne der Gegner haben könnte und wie man ihre Ausführung stören kann!

Als Beispiel für aktives Spiel und das Ausnutzen der gegnerischen Schwächen zeigen wir jetzt noch ein weiteres, sehr berühmtes und in vielen Büchern beschriebenes Spiel des ersten inoffiziellen Schachweltmeisters Paul Morphy (USA). Er spielte auf einer Europatournee vor 150 Jahren in Paris. Diese Partie wird euch bestimmt Spaß machen, wenn ihr sie auf eurem Brett nachspielt!

Weiß: Morphy **Schwarz: Herzog von Braunschweig**

1. e4, e5 2. Sf3, d6 3. d4, Lg4 Nicht optimal gespielt. **Sf6** wäre viel besser gewesen. Man könnte diese Partie auch im Eröffnungskapitel zeigen unter dem Motto »Wie nütze ich eine schwächliche Eröffnung des Gegners am besten aus?«.

4. dxe5, Lxf3 Denn auf **dxe5** würde Weiß nach **Dxd8, Kxd8** einfach den Bauern auf **e5** schlagen können, da der Springer nicht mehr gefesselt ist!

5. Dxf3, dxe5 6. Lc4, Sf6

Das ist die falsche Abwehr. Dd8-f6 wäre richtig gewesen.

7. Df3-b3!

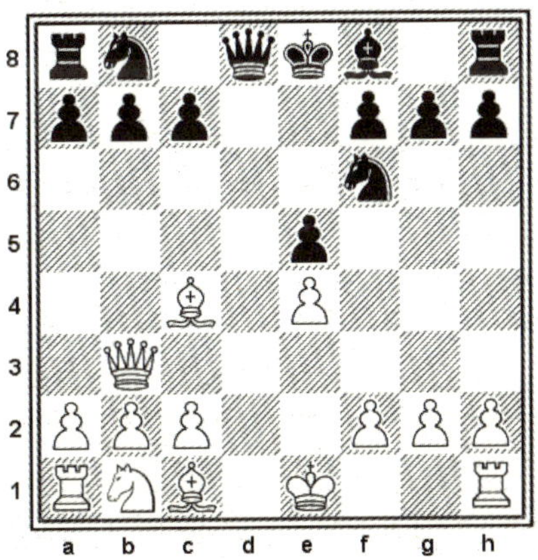

Mit dem letzten Zug fährt Weiß eine starke **Diagonalbatterie** auf: Dame und Läufer bedrohen den Punkt **f7**. Gleichzeitig möchte die Dame den Bauern **b7** verspeisen. Ein **Doppelangriff** auf **f7** und **b7** also, ein sehr wichtiges und oft vorkommendes taktisches Motiv im Mittelspiel. Gut, denkt der Herzog, einen Bauern werde ich wahrscheinlich verlieren, dafür kann ich die Dame tauschen und mich entlasten. Er zieht

7. … De7 in der Hoffnung auf **Dxb7**, dann würde er **Db4** Schach geben.

8. Sc3! Von wegen Damentausch. Weitere Entwicklung ist angesagt

8. … c6 9. Lg5, b5? Er will den lästigen Läufer vertreiben. Der denkt aber nicht daran zu gehen.

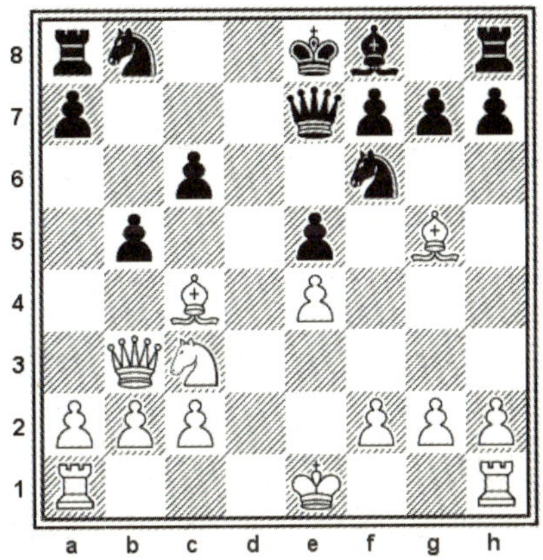

10. Sxb5! Das nennt man ein **Zertrümmerungsopfer**, wie ihr aus früheren Beispielen wisst. Weiß gibt eine Figur, um an den ungeschützten schwarzen König heranzukommen. Man muss bedenken, dass der Schwarze noch nicht richtig entwickelt ist. (**Lf8** und **Sb8** stehen noch an ihrem Platz. Von einem sicheren König kann keine Rede sein.) **10. … cxb5**

11. Lxb5+, Sd7 12. 0-0-0, Td8
13. Txd7!
Der nächste Verteidiger wird beseitigt!
13. … Txd7 14. Td1, De6 Schwarz entfesselt seine Dame und hofft, dass nun das Gewitter vorüberzieht.
15. Lxd7+, Sxd7
Es folgt ein fantastischer Zug:

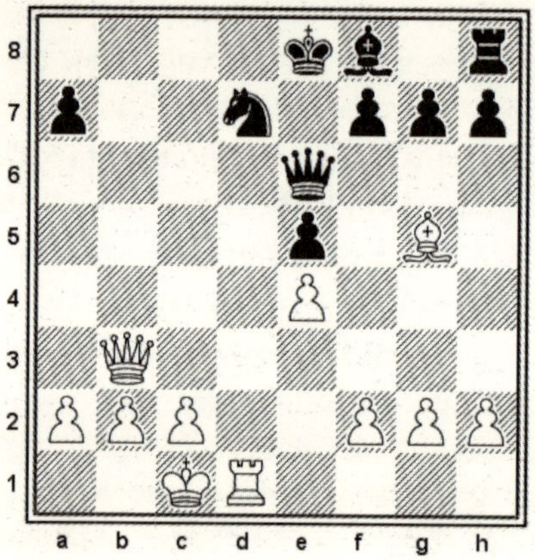

16. Db8+!! Ein **Ablenkungsopfer** der Dame. Der Springer muss schlagen und dadurch die d-Linie freimachen.
16. … Sxb8 17. Td8#

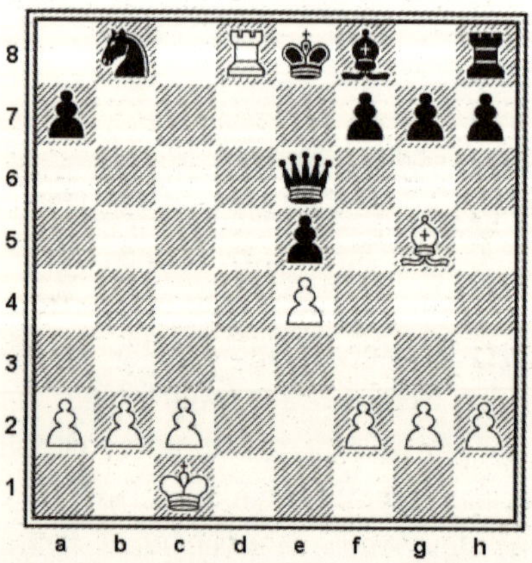

Das Schlussbild! Schwarz hat eine Dame und einen Springer mehr und ist matt! Ein wunderbarer Sieg der guten Strategie und vor allem der Taktik (Kombination) über das Materielle. Wir haben hier mehrere typische Mittelspielbegriffe kennengelernt, die wir noch mal wiederholen:

1) Diagonalbatterie
2) Doppelangriff
3) Zertrümmerungsopfer
4) Ablenkungsopfer

An den beiden vorherigen Partiebeispielen kann man eines deutlich sehen:

Je besser die eigenen Figuren nach der Eröffnung postiert sind, umso stärker können sie im jetzt beginnenden Mittelspiel eingreifen. Je beweglicher die Figuren sind, je mehr Freiheit sie haben, umso eher sind sie in der Lage, den gegnerischen König anzugreifen.

Was heißt das, Beweglichkeit? Ganz einfach: offene Linien für die Türme und die Dame, lange Diagonalen für die schnellen Läufer; das ist die Freiheit, die diese Figuren brauchen. Dafür zeigen wir ein Beispiel aus einer Schülerpartie, das mit Taktik im Mittelspiel zu tun hat. Weiß hat sich in der folgenden Stellung prächtig aufgebaut, seine Figuren haben viel Freiheit, und jetzt könnte schon der entscheidende Schlag folgen. Weiß ist am Zug:

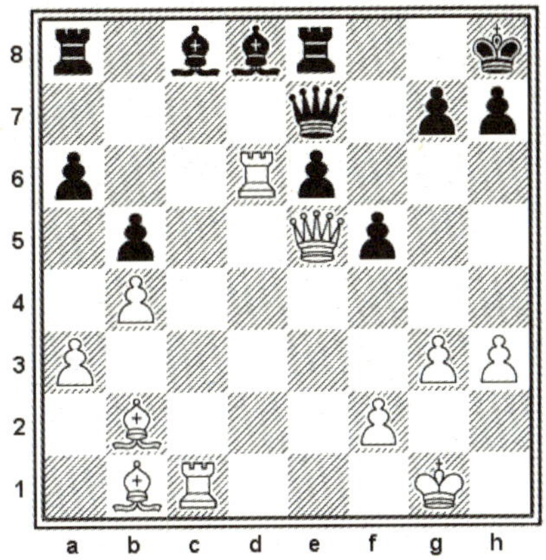

Weiß spielte **Td6-c6** und verlor sogar noch. Aber er hätte es viel besser machen können. Nehmt euch ein paar Minuten und schaut euch die Stellung genau an. Wer steht besser?

»Ist doch klar«, meint Jan. »Der Weiße!«

Aha, und warum?

»Der hat die ganze Batterie mit Dame und Läufer auf den König gerichtet. Da knallt's gleich!«

»Wo knallt's denn?«, will Carola wissen. »Ist doch alles gedeckt.«

Bei solchen Aufgaben ist es genau wie in einer Partie, die man spielt, sehr wichtig, sich über Folgendes klar zu werden:

Was sind meine Stärken? Welche Gefahren drohen, und zwar sowohl für den Gegner als auch für mich?

»Ihm droht hier ein Matt auf **g7**«, sagt Tim. »Wenn er die Dame wegziehen würde.«

»Wenn, wenn! Tut er aber nicht!«, erwidert Jan.

»Der Weiße hat auch noch die offene Turmlinie«, ruft Tim, der sich die Sache genau angesehen hat. »Nein, er hat sogar zwei Linien, die c- und die d-Linie.«

Ja, gut, praktisch beherrscht er das ganze Brett.

»Da muss einfach was drin sein, ich hab's im Gefühl!«, ist sich Tim sicher.

Sehr gut, können wir nur sagen. Gefühl, genauer gesagt, das Schachgefühl spielt oft eine entscheidende Rolle. Man weiß oder ahnt genau, dass man besser steht oder dass man aufpassen muss, weil was droht. Bloß wie genau man weitermachen soll, das weiß man nicht. Jeder Schachspieler hat diese Zwickmühle viele Male erlebt.

Man muss die Dame von der Deckung des Feldes **g7** ablenken, lautet die Überlegung, wenn man sich in die Stellung oben genau vertieft hat.

Jan hat jetzt eine Idee: »**Txe6** wäre gut, leider ist da noch der Läufer auf **c8**, der ihn deckt.«

»Wieso, den hauen wir doch erst mal weg!« Tim hat's jetzt, geht zum Brett und führt den Zug aus:

1. Txc8!

Das kriegt natürlich ein Ausrufezeichen.

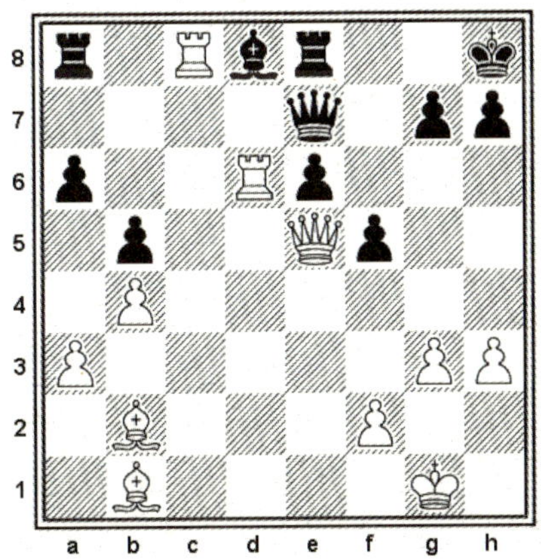

1. ... Txc8 Vielleicht hätte er noch **Lc7** probieren sollen. Doch nun, nach dem Schlagen auf **c8**, kommt der zweite Ablenkungszug: **2. Txe6!** Auch der Turm ist bereit, sein Leben hinzugeben!

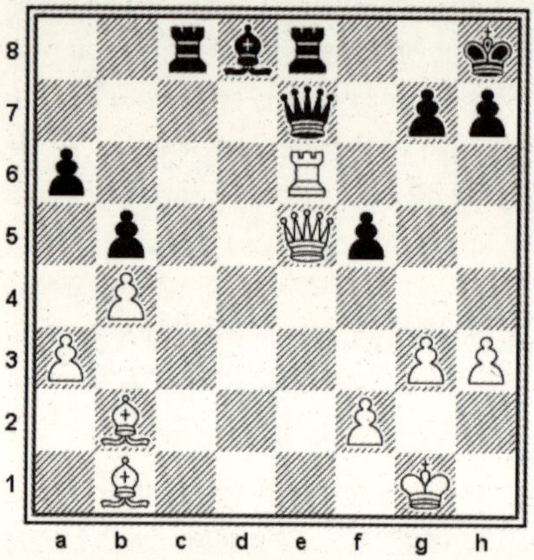

Was ist jetzt los? Wenn Schwarz mit der Dame den Turm auf **e6** nimmt, kommt **Dxg7** matt, denn der Läufer auf **b2** unterstützt sie ja!
Und wenn er mit der Dame einfach nach **f7** weggeht? Dann schlägt Weiß den Turm auf **e8** mit Schach und matt!

Wir haben im Kurs ungefähr eine Viertelstunde für die Besprechung der Stellung und die Lösung gebraucht. Am Schluss stellen wir noch eine Frage, die gar nicht zur Sprache kam:
Was ist, wenn der Schwarze in dem letzten Bild – denn da ist er ja am Zug – mit dem Turm auf **c1** ein Schach gibt? Wie soll, besser wie muss Weiß reagieren?

Eine Reihe von wichtigen Motiven, die im Mittelspiel eine Rolle spielen, haben wir schon kennengelernt. Im letzten Beispiel war wieder das Thema Ablenkung auf der Tagesordnung, aber es spielten offene Linien und Diagonalen, also die **Beweglichkeit der Figuren** eine Rolle. Dabei wird eben immer versucht, möglichst viel Raum – **Raumvorteil** lautet der Schachausdruck – für seine Truppen zu gewinnen. Immer lautet das Ziel, egal welche Eröffnung gespielt wurde, die eigenen Steine auf die besten Felder zu bringen, von wo aus sie die stärkste Wirkung entfalten.

Die Devise im Schach (wie auch im Fußball und anderen Sportarten) lautet: Belästige und beunruhige deinen Gegner durch aktives Druckspiel!

52. Schritt: Der Köder ist vergiftet!

Und schon sind wir bei einem ganz wichtigen Thema, das gerade bei den Schülern eine große Rolle spielt und das wir jetzt behandeln wollen: **Es geht um das Material, den Wert der einzelnen Figuren** und darum, wie viel ich dem Gegner schon vorausbabe. Viele Partien gehen im Mittelspiel verloren, weil einer der Spieler Figurenmaterial verliert und dann keinen Sinn mehr im Weiterspielen sieht.

Wir sehen jetzt einen Reinfall, wie er in einer Partie zwischen guten Turnierspielern vorkam:

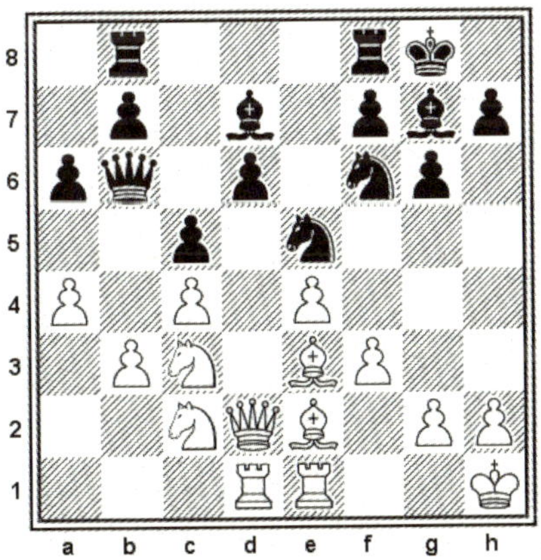

Fast die ganze Figurenversammlung ist noch auf dem Brett. Weiß hatte zuletzt den Turm von **b1** nach **d1** gezogen. Na gut, denkt sich Schwarz, er will meinen Bauern auf **d6** fressen. Aber vorher schnappe ich mir den auf **b3**. Keinen Gedanken hatte er daran verschwendet, dass sich der eben gezogene Turm gleich wieder auf den vorigen Platz zurückbewegen könnte.

1. … Dxb3?? 2. Tb1 Und die schwarze Dame sitzt in der Falle. Das Bäuerlein auf **b3** war ein zu schwerer Happen. Er war, wie es in der Schachsprache heißt, »vergiftet«.

Das war ein ziemlich einfaches Beispiel, aber man kann sich das gar nicht oft genug ansehen und einprägen. Es passiert andauernd, dass Figuren gefangen werden oder sonst wie verloren gehen.

Zum Thema »vergifteter Bauer« haben wir noch folgende Stellung:

Aufgabe 58:

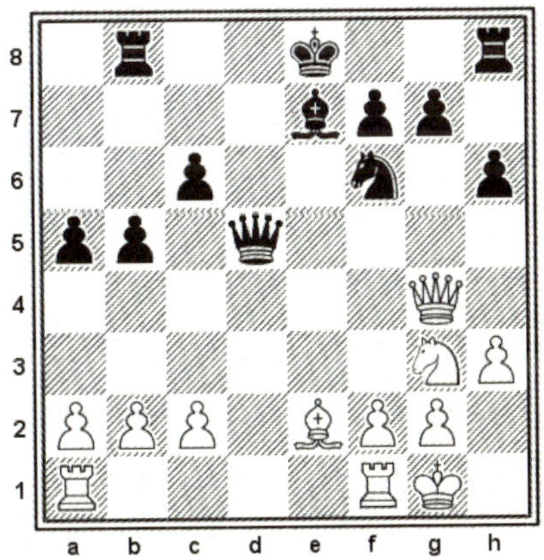

Die Frage lautet: Darf der Weiße am Zug den Bauern auf **g7** schlagen, oder ist das ein vergifteter Brocken?

Und noch eine Position aus einer Partie zwischen Laura und Tim, die bis hierher sehr ordentlich verlaufen war und jetzt schon fast in ein Endspiel übergegangen ist. (Eröffnung, Mittelspiel und Endspiel heißen die verschiedenen Phasen einer Schachpartie. Über das Endspiel, wenn nur noch wenige Figuren auf dem Brett sind, reden wir noch ausführlicher.) Hier ist erst einmal die nächste Stellung:

Aufgabe 59:

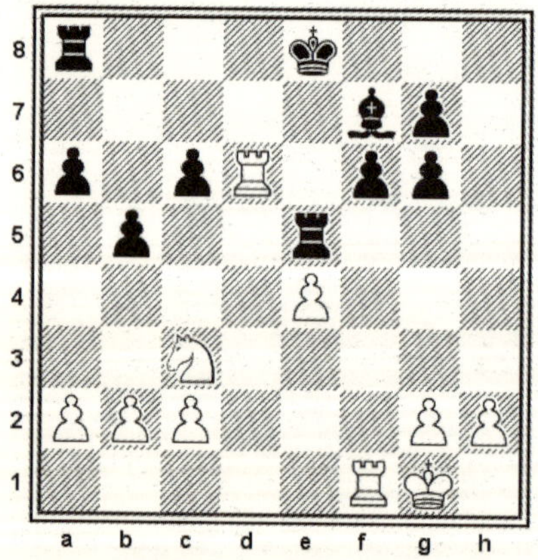

War es vernünftig von Laura, den Bauern auf **c6** zu verspeisen, oder ist das auch ein ungenießbarer Köder?

53. Schritt: Weg mit der Deckung!

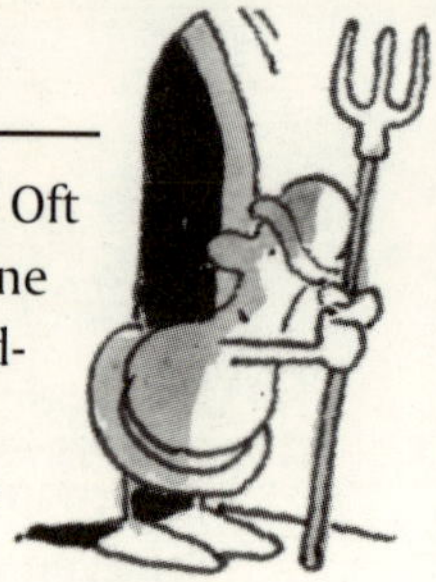

Wir haben es schon gesagt: Oft spielen mehrere Themen eine Rolle, die wir in unterschiedlichen Kapiteln behandelt haben. Schaut euch in Ruhe die nächste Stellung an und versucht, die Lösung zu finden.

Aufgabe 60:

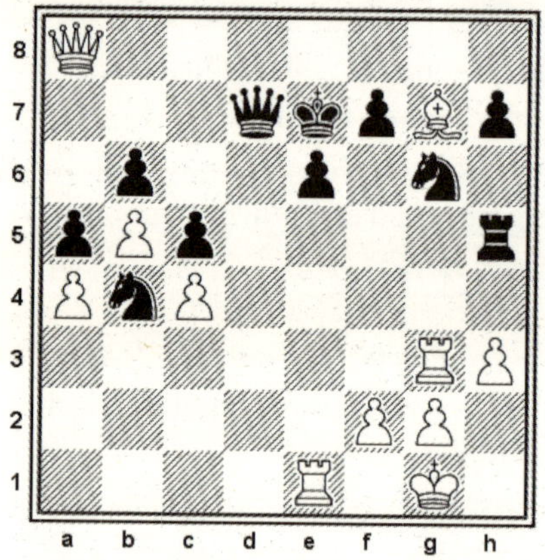

Weiß ist am Zug: In dieser Mittelspielstellung kann der Weiße Material gewinnen. Das Manöver, das hier wichtig ist, nennt man **Beseitigung der Deckung.** Ein Verteidiger wird dabei brutal ausgeschaltet.

Die nächste Position ist aus einer Turnierpartie. Klar, dass Schwarz besser steht. Der Turm beherrscht die offene c-Linie, der Springer steht optimal in der Mitte. Außerdem steht der weiße König nicht gut und das kann auch sofort von Schwarz am Zug ausgenützt werden. Wie?

Aufgabe 61:

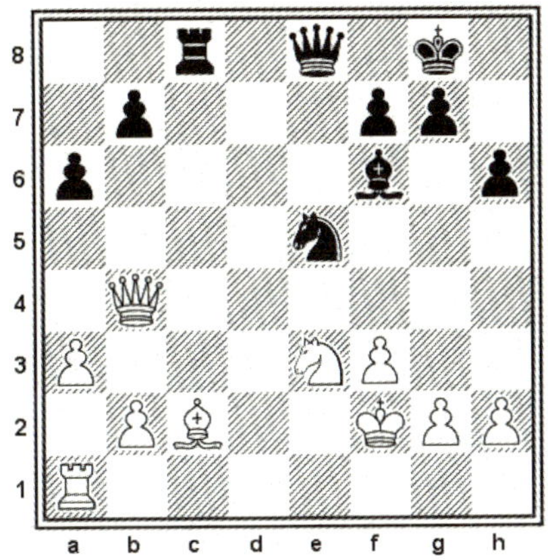

Noch ein letztes Beispiel zum Thema »Beseitigung der Deckung«. Schwarz ist am Zug.

Aufgabe 62:

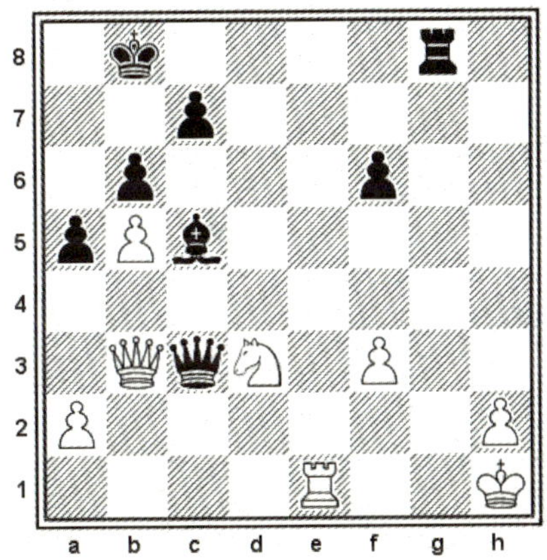

Wie geht Schwarz vor?

»Ich könnte dauernd solche Aufgaben lösen«, meint Jan. »Das macht mir am meisten Spaß.«
»Mir auch«, sagt Laura. »Das kann ich am besten.«
Auch andere Schüler sind dieser Meinung und wollen weitere Schachprobleme, an denen sie herumknobeln können. Nur Geduld, später kommen noch welche.

Aber: Es ist genauso wichtig, selber zu spielen, denn beim Spielen stellt sich ja immer die Frage, die wir als Überschrift über das ganze Mittelspielkapitel gesetzt haben: Was mache ich jetzt bloß in dieser Stellung? Wie kann ich meine Figuren optimal aufstellen und welchen Plan fasse ich, um den gegnerischen König anzugreifen?

Schachfiguren aus Weidenholz

Weit seid ihr in der Kunst des Schachspiels bisher vorangekommen, oh Schüler. So erfahrt nun, wie ich einst zusammen mit meinen Kameraden auf dem Schachbrett aus einem Stück Weidenholz entstand. Es war die Zeit an der Schwelle des ersten zum zweiten Jahrtausend, und unser Spiel war immer weiter in Europa vorgedrungen. Das Land der Wenden, im Norden des heutigen Deutschlands gelegen, wurde damals vom Grafen Guncelin regiert, der Schach auf seinen Reisen kennengelernt hatte. Leider war es ihm nicht möglich, seiner neuen Leidenschaft nachzugehen. Verstrickt in politische Intrigen, wurde er auf Befehl des Kaisers Heinrich II. verhaftet und in einen festen Wehrturm des Dorfes Ströbeck im Harz-Gebirge verbracht. Dort saß er nun in der Einsamkeit, bewacht von den Bauern des kleinen Dorfes, die ihren hohen Gefangenen sehr freundlich behandelten.

»Bringt mir einige Weidenäste, liebe Leute, und ein Schnitzmesser«, bat Guncelin eines Tages, als er sich wieder sehr langweilte. »Ich werde euch ein wunderbares

Spiel lehren, das eurem Leben in dieser Einsamkeit eine schöne Abwechslung bringen wird.« Es geschah, worum er gebeten hatte, und vor den staunenden Augen der Wächter des Grafen entstanden die Bauern, der König, die Dame, Läufer, Springer und Türme aus Weidenholz und das Brett mit den 64 Feldern wurde mit Holzkohle auf den Zellentisch aufgemalt. Ich erlebte mit, liebe Freunde, wie die braven Bauersleute mit großer Lust und voller Eifer sich von Guncelin unterweisen ließen. So groß wurde ihre Lust an dem neuen, schönen Spiele, dass man im Dorfe an den Abenden, wenn die Arbeit in Feld und Stall getan war, nichts anderes mehr kannte, als auf mehreren, inzwischen auf Tischen gemalten Brettern und mit weiteren geschnitzten Figuren das Schachspiel zu betreiben. Es war gerade so, als sei ein Virus ausgebrochen, der die ansteckende Schachkrankheit unter der Dorfbevölkerung verbreitete. Der Graf Guncelin, längst schon nicht mehr im Turm bewacht, ging frei umher und brachte den Jungen und Alten die Geheimnisse des Spiels bei. Es wurde bedauert, dass er nach einiger Zeit wieder als freier Mann die Heimreise antrat, denn eine Untersuchung hatte seine Unschuld ergeben, und der Kaiser hatte angewiesen, ihn aus der Haft, die ja schon längst nicht mehr für ihn bestand, freizulassen.

Bis heute wird im Dorf Ströbeck das Schachspiel in der Schule gelehrt. Solltet ihr es einmal besuchen, so werdet ihr auf dem Kirchturm statt eines Wetterhahnes ein Schachbrett sehen.

Nicht nur in jenem Dorf im Nordharz, auch in anderen Gegenden des Deutschen Reiches hatte das Schachspiel am Ende des Mittelalters bereits eine Tradition entwickelt. So kam es 1467 zum ersten Städtewettkampf zwischen Heidelberg und Nördlingen, und zehn Jahre später fand in Nürnberg das erste Schachturnier statt. Das Spiel war keine reine Unterhaltung des Adels mehr, sondern hatte immer stärker auch im Bürgertum viele Freunde gewonnen. Ab dem 19. Jahrhundert wurden zahlreiche Schachverbände und Vereine gegründet, die das Spiel überall förderten. Es entwickelte sich eine umfangreiche Schachliteratur in deutscher Sprache. Das erste deutsche Lehrbuch war 1616 erschienen, geschrieben von einem gewissen Gustav Selenus. Hinter diesem Namen verbarg sich der in den Künsten und Wissenschaften sehr bewanderte Herzog August der Jüngere von Braunschweig. In einem Kapitel seines Buches beschrieb er das schon damals berühmt gewordene Schachdorf Ströbeck.

54. Schritt:

Gemeinsam zum Sieg!

Wieso gemeinsam? Spielen denn nicht immer zwei Spieler gegeneinander? Ja, normalerweise schon, doch im Kurs spielen wir manchmal sogenannte Beratungspartien. Es werden zwei Mannschaften gebildet, die dann getrennt voneinander in zwei Räumen vor ihren Schachbrettern sitzen. Die Mitglieder jeder Partei dürfen die Züge beraten, was sonst während einer Schachpartie nicht erlaubt ist; sobald man sich geeinigt hat, gibt einer den Zug an die andere Partei weiter.

Wir zeigen eine solche Beratungspartie zwischen Jan und Laura mit den weißen und Tim und Carola mit den schwarzen Figuren. Die Partie ist bestimmt nicht ohne typische Fehler, aber sie zeigt schon die Fortschritte der Schüler. (Hast du zu Hause das Brett auch aufgestellt? Okay, dann geht's los.)

Weiß: Jan, Laura – Schwarz: Tim, Carola

1. d4, d5 2. Sc3, e6 3. Sf3, Lb4 4. Lg5, Sf6 5. e3, 0-0 6. a3, Lxc3 7. bxc3, h6 8. Lxf6, Dxf6 9. Se5!, Dg5

Das planlose Herumziehen der schwarzen Partei mit der Dame wird sich noch rächen. Es kostet viel Zeit und bringt nichts ein. Statt eine Figur zu entwickeln, wird die stärkste Figur auf ein Feld gestellt, wo sie gleich wieder angegriffen werden kann.

10. h2-h4!, Df5? 11. Ld3

Und schon wird die Dame angegriffen und muss wieder abhauen. Weiß ist viel besser entwickelt! Springer und Läufer des Schwarzen aber schlafen noch auf ihren Plätzen.

11. … Df6 12. S4, De7 13. Th3!

Das sehen wir uns jetzt an:

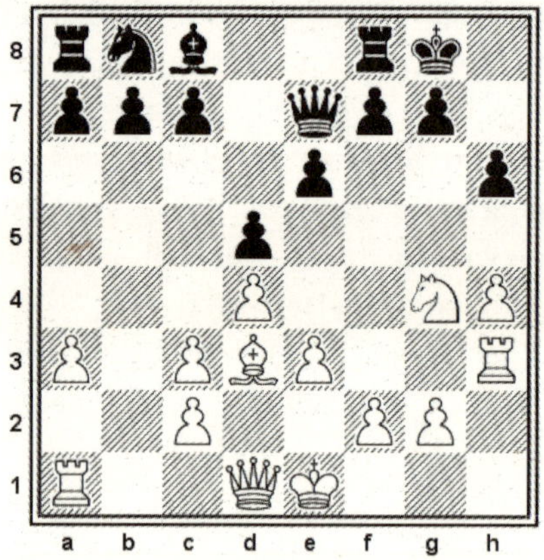

Mit ihrem letzten Zug **Th3** haben die Weißen den Turm für einen möglichen Angriff gegen den schwarzen König schon gut in Stellung gebracht.

13. … e5? Die Schwarzen haben erkannt, dass sie sich unbedingt befreien müssen. Der Springer kann den frechen Bauern ja nicht schlagen, weil der Turm dann ein Opfer der Fernwirkung des Läufers auf **c8** würde. Allerdings ist **e5** trotzdem nicht gut, weil die Weißen jetzt mit dem Opfer **14. Sxh6+** einen gefährlichen Angriff hätten starten können. Sie sehen es aber nicht und spielen **14. dxe5, Lxg4 15. Dxg4, Dxe5**

16. Kd2! Der Bauer auf **c3** musste gedeckt werden. Der König steht auf **d2** sicherer, als wenn er lang rochiert hätte. Insofern eine gute Entscheidung, die Jan und Laura hier getroffen haben. **16. … f5 17. Dg6, Df6** Schwarz will sich durch den Tausch der Damen entlasten. An sich eine richtige Idee, aber Weiß muss nicht darauf eingehen! **18. Dg3, Sc6 19. Df3, Se5?** Der muss leider ein Fragezeichen kriegen, denn den Bauern **d5** hätten sie nicht geben müssen. **20. Dxd5+, Tf7?** Wieder ein fragwürdiger Zug, denn man sollte nicht freiwillig in so eine Fesselung gehen. **21. Dxb7, Dd8 22. Tb1** Richtig, Türme gehören auf die offenen Linien, wo sie ihre größte Wirkung haben.

Wie sieht es jetzt aus?

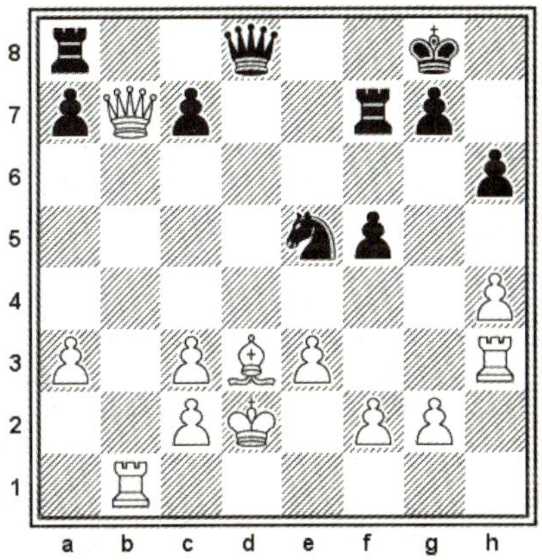

Die schwarze Partei hätte jetzt **22. … c5** spielen sollen. Der folgende Abtausch des Springers gegen die Läufer ist zwar auch in Ordnung, aber dann kommt ein miserabler Zug. **22. … Sxd3 23. cxd3, g5??** Da haben wir wieder den typischen Fehler im Mittelspiel: **Der eigene König wird zu sehr geschwächt. 24. hxg5, hxg5 25. Da6** Die Dame schielt schon rüber auf den Königsflügel, nach **h6** nämlich. **25. … Tf6 26. Dc4+, Kg7 27. Tb1-h1, Tb8 28. Th7+, Kg6** Auch andere Züge hätten jetzt nicht mehr geholfen, wie ihr leicht selber feststellen könnt. So gibt es jetzt ein schnelles Ende mit

29. Th1-h6# Gut gespielt von der weißen Partei! Das ist das Schlussbild:

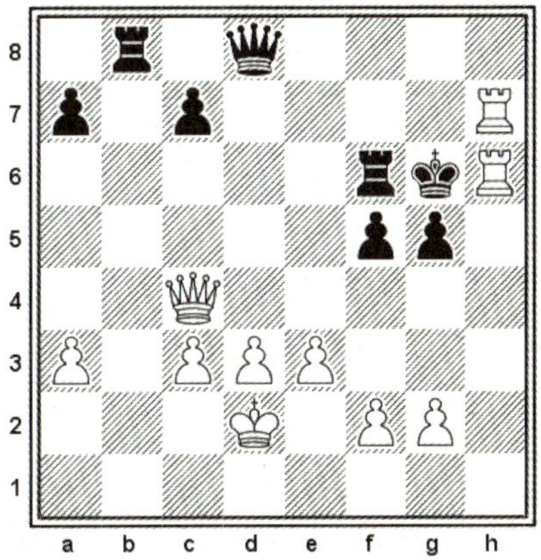

Laura passte es nicht, dass die Partie, die sie verloren hatten, gezeigt wurde. Man muss sie trösten mit dem Merksatz:

Vor allem dadurch, dass man sich die verlorenen Spiele ansieht, lernt man!

Und was haben wir aus dieser Partie wieder gelernt?

1) Nicht die Entwicklung vernachlässigen!

2) Nicht zu früh mit der Dame in der Gegend rumziehen!

3) Einen Plan entwickeln!

4) Nicht durch unbedachte Bauernzüge die Stellung des eigenen Königs schwächen!

55. Schritt: Verteidigen und Gedankenlesen

Verteidigen? Okay, das lässt sich ja einsehen. Eine gute Verteidigung ist schließlich genauso viel wert wie ein guter Sturm! Aber wie ist das mit dem Gedankenlesen gemeint?

Wie bei vielen anderen Spielen ist es auch beim Schach wichtig, dass man sich gut verteidigt und dass man darüber hinaus vorhersieht, was der Gegner vorhat, um rechtzeitig darauf reagieren zu können. Alle großen Meister des Schachs waren nicht nur gute Angreifer, sondern mindestens genauso gute Verteidiger und »Gedankenleser«.

Wir schauen uns erst einmal einige Beispiele für die Verteidigung an. Zuerst geht es darum, was man gegen eine unangenehme Fesselung unternehmen kann.

Im folgenden Bild hat der Weiße zuletzt **Sb5** gezogen, und es sieht aus, als wäre nun der **Ld4** verloren. Er ist gefesselt, denn wenn er wegzieht, schlägt Weiß den Turm **d7** mit Schach.

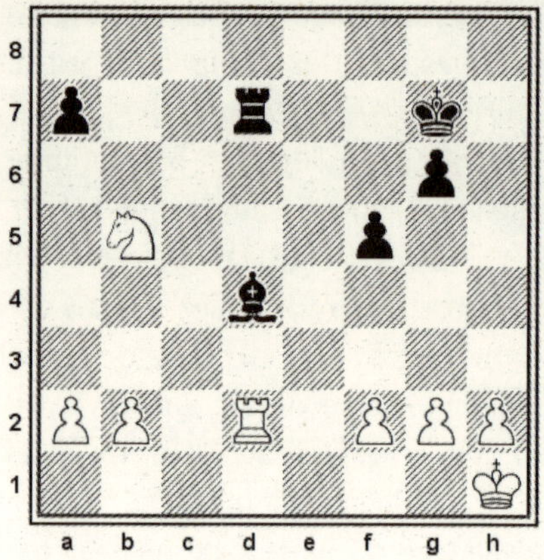

Aber Schwarz zieht einfach **Te7.** Damit droht er ein Matt auf **e1** an und Weiß kann es sich nicht erlauben, den Läufer zu kassieren.

Verteidigen durch das Aufstellen einer Gegendrohung heißt hier also der Leitgedanke.

Etwas schwerer ist die Verteidigung gegen eine sehr unangenehme Fesselung im folgenden Fall.

Aufgabe 63:

Ihr kennt das aus dem Kapitel Fesselung: Wenn eine Figur gefesselt ist, wie hier der Springer auf **e5** durch die Dame auf **c3**, greift man erneut an, um sie zu erobern. Genau das hat Weiß mit **f4** jetzt getan. Ist der Springer verloren, denn wegziehen kann er ja nicht? Kommt ihr drauf, was Schwarz tun muss? (Kleiner Tipp: Er antwortet mit einer Gegenfesselung.)

In einer Schachpartie muss man sich oft gegen eine Drohung verteidigen, die der Gegner aufstellt. Daher gilt: Immer cool bleiben, wenn die Stellung auf dem Brett schwierig zu werden scheint. Immer nach Möglichkeiten der besten Verteidigung suchen.

Aufgabe 64:

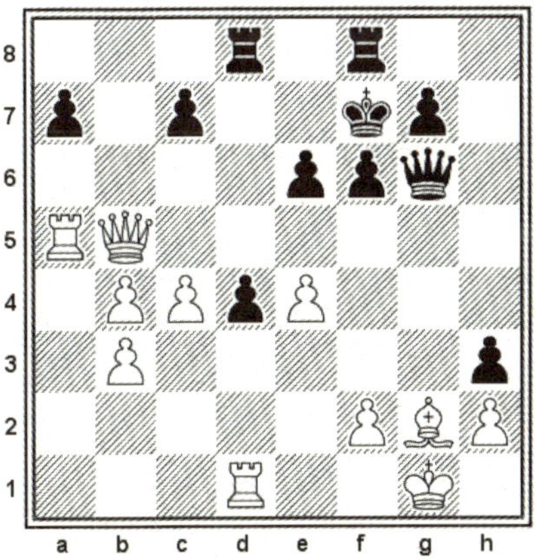

Wird der Weiße am Zug matt auf **g2**, das er anscheinend nicht mehr decken kann?

Aufgabe 65:

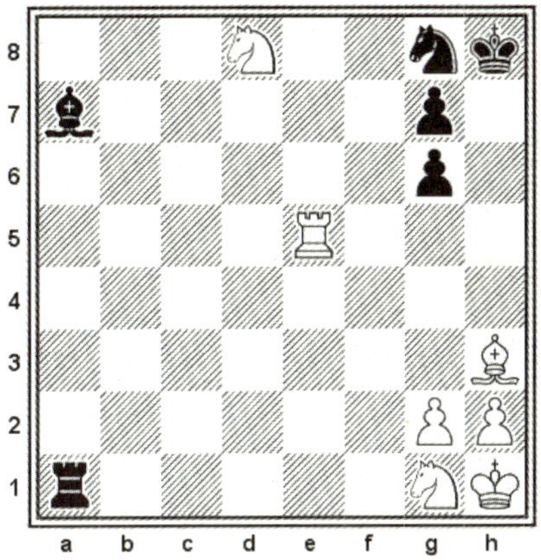

Oben sieht es finster aus für Weiß. Was soll er bloß gegen das Matt mit dem Turm auf **g1** unternehmen?

Aufgabe 66:

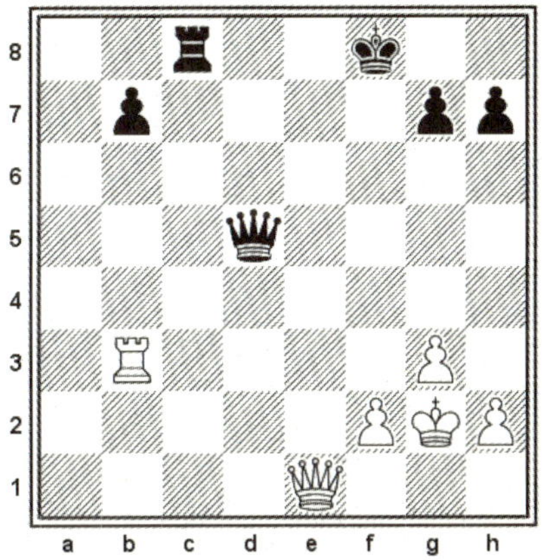

Schwarz zog siegesgewiss die Dame von **d7** nach **d5**, gab ein Schach und glaubt, den Turm auf **b3** zu gewinnen. Warum war das ein Trugschluss? Versuche, dich immer in die Gedanken des Gegners hineinzuversetzen.

Die folgende Stellung ist wieder aus einer Schülerpartie:

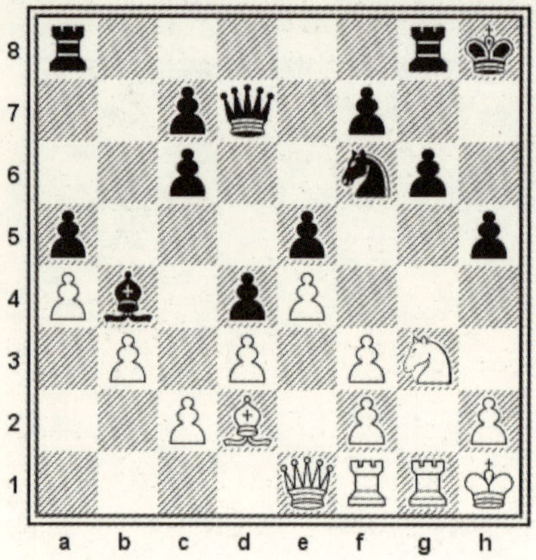

Die Schwarzen hatten zuletzt **1. ... Dd8-d7** gezogen. Ich schnappe mir einfach den Läufer auf **b4**, denkt Weiß und schon zieht er **2. Lxb4, axb4.**

Darauf erfolgt sofort die Antwort:

3. Dxb4 So, jetzt haben wir einen mehr, frohlockt der Weiße und stellt den schwarzen Bauern zu den anderen an den Rand. Und nicht nur das, mit dem Bauern auf **a4** machen wir uns bald 'ne neue Dame!

Von wegen. Der Schwarze hat das nämlich vorausgesehen und einen schlauen Plan gefasst. Er greift mit **3. ... h4** den Springer **g3** an. Na und, denkt der Weiße, der zieht einfach zurück.

Also **4. Se2, Dh3.**

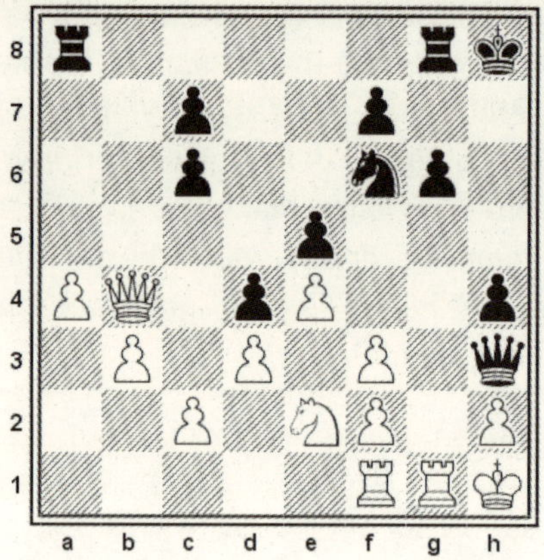

Das bringt Weiß schwer ins Grübeln, denn er erkennt jetzt erst die Gefahr für seinen König. Spätestens nach **Dd8-d7**, besser schon nach **h7-h5** hätte er sich in die Gedanken des Gegners hineinversetzen und dabei sehen müssen, dass der es auf den weißen König abgesehen hatte und ihm dabei das Bäuerlein auf **b4** ganz egal war. Auch hier gilt wieder:

Matt gewinnt und nicht das Material!

Wir bringen sofort die Dame zurück und drohen selber ein Schach, meint Weiß und zieht

5. Dd2, Dxf3+ 6.Tg2, h3 7. Dh6+, Sh7

Jetzt droht ein Matt auf **g2.**

8.Tf1-g1, h3xg2 9. Txg2, Dxe2

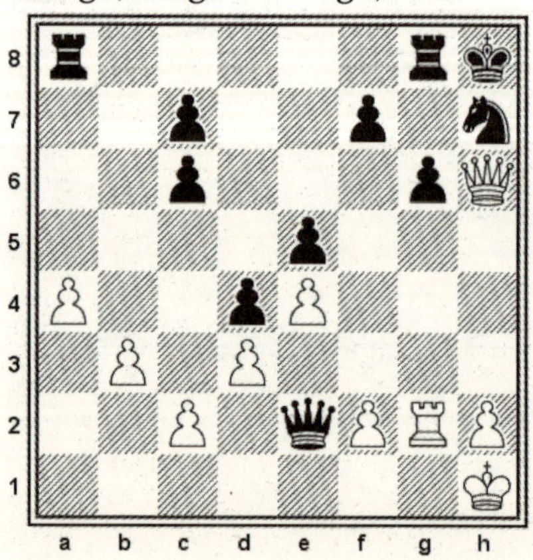

Ein trauriges Bild: Weiß ist verloren. Er hat einen Turm und einen Springer weniger; seine Stellung ist schlecht.
Der Weiße reicht dem Gegner die Hand und gibt auf. Okay, sagt er sich, bei der nächsten Partie überlegen wir uns vorher besser, was die andere Partei vorhat.

Die Gedanken des Gegners lesen: Das ist eine der Grundvoraussetzungen für gutes Schach und auch mit das Schwerste, wie jeder Spieler bestätigen wird. Aber schließlich ist es ja bei vielen anderen Sportarten auch so, dass man überlegt, welche Spielzüge der Gegner wohl plant. (Beim Fußball oder Eishockey muss das noch viel schneller gehen als bei unserem Spiel.)

Die nächsten Übungen sollen zeigen, dass man immer genau gucken muss, was der Gegner vorhat. Das gilt besonders dann, wenn man sich sehr sicher fühlt und wie im folgenden Beispiel schon glaubt, gewonnen zu haben.

Aufgabe 67:

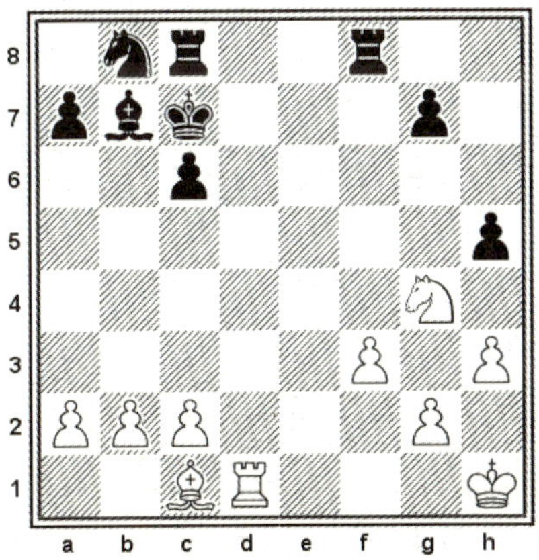

Die Stellung kam in einer Trainingspartie vor. Weiß, eigentlich total auf verlorenem Posten – er hat einen Turm weniger – zog clever **1. Ld2**. Schwarz, im Hochgefühl des Sieges, schlug auch noch gefräßig den Springer auf **g4**. Und dabei war er nicht in die Gedanken des Gegners eingestiegen. Warum? Und welche Züge hätte er machen können, statt den Springer zu schlagen?

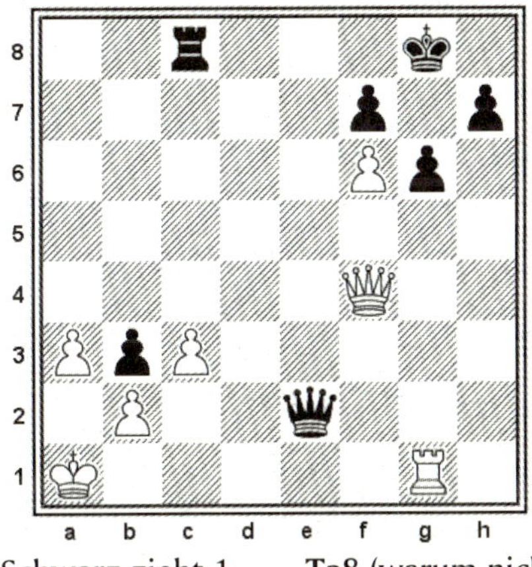

Schwarz zieht 1. … **Ta8** (warum nicht **Txc3?**), und Weiß antwortet postwendend **2. Dh6**. Hat Schwarz etwa nicht gesehen, dass er jetzt auf **g7** matt ist?, denkt Weiß. Aber er hat sich nicht genügend als »Hellseher« betätigt, denn jetzt kracht es bei ihm!
2. … Txa3+ 3. bxa3 De2-a2 matt!

Die Bauern sind die Seele des Schachspiels

Meine Wanderung setzte ich fort, liebe Schüler. Ich erlebte mit, wie das Interesse am königlichen Spiel immer größer wurde. Viele Lehrbücher erschienen im 17. und 18. Jahrhundert. Eines stammte vom großen italienischen Meister Greco, ein anderes von Domenico Lorenzo Ponziani aus Modena. Sie hatten damals erkannt, wie wichtig die schnelle Entwicklung der Figuren ist, und beschrieben es in ihren Schriften. Sie priesen die Kombinationen, das schnelle romantische Spiel, die mutigen Angriffe, wobei nach Möglichkeit auch schön gespielt werden sollte. Denn Schach war Kunst, schrieb man, gleichzusetzen der Malerei und der Dichtung oder dem Komponieren von Musik. Nicht von ungefähr war der berühmteste und stärkste Meister seiner Zeit, Francois André Dancican Philidor zugleich ein bekannter Komponist, dessen Musik auch heute noch gespielt wird und dessen Opern man heute noch auf den Bühnen sehen kann. Er lebte von 1726 bis 1795 und schlug alle anderen Meister seiner Zeit.

Meist war er im berühmtesten Pariser Schachtreff, dem *Café de la Régence,* anzutreffen, wo man alle guten und schlechten Spieler der Stadt jeden Tag am Brett sitzen sah.
Mit Freude vernahm ich das Wort des Philidor, als er verkündete: »Die Bauern sind die Seele des Schachspiels.« Damit ehrte er uns, das unbedeutende Fußvolk, und erkannte unseren Wert. Denn die Anordnung der Bauern, die ja nicht mehr zurückkönnen, bestimmt die Stärken und Schwächen einer Position, so ein wichtiger Punkt in der Theorie von Meister Philidor. Der Schwache wird zum Starken, das habt ihr bereits erkannt, liebe Schüler, und die vielen Generationen der Meister nach Philidor, die sich mit dem Spiel als Kunst und Wissenschaft befassten, erkannten und erforschten bis heute stets neue und unerwartete Theorien.
Ich war in vielen Schachsälen zu Hause, oh meine jungen Freunde. Sogar in einem Opernhause weilte ich als Schachbauer in einem Spiel des Herzogs von Braunschweig. Ein arabischer Gesandter hatte ihm einst ein aus dunkelrot bemaltem Elfenbein gefertigtes Schachspiel zum Gastgeschenk gemacht. Nicht eine Sekunde trennte sich der leidenschaftliche Spieler von seinem Schachbrette, stets auf der Suche nach einem Partner. So begab es sich, dass der Herzog im Jahre 1858 mit seiner Gattin, einer begeisterten Opernfreundin, eine Vorstellung von Rossinis *Der Barbier von Sevilla* in der Pariser Oper besuchte. Jemand machte den Herzog darauf aufmerksam, dass in der Nachbarloge ein sehr berühmter Schachmeister aus Amerika saß, ein gewisser Paul Morphy. Natürlich hatte der Herzog bereits von dem fantastischen Spiel des Amerikaners gehört, der gerade in Europa weilte und dessen Partien die Schachwelt überall begeisterten. Sogleich lud er Morphy zu einer Partie in seine Loge ein, und während auf der Bühne die Intrigen des Figaro gezeigt wurden, spielten Morphy und der Herzog eine Partie, die von einer herrlichen Kombination des Amerikaners gekrönt wurde und welche die Schachwelt bis heute bewundert. Ihr konntet dieses Spiel bereits im *51. Schritt* bestaunen, in dem wir über das Mittelspiel sprachen.

Gewiss kann man die Morphy-Partie in die großen Meisterwerke der Schachkunst einreihen, doch den Titel »Unsterbliche Partie« erhielt das Spiel zwischen dem deutschen Mathematikprofessor Adolf Anderssen aus Breslau und dem aus Estland stammenden Schachmeister Lionel Kieseritzky, welche im Jahre 1851 gespielt wurde. Anderssen hatte Turniere mit den besten Meistern seiner Zeit gewonnen. So mögt ihr hier die Partie und besonders die Schlusskombination ansehen, die ihre Runde um die Welt machte und in den meisten seit jener Zeit erschienenen Schachbüchern zu finden ist. Diese »Unsterbliche Partie« zeige ich euch hier in meinen Erzählungen, denn sie gehört zur Geschichte des Schachs und die Eröffnung, wie sie von Schwarz gespielt wurde, nehmt euch nicht zum Vorbild.

Die »Unsterbliche Partie«

Anderssen (Weiß):	Kiseritzky (Schwarz):
1. e4, e5	2. f4, exf4
3. Lc4, Dh4+	4. Kf1, b5
5. Lxb5, Sf6	6. Sf3, Dh6
7. d3, Sh5	8. Sh4, Dg5
9. Sf5, c6	10. Tg1, cxb5
11. g4, Sf6	12. h4, Dg6

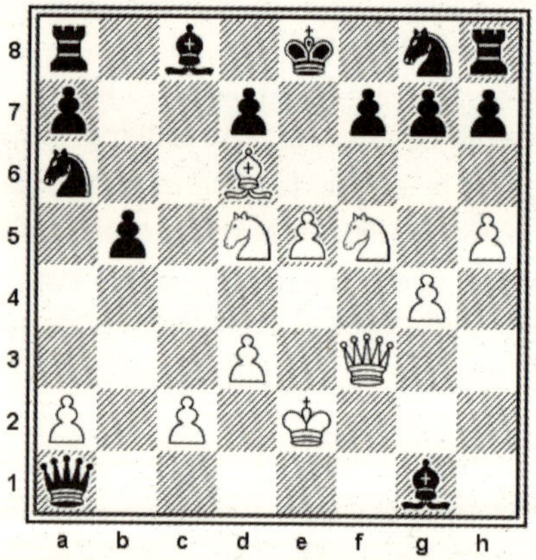

13. h5, Dg5	14. Df3, S8
15. Lxf4, Df6	16. Sc3, Lc5
17. Sd5, Dxb2	18. Ld6, Dxa1+
19. Ke2, Lxg1	20. e5, Sa6

Mit großer Kühnheit hat der Weiße seine Türme geopfert. In jener romantischen Zeit des Schachs sah man nicht auf Hab und Gut, sondern der Blick war nur auf das matt setzen gerichtet, welches nun in wenigen Zügen vonstatten ging:

21. Sxg7+, Kd8 22. Df6+, Sxf6

23. Le7#.

Und der schwarze König ist matt!

V. Das Endspiel: letzte Entscheidung über Sieg oder Niederlage

Beim Fußball gibt es Endspiele. Wer gewinnt, ist Weltmeister, hat den Europapokal oder einen anderen Wettbewerb gewonnen. Auch bei den meisten anderen Sportarten gibt es Endspiele. Beim Schach bedeutet das Wort etwas anderes: **Es ist der letzte Teil einer Partie.**

Von der **Eröffnung** haben wir gesprochen, von den ersten Zügen, wenn noch alle Figuren auf dem Brett sind. Die Bedeutung von Zentrum, schneller Entwicklung und Sicherung des Königs habt ihr gelernt. Über das **Mittelspiel** habt ihr einiges erfahren, von Plänen und Sieg bringenden Kombinationen.

Vom **Endspiel**, wenn nur noch wenige Figuren auf dem Brett sind, haben wir noch nicht gesprochen. Wir haben allerdings ganz vorne gesehen, dass sich ein Bauer in eine Dame umwandeln kann, wenn er auf der gegnerischen Grundreihe angelangt ist. Mit dieser Dame kann er den Gegner matt setzen. Daher ist es sehr wichtig, auch das Endspiel zu studieren. Viele denken, da ist nichts mehr los, das ist langweilig. Ganz falsch, denn gerade im Endspiel führt auch der kleinste Fehler zum Verlust! Auch wenn man vorher noch so gut gespielt hat, nützt es gar nichts, wenn ich im letzten Teil der Partie nicht weiß, wie ich meinen Vorteil in einen Gewinn verwandeln kann.

Gerade für Schüler ist es daher besonders wichtig, sich im Endspiel auszukennen und wenigstens ein paar Sachen zu lernen, um sicherer zu werden. Später, wenn man schon mehr Übung im Spielen hat, lernt man automatisch auch noch mehr über die Endspiele. Sie werden benannt nach den noch vorhandenen wichtigen Figuren. Man spricht zum Beispiel von Damen-, Turm-, Läufer-, Springer- oder Bauernendspielen. Alle sind spannend und haben ihre eigenen Tücken. Den Bauernendspielen, in denen man weit vorausrechnen kann und muss, wollen wir uns nun zuwenden.

56. Schritt:

König und Bauer im Quadrat

Ein Schachlehrer sagte: »Manchmal genügt ein einziger Bauer, um eine Partie zu gewinnen.« Die Schüler wollten es nicht glauben: Keine Figur mehr, nur ein Bauer, das soll ausreichen? Den kann man doch leicht stoppen. Das kann man natürlich, aber es geht darum, den Bauern in eine Dame umzuwandeln, denn Dame und König gewinnen gegen König, wie ihr längst wisst. Wie das gehen kann, schauen wir uns auf den nächsten Seiten an.

Hier haben wir zum Beispiel so eine Stellung, in der am Schluss eine Partei einen Bauern mehr hat. (Warum wir einen Teil des bretts etwas in Grau abgesetzt haben, erklären wir gleich.) »Wer gewinnt bei dem Rennen Bauer gegen König mit Weiß am Zug?«, lautet die Frage in die Runde.

Die Schüler blicken angestrengt aufs Brett und zählen leise murmelnd die Felder ab: Der Bauer läuft (im letzten Diagramm) im ersten Zug unseres Beispiels nach **h5**, König nach **d5**, dann **2. h6, Ke6 3. h7, Kf7**, und jetzt zieht er ein: **4. h8D**.

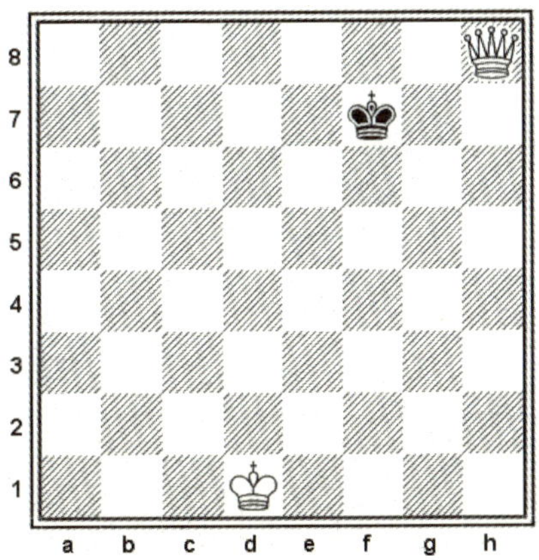

Da ist der schwarze König bei diesem Wettrennen zu spät gekommen.

»Ja, aber da war doch Weiß am Zug«, wirft Tim ein. »Was ist denn, wenn Schwarz zieht?«

Wieder geht es ans Abzählen, und Schwarz fängt an: **1. … Kd5 2. h5, Ke6 3. h6, Kf7 4. h7, Kg7**

Was sehen wir? Der weiße Bauer war nicht schnell genug und wird jetzt vernascht vom König, der rechtzeitig gekommen ist. Die Partie ist remis, weil nur noch König gegen König übrig bleibt.

Noch ein Beispiel, wieder mit Hervorhebung eines bestimmten Brettbereiches:

Aufgabe 68:

Wer kommt zuerst? Welchen Unterschied bedeutet es, ob Weiß am Zug ist oder Schwarz? (Ist ja nicht besonders schwer, wenn man beim ersten Beispiel aufmerksam dabei war.)

Was hat es mit den Feldern auf sich, die wir hier hervorgehoben haben? In der letzten Stellung sind es die Felder von **c5** bis **c8**, dann von **c8** bis **f8**, von **f8** bis **f5** und von **f5** bis wieder **c5**.

»Alle Seiten sind gleich lang. Es ist ein Quadrat«, ruft Jan.

Stimmt, und daraus ergibt sich eine erste Merkregel für das Endspiel:

Wenn der König in dieses Quadrat kommt, dann kann er den feindlichen Bauern aufhalten. Sonst nicht mehr!

Das ist eine einfache und doch wichtige erste Grundregel für das Endspiel. **Man kann sich das Abzählen, bei dem man sich leicht vertun kann, sparen, wenn man sich diese Quadratregel merkt.**

Das nächste Beispiel ist ein bisschen schwieriger, hat aber auch mit dem Quadrat zu tun:

Aufgabe 69:

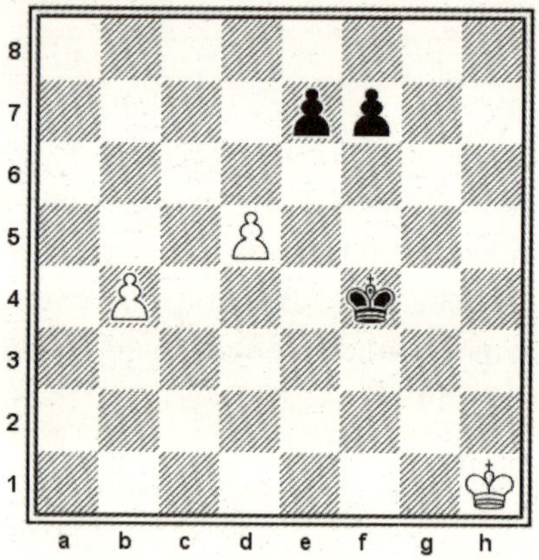

Weiß beginnt: Kann er sich eine Dame machen? Wird es Schwarz dann schaffen, ins Quadrat zu kommen und den b-Bauern aufzuhalten? Was ist, wenn Schwarz anfängt?

Bitte noch einmal genau die Aufgaben mit den grauen Quadraten darauf anschauen, bevor ihr euch an den Test im folgenden Bild macht:

Aufgabe 70:

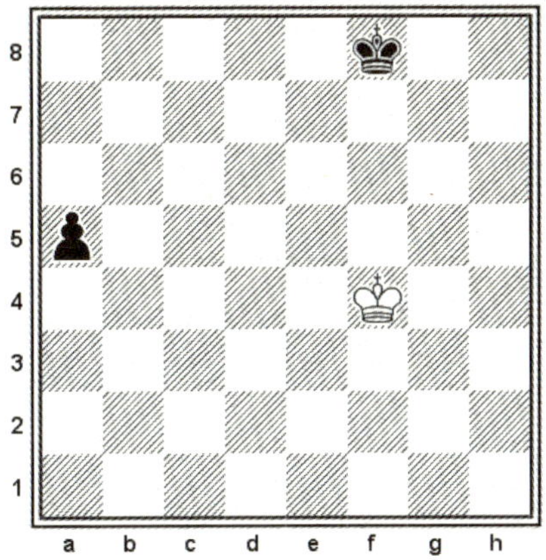

Erste Frage: Wo wäre das Quadrat, von dem wir gesprochen haben? (Bitte die Eckfelder nennen.)

Zweite Frage: Schafft es der weiße König, wenn er am Zuge ist, den Bauern aufzuhalten?

57. Schritt: Von tanzenden Königen und Schlüsselfeldern

Das **Quadrat** haben wir eben kennengelernt. Ein weiterer wichtiger Begriff für das Endspiel ist »**Opposition**«. Da geht es nicht um Parteien im Bundestag, die in der Opposition sind, auch nicht um aufmüpfige Schüler, denen nicht passt, was der Lehrer macht, und die deswegen motzen. Es geht um Könige, die sich gegenüberstehen, wie zum Beispiel hier:

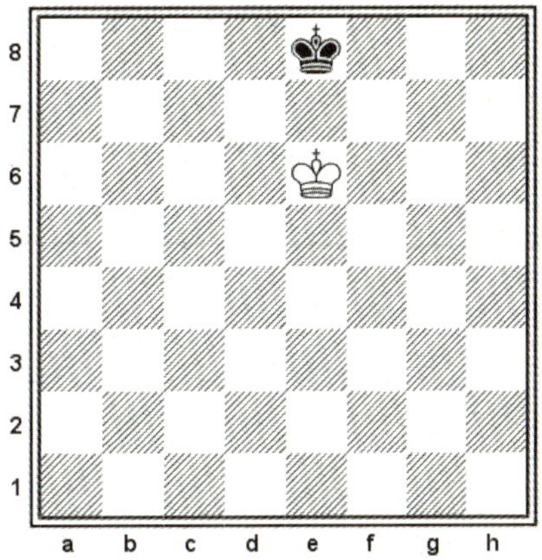

Dies ist eine wichtige Position in vielen Endspielen. Klar, dass das hier unentschieden ist, denn wir bräuchten schließlich noch einen Bauern, um zu gewinnen.

Geduld, kommt gleich. Versucht erst mal, wenn ihr Schwarz habt, wieder in die Mitte des bretts zu kommen, wo Majestät mehr Platz hätte, denn er steht ja am Rand und blickt sozusagen hinter sich in den Abgrund. Egal, wohin er sich wendet, nach links oder rechts (**d8** oder **f8**), immer kann ihm der Weiße auf den Feldern **d6** oder **f6** folgen. Schließlich kann Schwarz ja nicht auf seinen Zug verzichten.

Ihr habt schon beim Matt mit einem Turm gesehen, wie entscheidend es ist, den König an der Randlinie festzunageln.

Nun setzen wir einen Bauern dazu und sehen, was passieren kann, denn: **Es ist ganz besonders wichtig, etwas über die Bauernendspiele zu wissen, weil Bauern oft übrig bleiben, wenn alle Figuren abgetauscht sind!**

Wenn der König auf der 6. oder 7. Reihe vor seinen Bauern kommt, gewinnt Weiß immer! (Aber keine Regel ohne Ausnahme: Wenn der Bauer am Rand steht, sieht die Sache wieder anders aus. Dazu gleich mehr.) Hier sind es die Felder **d6, e6** und **f6**, außerdem **d7, e7** und **f7**. Sie sind entscheidend und daher nennt man sie auch die **Schlüsselfelder**. Ihr könnt das leicht nachprüfen: Zum Beispiel, wenn Schwarz am Zug ist und **Kf8** spielt, zieht Weiß **Kd7**, hat das Umwandlungsfeld **e8** unter Kontrolle und lässt dann einfach seinen Bauern bis zur Dame laufen. Umgekehrt, wenn der Schwarze im ersten Zug nach **d8** geht, bringt Weiß seinen König nach **f7** und der Bauer läuft wieder.

Noch Fragen?

»Und wenn Weiß am Zug ist, wie geht es dann?«, will Tim wissen.

Gut, das spielen wir genauer durch: **1. Kf6, Kf8** Schwarz will die Opposition nicht freiwillig verlassen, denn wenn er nach **d8** oder **d7** ginge, hätte Weiß mit **Kf7** schon wieder das Umwandlungsfeld fest im Griff und der Bauer liefe problemlos durch.

2. e6, Ke8 3. e7, Kd7

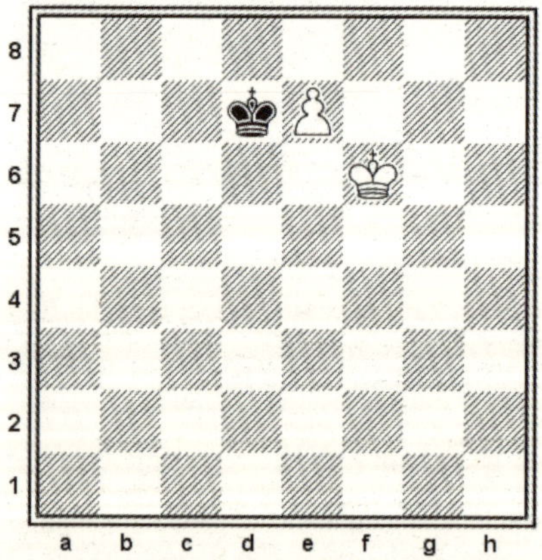

4. Kf7

Und der Bauer läuft durch. (Das gleiche Beispiel könnten wir umgekehrt natürlich auch für Schwarz machen, wenn der schwarze König auf **e3** stehen würde, der Bauer auf **e4** und der weiße König auf **e1**.)

Aufgabe 71:

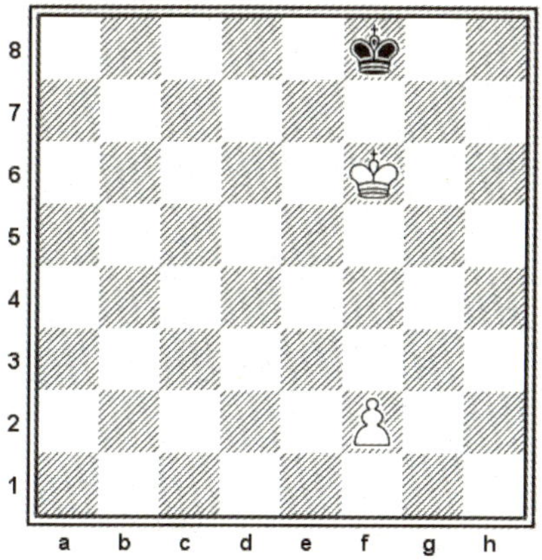

Die nächste Endspiel-Quizfrage: Wer gewinnt? (Dabei ist es egal, wer am Zug ist. Spielt es bitte durch. An die **Schlüsselfelder** denken und an die Kontrolle über das Umwandlungsfeld.)

Und gleich ein weiteres Beispiel:

Die Könige sind in Opposition. Weiß ist auf der 6. Reihe. Allerdings gibt es einen entscheidenden Unterschied: Er steht nicht **vor** dem Bauern, sondern **daneben**. Und das verhindert, dass – egal wer am Zug ist – die Stellung immer gewonnen wird. Mit **Schwarz am Zuge ist der Fall klar: 1. … Kg8 2. g7, Kh7 3. Kf7, und der Bauer ist durch**. Die Stellung kennt ihr schon.

Aber was ist, wenn Weiß am Zug ist: **1. g7+, Kg8, 2. Kg6, und Schwarz ist patt!** Er kann nicht mehr ziehen und steht auch nicht im Schach.

»Aber er muss ja nicht mit dem Bauern vor!«, meint ein Schüler.

Was sonst? Zum Beispiel **1. Kg5**, damit verlässt er allerdings die 6. Reihe. Schwarz nimmt sofort mit **1. ... Kg7** die Opposition ein; und wenn jetzt **2. Kf5**, erwidert Schwarz mit **2. . . . Kg8**, und nimmt nach **3. Kf6, Kf8** erneut die Opposition ein. Weiß kann einfach nicht gewinnen. Probiert es aus!

Nun seid ihr so weit, die nächste Aufgabe alleine zu lösen:

Aufgabe 72:

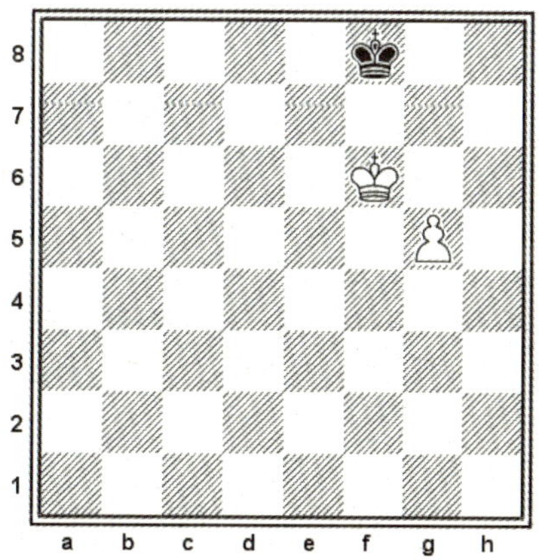

Wer gewinnt, wenn Weiß am Zug ist, und wer, wenn Schwarz zuerst dran ist?

Wir wollen noch auf einen Sonderfall eingehen: **Kann ein Bauer am Rand eigentlich gewinnen?**
Dazu stellen wir eine Position auf dem Brett auf:

Eigentlich sollte man meinen, dass Schwarz gewinnt, denn der König ist vor dem Bauern und steht schon auf der 6. Reihe. Dann los. Versucht es zuerst mit Schwarz am Zug: **1. ... Kg3** Er will den Weg für den Bauern frei machen. **2. Kg1, h3 3. Kh1, Kh4** Denn **h3-h2** wäre patt! Aber das wird es sowieso ... **4. Kg1, Kg3 5. Kh1, h2**

In dieser Stellung ist der Weiße patt.

Wenn Schwarz im ersten Zug **Kh2** spielt, geht Weiß mit **Kf2** in Opposition. Schwarz kommt nicht weiter.
(2. ... Kh1 3. Kf1, h2 4. Kf2, und Schwarz hat sich selbst patt gesetzt.)
Das bedeutet:
Randbauer und König gegen König ist immer dann remis, wenn es der einsame König schafft, rechtzeitig in die Ecke zu kommen, in der sich der Bauer umwandeln will.

58. Schritt:

Blockade und »verminte« Felder

»Was ist, wenn noch mehr Bauern auf dem Brett sind?«, will ein Schüler wissen.
Okay, dazu bauen wir eine Stellung auf. Sie zeigt auch, **wie wichtig der König im Endspiel ist**, wenn er sich nicht mehr zu verstecken braucht.

Weiß schafft es zwar locker, den schwarzen Bauern **h5** aufzuhalten, allerdings verspeist dann der schwarze

König inzwischen die drei Bauern auf **a3**, **b2** und **c3** und gewinnt mit seinen restlichen Mannen. Wir wollen das mal zumindest einige Züge lang durchspielen, denn es ist eine sehr wichtige Stellung, und wir lernen daraus noch einiges mehr.

1. Kg3, Ke4! Gut, denn er opfert einfach seinen Bauern, um schnell auf die andere Seite laufen zu können.

2. Kh4, Kd3

3. Kxh5, Kc2

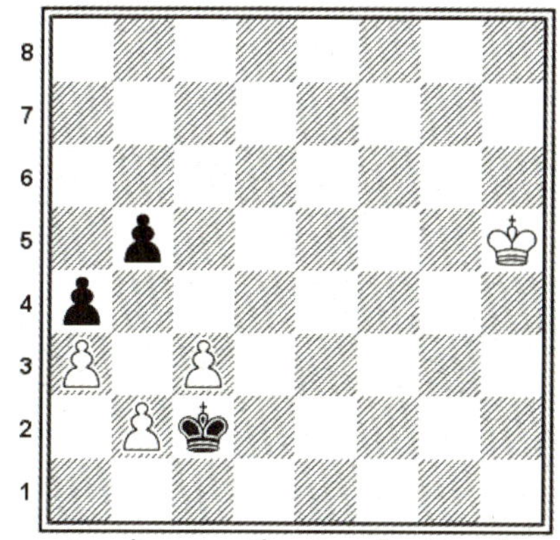

Weiß steht auf verlorenem Posten: Er verliert sein ganzes letztes Hab und Gut, denn keiner der Bauern kann ziehen, ohne dass er geschlagen wird. Drei Bauern sind von zwei gegnerischen indirekt **blockiert**.

Durch eine Blockade kann man mehrere Bauern aufhalten. Oben in dem Beispiel hielten die Bauern auf **a4** und **b5** die weißen auf **a3**, **b2** und **a4** auf, weil sie auf den richtigen Feldern standen. Dazu wollen wir kurz noch eine Stellung aufbauen, weil dieses Thema nicht nur im Bauernendspiel, sondern in der gesamten Partie wichtig ist.

Aufgabe 73:

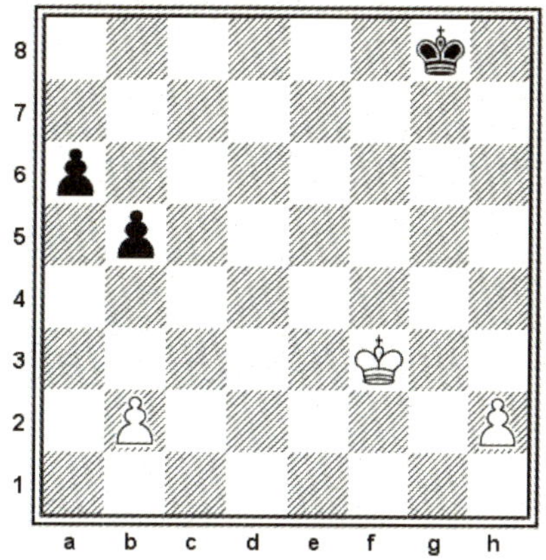

Mit einem **Blockadezug** (mit welchem?) kann Weiß die beiden schwarzen Bauern unschädlich machen und dann gewinnen. Findet ihr dann den Gewinnweg? Das ist nicht schwierig, wenn ihr daran denkt, welche wichtige Rolle der König spielt, und euch die folgende Regel merkt:

Der König muss im Endspiel im Gegensatz zur Eröffnung oder im Mittelspiel immer aktiv eingesetzt werden.

Es gibt Felder, die der König allerdings nicht betreten sollte. Sie sind »vermint«! Was ist damit gemeint? Seht euch die folgende Stellung an:

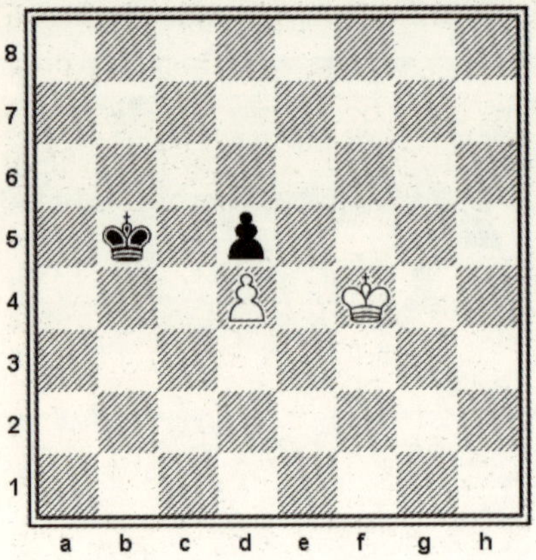

Es ist klar, dass jede Partei versuchen wird, den letzten Bauern des Gegners zu erobern. Weiß am Zug könnte ihn direkt mit **Ke5** angreifen oder Schwarz am Zug mit **Kc4**. Diese beiden Felder sind aber für den ersten Zug, also den direkten Angriff auf den Bauern, vermint! Angenommen, Weiß spielt **1. Ke5**, dann deckt Schwarz mit **Kc4**. Jetzt darf er das Feld betreten, denn Weiß ist wieder dran und muss nun die Deckung seines Bauern aufgeben:
2. Kf4, Kxd4 3. Kf3, Kd3! Schwarz hat die Schlüsselfelder erreicht und wird gewinnen!
Aber kann Weiß in der Ausgangsstellung oben überhaupt das Spiel gewinnen? **1. Kf5** (nicht nach **e5**, wie wir gesehen haben!), **Kc6 2. Ke6, Kc7! 3. Kxd5, Kd7!** Der Schwarze hat die Opposition und lässt den Weißen nicht auf die Schlüsselfelder. Weiß hat immerhin aber noch ein Remis erreicht.

Merkt euch das Beispiel gut, denn solche Stellungen kommen oft in der Partie vor! Auch nachdem alles abgetauscht wurde, seid ihr mit diesem Wissen in der Lage, Spiele mit einem einzigen kleinen Bauern mehr zu gewinnen. Darum seid immer sehr vorsichtig mit eurem Material!

59. Schritt:

Freibauer

Was ist das? Es ist ein Bauer, der auf seinem Weg zur Umwandlung weder von einem gegnerischen Bauern blockiert noch geschlagen werden kann. Er ist in vielen Stellungen mehr wert als ein Läufer, Springer oder auch ein Turm.
Das heißt: Ein Freibauer kann eine Partie entscheiden, wenn er sich im richtigen Moment in Bewegung setzt. Daher lautet unser Merksatz:
Es ist wichtig, sich einen Freibauern zu schaffen!

Erfahrene Spieler denken frühzeitig an diesen Satz, um dann im entscheidenden Augenblick – das ist meist das Endspiel – den Gegner mit dem Freibauern unter Druck setzen zu können.
»Aber wie kriege ich das hin?«, will Laura wissen. »Gibt es dafür einen Trick?«
Das kann man nicht sagen. Es ist nur wichtig, im Kopf zu behalten, wie gefährlich ein solcher Bauer sein kann. Manchmal aber gibt es auch einen Trick.

Die folgende Stellung haben bereits Generationen von Lehrern ihren Schachschülern gezeigt und gefragt: Kann sich Weiß hier einen Freibauern machen?
Seht es euch an:

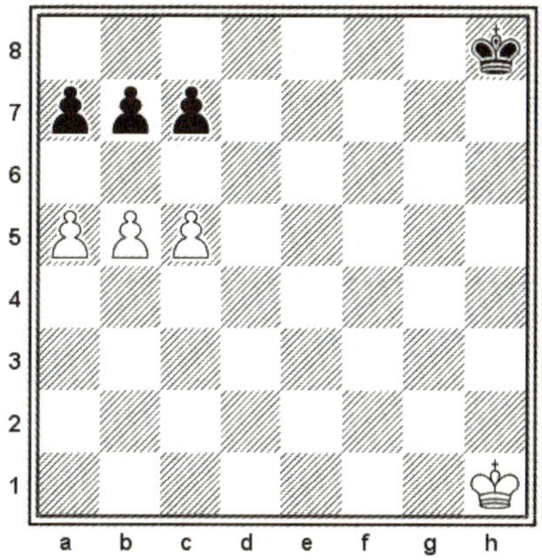

Die Könige stehen weit weg in ihren Ecken und schauen zu, was ihre Soldaten veranstalten. Wenn Weiß mit dem König anfangen würde, in die Mitte zu laufen, wäre sein schwarzer Kollege auch schnell da. Also muss der Weiße sich was anderes einfallen lassen.

Wir zeigen es euch in einzelnen Schritten, um zu demonstrieren, wie schnell der Freibauer die Sache hier entscheiden kann.

1. b6 Dass dieser freche Typ von Bauer geschlagen werden muss, versteht sich. Denn sonst frisst er sich entweder auf **c7** – falls Schwarz mit **a6** antwortet – oder auf **a7** weiter – falls Schwarz auf die Idee kommt, **c6** zu ziehen – und macht sich eine Dame. Also nehmen wir an:

1. ... cxb6 2. a6! Er opfert sich für seinen Kollegen auf **c5**, damit dieser freie Bahn bekommt, kurz, zum **Freibauern** wird! **2. ... bxa6** Es bleibt ihm gar nichts anderes übrig, denn sonst ist er selber dran. **3. c6**

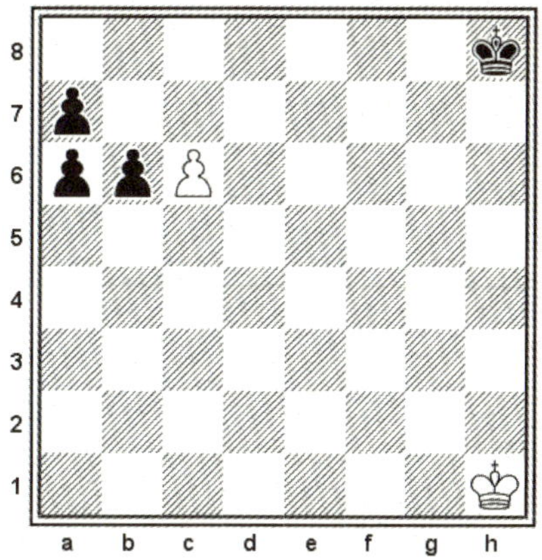

Diesen **entfernten Freibauern**, wie er genannt wird, kann keine Macht der Welt mehr aufhalten auf seinem Weg zu einer neuen Dame. (Die Könige stehen **außerhalb** des Quadrats, ihr erinnert euch.) Zwei Bauern haben sich geopfert, damit der dritte freie Bahn hat.

Noch kurz die Zugfolge, wenn Schwarz im ersten Zug **1. ... axb6** geschlagen hätte.
Jetzt zieht Weiß einfach **c6**, Schwarz muss wieder schlagen und dann läuft eben der a-Bauer!

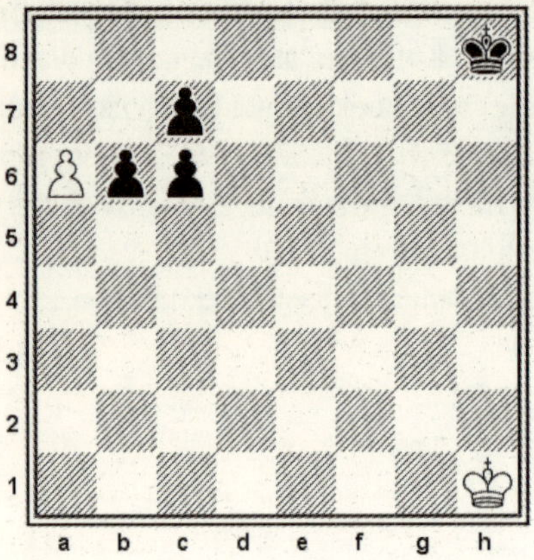

Erneut ist der (entfernte) Freibauer da, der in zwei Zügen eine Dame ist.

Sucht immer nach einer Möglichkeit, einen Freibauern zu schaffen, damit der dann ungehindert durchmarschieren und sich eine neue Dame machen kann.

Ein Freibauer wird immer gefährlicher und wertvoller, je mehr er sich dem Umwandlungsfeld nähert.

Aufgabe 74:

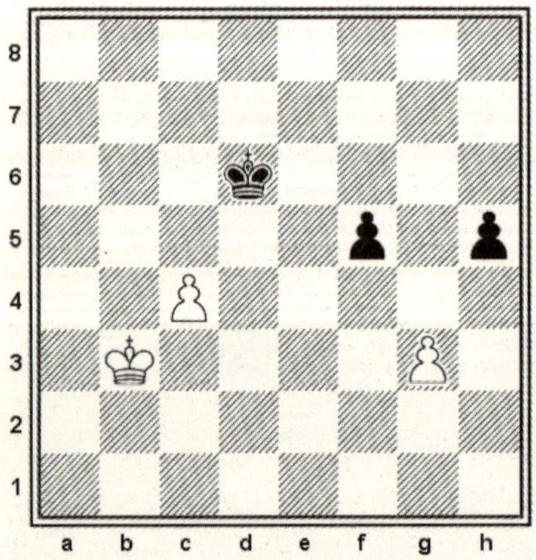

Findet ihr im letzten Beispiel heraus, wie sich Schwarz einen entfernten Freibauern machen kann?

60. Schritt:

Auf der Wacht!

In diesem Schritt geht es um **Wächter**, die die Umwandlung verhindern können.

Aufgabe 75:

In der folgenden Stellung will der weiße Bauer **a7** auf die Grundreihe einziehen und sich zur Dame umwandeln. Schwarz ist am Zug, der König kommt nicht mehr ran. Wie wird der Springer zum Wächter?

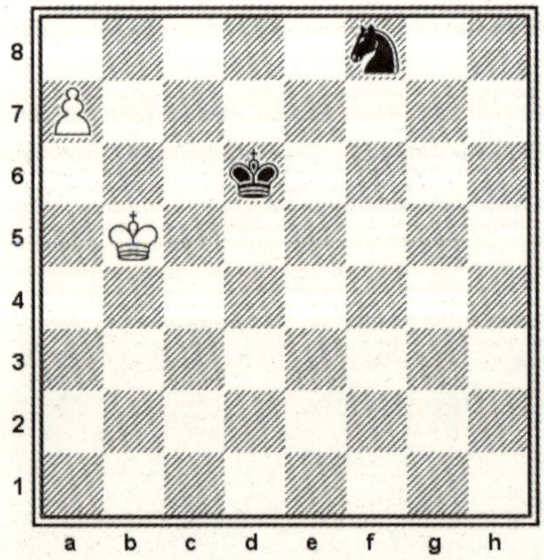

Aufgabe 76:

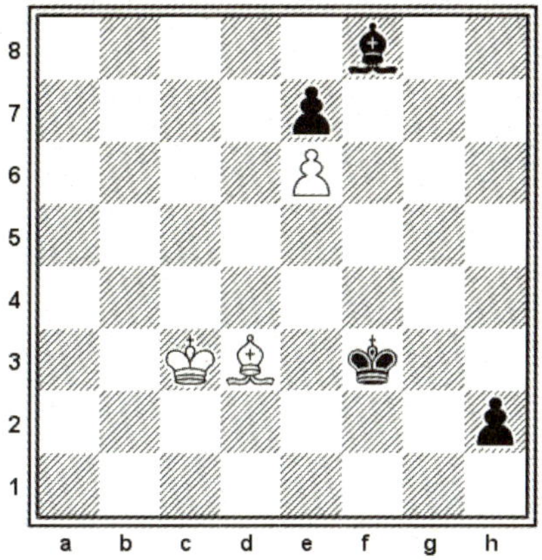

Schafft es der Weiße, dass Schwarz keine neue Dame auf **h1** kriegt?

Ihr seht also: Man muss die Freibauern immer im Auge behalten und eine Möglichkeit finden, die Umwandlung zu verhindern.

Am besten stellt ihr einen Wächter auf. Im vorletzten Beispiel war es der Springer, dann im letzten der Läufer. Diese Beispiele waren einfach; aber im Prinzip funktioniert das immer so. Denn der Gegner wird ja alles tun, damit er ungehindert durchmarschieren kann wie in den nächsten beiden Beispielen:

Aufgabe 77:

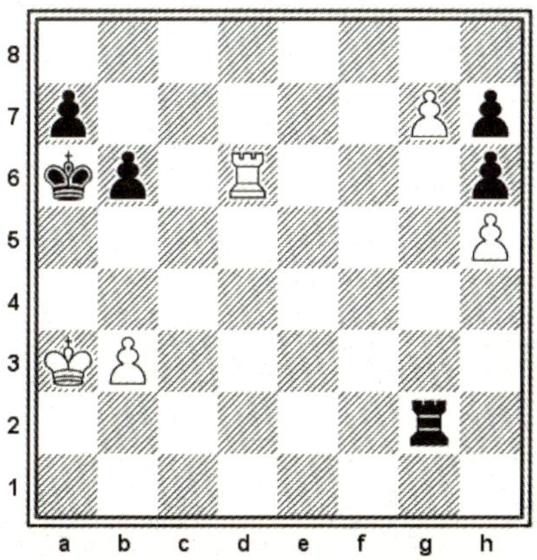

Weiß ist am Zug: Der Bauer **g7** ist schon ganz nahe dran an seinem Umwandlungsfeld. Der Turm auf **g2** soll für den Schwarzen den Wächter spielen und das verhindern. Kann er das oder kann Weiß den Wächter beseitigen?

Dieses Problem ist schon was für die Experten. Wer will, kann sich an der Lösung versuchen. Wer es schafft, kriegt die Note 1+, auch für das nächste Beispiel, das ebenfalls nicht so ganz einfach ist.

Aufgabe 78:

Schwarz ist am Zug:

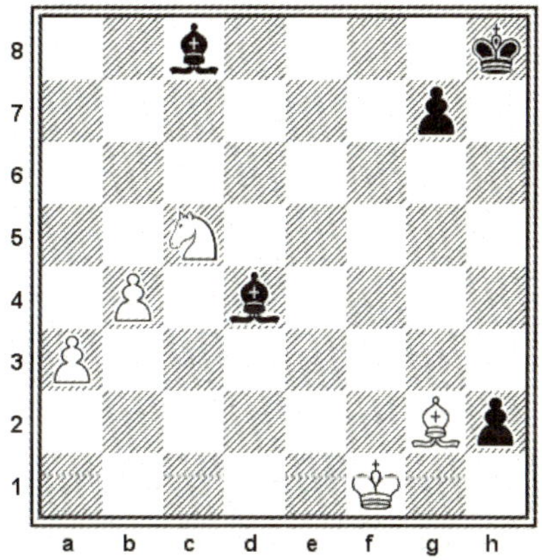

Kann der Läufer auf **g2** auf Dauer verhindern, dass der schon fast bis zum Ende vorgerückte Bauer auf **h2** sich zur Dame umwandelt?

Wenn ihr die letzten beiden Probleme gelöst habt, dann seid ihr schon echt gut! Auf jeden Fall könnt ihr sehen, dass auch im Endspiel, in dem das Brett eben nicht mehr voller Figuren ist, sehr schöne Kombinationszüge möglich sind.

Schach dem Teufel

Ich erzähle euch eine Geschichte aus dem Jahre 1944, dem 11. Jahr der barbarischen Herrschaft der Nationalsozialisten und dem 5. Jahr des Zweiten Weltkriegs. Ein 22-jähriger Mann war von den Nazis in einem Arbeitslager im polnischen Jolsava eingesperrt worden. Dort wurden die Häftlinge Tag für Tag zu Tode gehetzt oder in die Vernichtungslager abtransportiert, wo Millionen Juden ermordet wurden. Der junge Mann versuchte, seine Angst mithilfe des Schachspiels zu überwinden, denn er war seit seiner Jugend in Ungarn ein begeisterter Spieler. Eines Tages hatte er mit seinem Kumpel das Brett mit den aus Kohle darauf gezeichneten 64 Feldern und den aus Lehm einfach geformten Figuren hinter der Baracke aufgebaut. Es war Samstag, und sie mussten nicht zur schweren Arbeit am Bahndamm.

Der junge Mann war so tief in die Schachstellung versunken, dass er für kurze Zeit seine Angst und alles um sich herum vergessen hatte. Doch plötzlich bemerkte er den entsetzten Blick seines Spielpart-

ners und hörte im gleichen Augenblick eine von allen im Lager gefürchtete Stimme sagen: »Das ist nicht der richtige Zug!«
Er drehte sich um und sah dem Teufel persönlich ins Auge: Vor ihm stand der Lagerkommandant, der sich wie an so manchen Tagen einen Spaß daraus machte, durch das Lager zu schlendern, um sich an der Angst der Häftlinge zu weiden; und wenn ihm danach war, schlug er manchem mit der Lederpeitsche ins Gesicht oder zog seine Pistole und erschoss ihn. Der junge Mann hatte sich zwar zu Tode erschrocken und war sicher, dass nun sein letztes Stündlein gekommen war. Dennoch fühlte er sich in seiner Ehre als Schachspieler verletzt und antwortete: »Es ist ganz gewiss der richtige Zug. So wie ihn der internationale Großmeister Geza Maroczy vorgeschlagen hat.«
Ihr müsst wissen, liebe Schüler, dass dieser Großmeister ein damals sehr bedeutender ungarischer Spieler war, dem man sogar zugetraut hatte, Weltmeister zu werden. Der Kommandant sah sich die Stellung genauer an und zweifelte an der Aussage. Aber der junge Mann konnte ihm nachweisen, dass er recht hatte. Daraufhin wurde ihm barsch befohlen mitzukommen. Jetzt war es aus! Dieser Teufel in Menschengestalt konnte es bestimmt nicht vertragen, dass man ihm widersprach! Er verabschiedete sich unter Tränen von seinem Schachpartner und folgte dem Lagerleiter. In dessen Büro stand ein schönes Spiel aus bemaltem Speckstein. Der Kommandant wies darauf und forderte den jungen Mann auf, mit ihm zu spielen.
Von diesem Tage an wurde er zum Schachpartner des Gefürchteten und spielte jede Partie um sein Leben, und das hieß: Er musste gut spielen, um dem Kommandanten zu imponieren, auf der anderen Seite durfte er auch nicht zu oft gewinnen, um den Teufel nicht zu erzürnen. Sonst würde dieser das Interesse an seinem Schachpartner verlieren und ihn aus Rachsucht und gekränkter Eitelkeit erschießen. Es war vergleichbar mit der Situation der schönen Scheherezade aus den *Märchen aus Tausendundeiner Nacht*, liebe Freunde, die jede Nacht dem König eine Geschichte erzählen musste, um am Leben zu bleiben.
So spielten sie in Jolsava also jeden Tag. Der schachspielende Häftling genoss allerlei Vorzüge gegenüber seinen Leidensgenossen, und das gestattete ihm eines Tage, als sich der Krieg seinem Ende näherte, auf einem Lastwagen, unter dessen Plane er sich verstecken konnte, aus dem Lager zu fliehen.
Wir wollen seine abenteuerliche Fluchtgeschichte jetzt nicht weitererzählen. Man kann sie, von ihm selbst aufgeschrieben, auch in einem der vielen Bücher nachlesen, die jener junge Mann im Laufe der folgenden Jahrzehnte geschrieben hat und die in über 40 Sprachen übersetzt worden sind.

Ihr wollt noch wissen, wie der Name dieses Schachspielers war? Als berühmter Schriftsteller hieß er später **Ephraim Kishon** und blieb Zeit seines Lebens seiner frühen Liebe treu, dem Schachspiel, das ihm einst das Leben gerettet hatte.

Schachromane und -filme

Schach spielt auch in vielen anderen Romanen eine wichtige Rolle, hier ein paar Beispiele:

Paolo Maurensig: Die Lüneburg-Variante
In dem Roman kämpfen zwei Schachmeister, ein inhaftierter Jude im Konzentrationslager Bergen-Belsen und sein Nazi-Bewacher, um das Leben der Mithäftlinge.

Lewis Caroll: Alice hinter den Spiegeln
Joanne K. Rowling: Harry Potter und der Stein der Weisen (auch als Film)
Stefan Zweig: Die Schachnovelle (Hiervon gibt es eine berühmte Verfilmung.)
Wladimir Nabokov: Lushins Verteidigung
Samuel Beckett: Murphy
Friedrich Dürrenmatt: Der Verdacht
Arturo Pérez-Reverte: Das Geheimnis der schwarzen Dame
Robert Löhr: Der Schachautomat
Thomas Glavinic: Carl Haffners Liebe zum Unentschieden
Fernando Arrabal: Hohe Türme trifft der Blitz
Bertine Henrichs: Die Schachspielerin
Elias Canetti: Die Blendung

Auch die Handlung mancher Filme nutzt die Faszination des Schachspiels:
»Das siebte Siegel« von Ingmar Bergmann
»2002 – Odyssee im Weltraum« von Stanley Kubrick (Dieser Regisseur verdiente sich als Student seinen Lebensunterhalt mit Schachspielen.)
»Schwarz und Weiß wie Tage und Nächte« (Deutscher TV-Film mit Bruno Ganz)
»Knight-Moves« (US-Spielfilm mit Christopher Lambert)
Der Philosoph Gottfried Wilhelm Leibniz sagte: »Der Einfallsreichtum des Menschen kommt am besten beim Schachspiel zum Vorschein.«
Und der Künstler Marcel Duchamp, früher Mitglied in der französischen Schach-Nationalmannschaft, meinte sogar: »Nicht jeder Künstler ist ein Schachspieler, aber jeder Schachspieler ist ein Künstler.«

61. Schritt:

Turm im Endspiel

Die meisten Endspiele im Schach sind Turmendspiele. Denn am Schluss, nachdem der Kampf hin und her ging und alle Figuren abgetauscht wurden, bleiben oft beide Parteien mit einem Turm zurück, und eine Partei hat einen Bauern mehr. Es gibt viele Untersuchungen über die Endspiele mit einem oder mehreren Türmen! Es gibt aber auch einfache Stellungen, die anschaulich zeigen: So wird es remis, oder so kann ich gewinnen. Mit einigen dieser Stellungen, die euch hoffentlich auf den richtigen Weg bringen werden, wollen wir uns beschäftigen.

Grundsätzlich gilt für den Turm, was wir auch schon früher über diese Figur gesagt haben. Erinnert euch an Jans Traum über die Wünsche der Figuren:

Der Turm muss aktiv stehen und offene Linien besetzen. Das gilt auch und ganz besonders für das Endspiel.

Es kommt jetzt eine ganz typische Stellung: Der weiße Bauer ist vorgerückt, sein eigener Turm hat ihn sozusagen von vorne mit unterstützt, während der schwarze Turm ihn von hinten im Auge behalten hat. So weit sind sie gekommen:

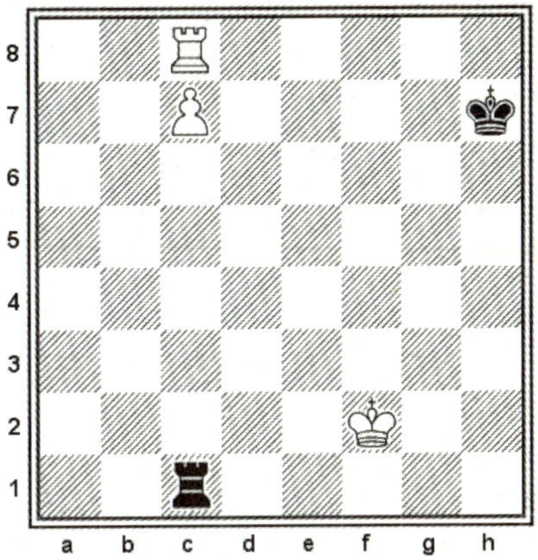

Was jetzt? Der Schwarze ist dran. Kann er verhindern, dass der Bauer auf **c7** zur Dame wird?

Die Schüler nehmen sich Bretter, bauen die Stellung auf und versuchen, mit Weiß zu gewinnen. Es klappt nicht, denn versucht der König, wie Jan vorschlägt, den Turm aus seiner Bewacherposition zu vertreiben – also zum Beispiel bis nach **d2** zu laufen –, dann geht der Turm so weit wie möglich weg nach **c6**. Wenn der König hinterherläuft – der Turm kann ja nicht aus seiner passiven Position auf **c8** weg, denn sonst fällt der hoffnungsvolle Bauer auf **c7**, und es ist sofort remis –, geht der Turm wieder nach **c1**, um dann dem König von hinten immer weiter Schach zu geben.

Das sieht dann so aus:

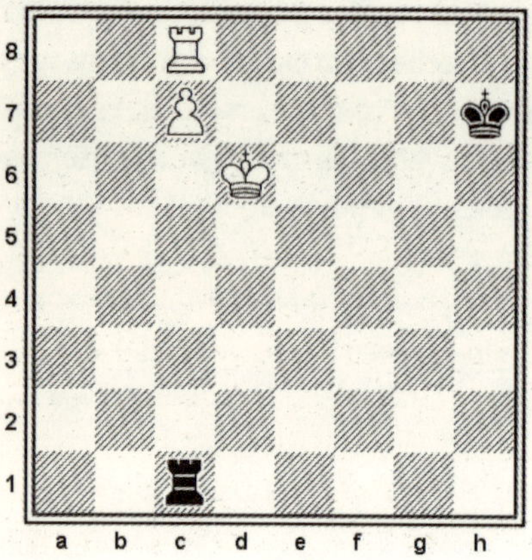

Schwarz gibt nun auf **d1** ein Schach, und egal, wo der König hingeht, er wird mit Schachgeboten verfolgt. So kann der Weiße nicht gewinnen, es sei denn, Schwarz macht einen schweren Fehler. Er könnte auf die Idee kommen, seinen König zu bewegen und von den sicheren Feldern **g7** und **h7** wegzugehen. Warum sicher? Ihr seht es unten, da ist er bis **f7** gelaufen und verliert durch einen weißen Zug auf der Stelle:

Schwarz hatte **Kf7??** gespielt, Weiß antwortet sofort mit **Th8**. Schwarz denkt sich, na prima, dann verhafte ich den Bauern auf **c7**. Er fällt aus allen Wolken, als Weiß cool ein Schach auf **h7** gibt: ein Spieß! Der Turm ist weg, die Partie ist verloren, denn Turm und König können einen einsamen König matt setzen.

Man kann den Schülern nicht oft genug raten, sich diese Stellungen gut einzuprägen. **Man muss gerade bei den Turmendspielen auf vieles achten, denn jeder Zug ist entscheidend.**

Oben seht ihr noch eine Stellung, die oft vorkommt. Was fällt auf?
Der König steht vor seinem Bauern.
Genau, und das macht die Sache einfach, oder?

»Der schwarze König ist auch noch weit weg«, meint Jan. »Der kann nicht gut eingreifen.«
Grundsätzlich hat er recht. Stellt euch die Stellung auf dem Brett auf und schreibt erst mal für euch selbst den Gewinnweg hin. Habt ihr es herausbekommen? Hier ist die Lösung:
1. Ke7 Warum nicht nach **d7**? Klar, weil er dann wieder von hinten vom Turm ein Schach verpasst kriegt. **1. … Te1 Richtig erkannt! Der Turm gehört hinter den Freibauern, damit der nach Möglichkeit am Laufen gehindert wird! 2. e6, Kb3 3. Tg6, Kc4**
Ob er noch rechtzeitig kommt?
4. Ke8, Kd5 5. e7 Der Weiße ist fast am Ziel. Jetzt droht er schon **Kd7**, um den Weg für das Einziehen des Bauern freizumachen. Schwarz könnte dann kein Schach geben, weil der eigene König im Wege steht. Also:
5. … Kc5 Platz machen für den Turm heißt es, der von **d1** aus den König belästigen will. Aber der geht jetzt zur anderen Seite: **6. Kf7, Tf1+ 7. Tf6!**
Das ist die Stellung:

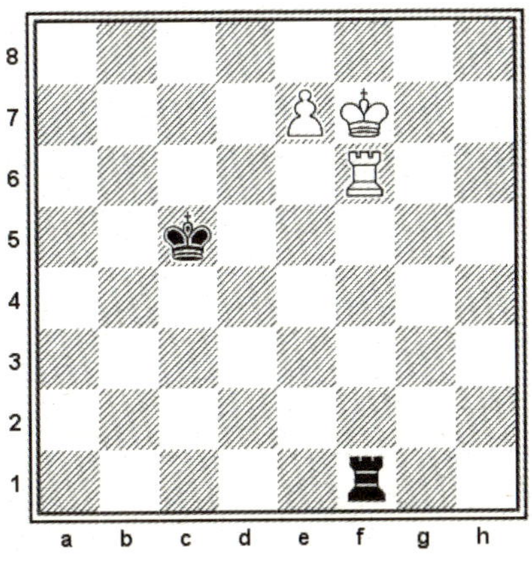

Egal, was Schwarz jetzt macht, der Bauer zieht ein. Der weiße Turm hat auf **f6** seinem König eine **»Brücke«** gebaut. Das ist ein ganz wichtiges Motiv in den Endspielen mit dem Turm.

Wer im Schach weiterkommen will, sollte sich unbedingt diese beiden letzten Endspiele anschauen. Wer die begriffen hat, kommt auch mit vielen anderen Stellungen zurecht!

Und noch ein letztes Beispiel zum Tüfteln.

Aufgabe 79:

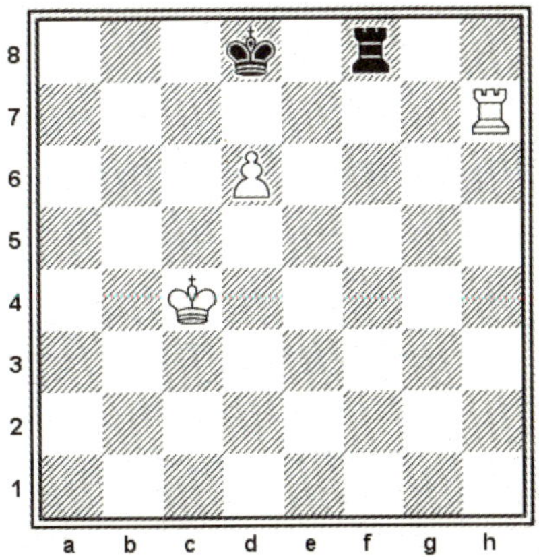

Der schwarze König steht ideal: Er hat das Umwandlungsfeld des weißen Bauern besetzt. Wie könnte es weitergehen mit Schwarz am Zug? (Denkt daran, dass der Turm aktiv eingreifen und von hinten Schach geben muss!) Kann Schwarz Remis halten?

Weil es so wichtig ist und so oft vorkommt, fassen wir kurz zusammen, was für das Endspiel mit den Türmen gilt:

1) Türme immer aktiv aufstellen!
2) Wenn der Gegner einen Freibauern hat, der zur Dame laufen will, immer versuchen, sich hinter den Bauern zu stellen! Von da aus kann er am besten aufgehalten werden und nicht durch das Blockieren. Außerdem kann von dieser Position aus der König, der dem Bauern zu Hilfe eilt, mit Schach bedrängt werden.
3) Auch der eigene Bauer, der sich umwandeln will, wird am besten durch den Turm von hinten unterstützt!

62. Schritt:

Läufer und Springer im Endspiel

Wie wir bereits wissen, kann der Läufer weit ziehen, aber manchmal hat er die falsche Farbe, so auch in der nächsten Stellung:

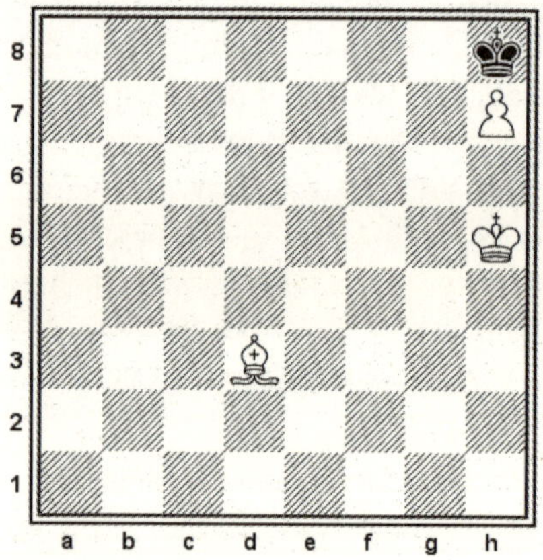

Obwohl Weiß einen Bauern und einen Läufer mehr hat, kann er nicht gewinnen, denn niemals wird er den schwarzen König aus dem Eck vertreiben können. Der geht einfach zwischen den Feldern **g7** und **h8** hin und her, und sollte der weiße König **h6** betreten, heißt es patt!

Wie ist es aber, wenn Weiß wie in der folgenden Aufgabe den richtigen Läufer hätte?

Aufgabe 80:

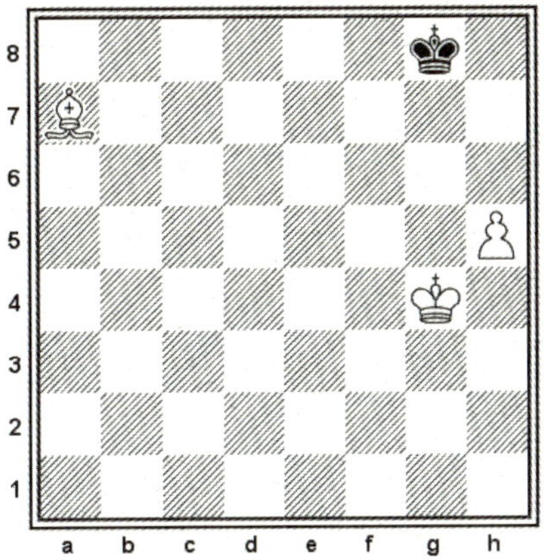

Versucht, den Gewinnweg für Weiß kurz aufzuschreiben. Es ist nicht allzu schwer.

Bei möglichem Abtausch darauf achten, ob er sinnvoll ist oder ob man die Figur, die abgetauscht werden soll, nicht vielleicht noch für das Endspiel brauchen kann.

Für die letzten beiden Beispiele mit dem Randbauern und dem Läufer würde das heißen: Man muss den richtigen (Gewinn-)Läufer behalten, der die Ecke des Umwandlungsfeldes beherrschen kann.

Der Springer ist nicht so schnell wie der Läufer. Daher ist er nicht in der Lage, aus der Ferne einen Bauern aufzuhalten, der bereits vor dem Umwandlungsfeld steht. Der Läufer kann das. Vom Feld **h1** aus kann er zum Beispiel auf der langen Diagonalen das Feld **a8** bewachen. So könnte ein Bauer auf **a7** nicht einziehen. Ein Springer wäre da hilfloser.

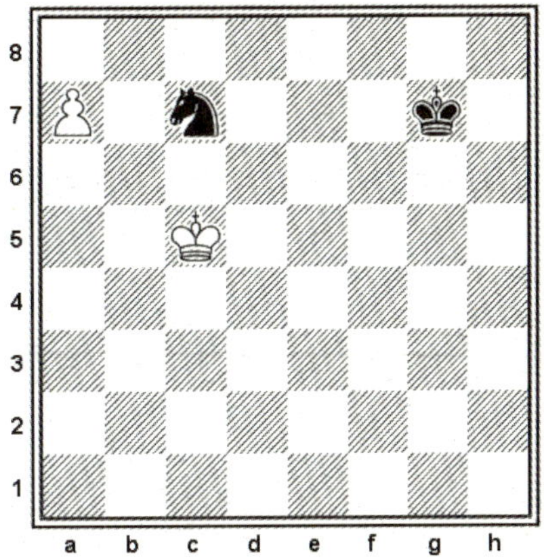

Was ist hier los? Der schwarze König ist weit weg. Der Springer bewacht zwar noch das Feld **a8**, auf dem eine neue Dame entstehen soll, aber Weiß zieht einfach **Kc6**. Der Springer muss in die Ecke und ist nach **Kb7** verloren. In einem solchen Endspiel sieht man seine ganze Hilflosigkeit. (Ihr erinnert euch, dass der Springer am Rand oder gar in der Ecke meist nicht viel wert ist, weil er kaum Felder zur Verfügung hat.)

Im Gegensatz zum vorigen Beispiel hält der Springer den Bauern einen Zug früher auf. Der Springer hat hier ein Feld mehr zur Verfügung, als wenn er in der Ecke stehen würde. Dieser kleine Unterschied beeinflusst das Spielergebnis. Probiert einmal, ob sich Schwarz eine neue Dame machen kann.

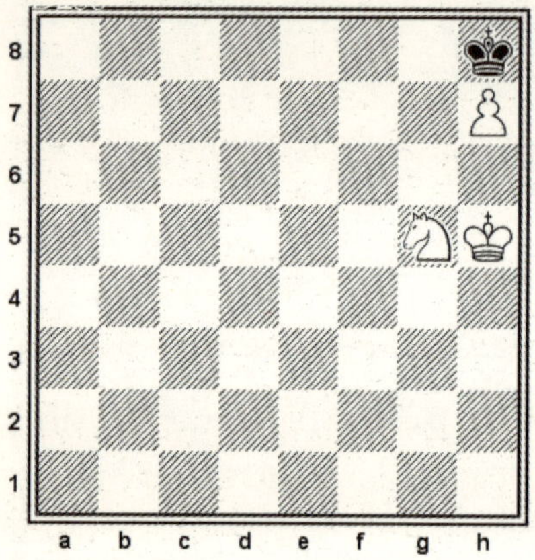

Dieses Spiel ist remis! Wenn der König sich auf seinen Bauern zubewegt, um ihn auf **h6** oder **g6** zu decken – in der Absicht, dann mit dem Springer auf **f7** ein Matt zu geben –, ist Schwarz patt! Wenn Schwarz am Zug ist, zieht er einfach zwischen **g7** und **h8** hin und her.

63. Schritt:

Habt ihr gut aufgepasst?

Klar, habt ihr. Daher könnt ihr sicher die folgenden Fragen leicht beantworten.

- Warum ist es wichtig, die Prinzipien des Endspiels zu kennen?
- Wie wichtig ist der König im Endspiel?
- Welche Bedeutung hat das Quadrat beim Schach?
- Was bedeutet Opposition?
- Wann kann man mit König und Randbauer gegen einen König gewinnen und wann nicht?
- Was ist ein Freibauer? Warum sollte er stets gut bewacht werden?
- Kann der Läufer oder der Springer den Freibauern besser aufhalten, wenn sonst keine Figuren oder Bauern mehr auf dem Brett sind?
- Wo sollte der Turm im Endspiel stehen, um einen Freibauern aufzuhalten? Und wo unterstützt er am besten einen eigenen Freibauern, der sich in eine Dame umwandeln will?
- Wo setzen König und Turm den gegnerischen König matt?
- Können König und Läufer oder König und Springer gegen einen König gewinnen?
- Wann gewinnen König, Läufer und Randbauer gegen einen König?
- Gewinnen König, Springer und Bauer immer gegen einen König?

Schachweltmeister

Offizielle Weltmeister gibt es in der Schachgeschichte seit 1886. Der erste war der Prager Wilhelm Steinitz, der im Jahre 1894 von dem deutschen Mathematiker und Philosophen Emanuel Lasker abgelöst wurde. Bis zum Jahre 1993 gab es insgesamt 13 vom Weltschachverband FIDE anerkannte Weltmeister der Männer. Seit 1993 gab es jahrelang zwei Weltmeister, weil sich neben der FIDE noch ein anderer Schachverband gebildet hatte. Bei den Frauen werden die offiziellen Weltmeisterschaften seit 1927 ausgetragen. Die Behauptung mancher Leute, Männer würden besser Schach spielen als Frauen, ist schon deswegen sehr fraglich, weil viel mehr Männer spielen als Frauen, und daher gibt es sehr viel mehr männliche Titelträger.
Den Titel Internationaler Meister und Großmeister der FIDE bekommt ein Spieler nach einer Reihe von Erfolgen und starken Leistungen in Turnieren. Als Gradmesser dienen die sogenannten Elo-Zahlen, nach denen die Spielstärke jedes Turnierspielers, der einem Verein oder Schachverband angeschlossen ist, gemessen wird.

Jugendschach

Für junge Schachspieler aller Altersklassen werden Turniere angeboten. Es geht bereits für die Zehnjährigen um Landesmeisterschaften. Die Zwölfjährigen können dann an Europameisterschaften teilnehmen, und bei den Jugendweltmeisterschaften geht es sogar schon um den höchsten Thron. Man kann in Schulmannschaften sowie in den Jugendmannschaften der Vereine und Verbände spielen. Dabei kommt man viel rum und kann tolle Sachen erleben. Auf jeden Fall wird man als Schachspieler viele Freunde gewinnen und Spaß daran haben, in einer gut eingespielten Mannschaft zu spielen und mit ihr durch dick und dünn zu gehen.

Junge Meister

Viele große Meister gab es in der Geschichte des Schachs, liebe Schüler, die das Spiel in frühestem Alter durch das bloße Zuschauen erlernten. Der junge Philidor zum Beispiel – als Meister schrieb er später jenen Satz, den ich wiederhole, weil er mich so erfreut hat: Die Bauern sind die Seele des Schachspiels! Er hatte im Alter von zehn Jahren sehr aufmerksam beim Spiel der Erwachsenen zugeschaut; und eines Tages, als einer der Spieler ärgerlich war, weil sein Gegner nicht gekommen war, fragte der Junge schüchtern, ob er nicht mit ihm spielen dürfe. Der Mann wollte es zunächst nicht glauben, dass der Kleine etwas vom Schach verstand. Doch als sie die ersten Züge getan hatten, merkte er bald, dass er sich geirrt hatte. Statt sich zu freuen, einen guten Gegenspieler zu haben, wurde der Mann bei jedem Zug zorniger; denn den Gedanken, eine Niederlage gegen einen Knaben zu erleiden, konnte er nicht ertragen. Sein Gesicht wurde rot, die Adern auf seiner Stirn schwollen bei jedem Zug des Jungen an. Seine Blicke, die er dem Knirps nach jedem Zug zuwarf, sprachen Bände. Philidor merkte es natürlich. Er fürchtete eine Tracht Prügel, wenn er weiter so gut spielte und den Mann dermaßen in Bedrängnis brachte. Andererseits konnte er nicht anders, als so zu spielen, und sah sich vorsichtshalber nach einem Fluchtweg um. Dann war es so weit: Er führte den entscheidenden Zug aus, rief »Matt!«, sprang in der gleichen Sekunde von seinem Sitz auf und flitzte zur Tür hinaus, noch ehe der schockierte Mann es genau begriffen hatte.

Einer der Größten des Schachs, der ehemalige Weltmeister José Raoul Capablanca aus Kuba, erlernte das Spiel im Alter von vier Jahren, als er zwei Soldaten beobachtete, die sich die Zeit in einer Militärgarnison beim Schachspiel vertrieben. So gewann er gleich zu Beginn den Eindruck, wie er später schrieb, dass »eine Schachpartie mit einer militärischen Schlacht mit Angriff und Verteidigung verglichen werden kann«. Das machte einen so tiefen Eindruck auf den Jungen, dass er schon am Abend jenes Tages, als er beim Spiel seines Vaters mit einem Freund zusah, wusste, wie die Figuren ziehen. Als der Vater einen ungültigen Springerzug machte, was der Gegner aber nicht bemerkte, mischte sich der Vierjährige ein und machte sie auf den Fehler aufmerksam. Beide Männer waren sehr verwirrt. Besonders der Vater wollte nicht glauben, dass sein Sohn etwas vom

Schach verstand. »Er glaubte wohl, ich sei verrückt geworden!«, erinnerte sich der spätere Weltmeister. Jedenfalls wolle er auf der Stelle die Sache testen und forderte den Kleinen zu einer Partie auf. Als er feststellte, dass der Vierjährige ohne Fehler die Figuren bewegen konnte, wuchs seine Verblüffung noch mehr. Diese wich schließlich großer Freude und Stolz, als er von seinem Sohn in dessen allererster Schachpartie sogar besiegt wurde.

Als Teenie schon Weltmeister

Einige Namen aus der langen Liste sehr junger Weltklassespieler:
Samuel Reschewesky (Polen, *1922, +1992): Erregte bereits als Siebenjähriger großes Aufsehen, als er mit seinen Eltern durch die großen Städte der Welt reiste und gegen erwachsene Gegner simultan (gleichzeitig) spielte.
Robert »Bobby« Fischer (USA, *1943): 1958; mit 15 Jahren Großmeister, 1972 Weltmeister; als Zehnjähriger verkündete er, dass Schule nichts bringe und er lieber Schach spielen wolle!
Judith Polar (Ungarn, *1976): 1989; mit 13 Jahren Großmeisterin (bei den Männern)
Magnus Carlsen (Norwegen, *1990): Mit 13 Jahren Großmeister 2003: Er geht ganz normal zur Schule und seine Freunde sagen, er sei genauso wie sie.
Sergej Karjakin (Ukraine, *1990): Mit 12 Jahren Großmeister 2002
Parimarjan Negi (Indien, *1993): Mit 12 Jahren Großmeister 2005, zurzeit der jüngste Großmeister

64. Schritt:

Jan gewinnt gegen seinen Vater!

Ganz aufgeregt ist Jan heute in den Kurs gekommen, denn endlich ist es ihm gelungen, seinen Vater zum ersten Mal im Schach zu schlagen!

»Bravo, Jan!« Alle applaudieren und fordern ihn auf, diese Partie zu zeigen. Jan geht zum Demonstrationsbrett an der Wand und beginnt, die Partie gegen seinen Vater nachzustellen. Hier ist sie:

Weiß: Vater Schwarz: Jan

1. Sg1-f3 d7-d5

»Ich dachte, am besten ist es, gleich das Zentrum mit einem Bauern zu besetzen.« Dem kann man nur zustimmen!

2. d2-d4 e7-e6

3. Sb1-c3 Lf8-b4

4. Lc1-g5 Sg8-f6

5. e2-e3 h7-h6

»Ich wollte wissen, was er mit dem Läufer macht.« (Erinnert ihr euch? Das nennt man »befragen«.)

6. Lg5xf6 Dd8xf6

7. Lf1-d3 Sb8-c6

8. 0-0 Lc8-d7

9. a2-a3 Lb4xc3

10. b2xc3 0-0-0

11. Ta1-b1

»Ich fand das ziemlich gewagt mit der langen Rochade«, gibt Tim zu bedenken. »Wieso?«

»Na ja, wo er doch schon den Turm in der halb offenen Linie hat und angreifen kann.«

»Aber ich komme zuerst«, meint Jan. »Der Turm allein bringt's doch nicht!«

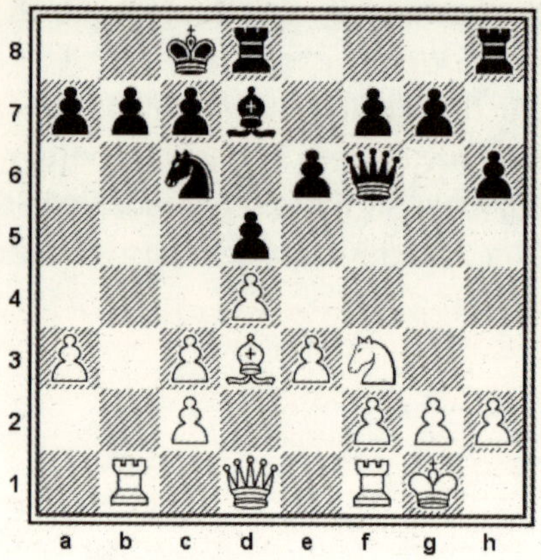

11. … e6-e5!

Gut gemacht, Jan! Weiter vorwärts ins Zentrum, das ist die beste Verteidigung.

12. d4xe5 Sc6xe5

13. Sf3xe5 Df6xe5

14. f2-f4? De5xe3+

»Da war dein Alter aber voll von der Rolle, dass er dir einfach den Bauern gegeben hat«, meint ein Schüler. Klar, können wir dazu sagen. In jeder Partie macht einer Fehler, mal größere, mal kleinere, sonst könnte ja keiner gewinnen. Schlimmer ist, was der Weiße jetzt macht, nämlich sich selber den Turm fesseln zu lassen!

15. Tf1-f2? Th8-e8

16. Dd1-d2

Er hat jetzt gemerkt, wie lästig die schwarze Dame ist, und will sie abtauschen. Aber Jan macht das Richtige: Er zieht sie weg.

16. ... De3-c5

17. a3-a4 g7-g5!

Beide Seiten wollen angreifen, aber der Schwarze ist viel schneller und öffnet sich Linien!

18. f4xg5 Te8-g8

19. g5xh6 Ld7-h3!

20. h6-h7

Wenn der angegriffene Turm nach **g7** geht, will Weiß **Dh6** spielen mit einem Doppelangriff auf den Turm und den Läufer. Und wenn er nach **g4** geht, wird er mit einem Läuferschach auf **f5** aufgegabelt. Doch es kommt anders!

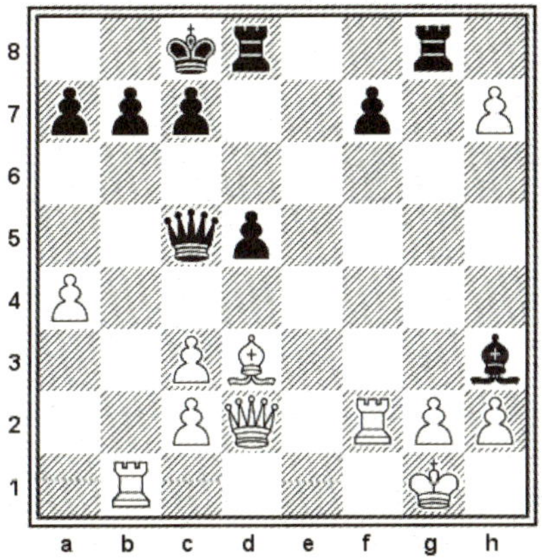

20. ... Tg8xg2+!

Prima Jan! Gut aufgepasst beim Thema Fesselung. Jetzt rächt sich der dumme Zug **Tf2**. Der Rest ist ganz einfach.

21. Kg1-h1

Denn nach **f1** kann der König schon gar nicht, wegen dem Doppelschach nach **Txf2**, und die Dame ist weg! Aber der Zug kommt jetzt sowieso.

21. ... Tg2xf2

22. Dd2-h6 Lh3-g2+

23. Kh1-g1 Tf2-e2+

Und noch ein Abzugsschach!

24. Dh6-e3

Letztes Röcheln vor dem Matt.

24. ... Dc5xe3++#

Dieses Matt, das die erste Gewinnpartie von Jan gegen seinen Vater beendet, hat noch ein Bild verdient. Noch mal ein Bravo für Jan! Die Fehler, die sein Vater gemacht hat, hat er prima ausgenutzt.

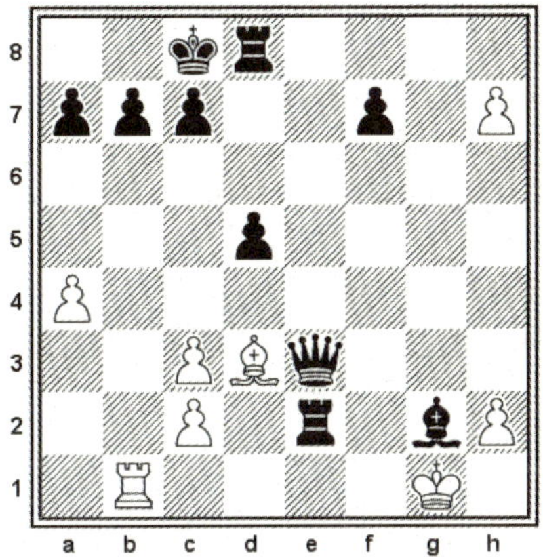

Hamoun verabschiedet sich

Ihr habt Jans Partie gesehen und andere, welche die Kinder oder große Schachmeister gespielt haben. Viele Partien der großen Meister gehören zur Geschichte des Schachs und prägten sie. Von vielem könnte ich euch noch berichten, liebe Freunde. Von zahllosen weiteren wunderbaren Partien wäre zu sprechen, von grandiosen Siegen und schmerzlichen Niederlagen in den vielen Turnieren und Kämpfen der letzten Jahrzehnte und Jahrhunderte. Denn seit den Anfängen des Schachs hat sich unser Spiel stetig weiterentwickelt und dessen Prinzipien wurden immer mehr erforscht.

Ihr mögt, wenn ihr diesen Kurs erfolgreich und mit Freude und Spaß hinter euch gebracht habt, in weiteren Büchern mehr über die Entwicklung der unterschiedlichen Spielstile lesen, von vielen verschiedenen Trainingsmethoden und anderen Möglichkeiten, euer Spiel zu verbessern. Viele Partien werdet ihr auf eurem Brett nachspielen oder auf dem Bildschirm sehen, wenn ihr im Internet spielt oder mit dem Computer trainiert. In manchen Turnieren werdet ihr eigene Partien spielen, gewinnen und verlieren. Denn ich wünsche mir sehr, dass ihr alle Freunde des Schachs bleiben werdet.

Und wenn ihr spielt, denkt dabei manchmal an euren Hamoun. Vielleicht bin ich ja jener Bauer, den ihr gerade in einem Spiel in der Hand haltet, um ihn in eine starke Figur umzuwandeln und eure Partie damit zu gewinnen. Viele Partien warten darauf, von euch gespielt zu werden. Eurer Fantasie und euren Träumen sind keine Grenzen gesetzt. In so manchem Zimmer eines Schachklubs, in dem einen oder anderen Turniersaal werdet ihr angespannt über den Schachbrettern sitzen, euch in eine Stellung vertiefen und dabei Zeit und Raum vergessen. Vielleicht werdet ihr einst große Schachmeister. Und wenn nicht, so werdet ihr stets Freude an dem Spiel haben und euch niemals langweilen.

Denkt stets daran: Schach ist ein Spiel, erfunden zur Vermeidung des Krieges. Es soll in friedlicher Absicht und mit Vergnügen gespielt werden, große Befriedigung und Zufriedenheit verschaffen, das Gedächtnis trainieren und den Verstand schärfen. Das sagt euch euer Hamoun, der euch hoffentlich mit seinen Geschichten unterhalten hat. Und damit verabschiede ich mich von euch, oh meine lieben Freunde und Schüler des Schachs.

Lösungen der Aufgaben

Schritte 1–14

Aufgabe Nr. 1: Die weißen Figuren stehen so: Ke4, Dc3, Te5, Lb5, Sc5, f5, f2, g2, h2 (Bauern bekommen keine Buchstaben); Schwarz: Kg8, Db6, Ld6, Sb7, f7, g7, h7 (Habt ihr es so aufgeschrieben?).

Nr. 2: Auf alle Felder der Diagonale (Schräge) von g8 bis a2, auf das Feld h7; auf alle Felder der Reihe von h8 bis a8 und auf alle Felder der Linie von g8 bis g1.

Nr. 3: Von e7 aus droht er, den schwarzen König zu schlagen. Das heißt, er gibt ein Schach!

Nr. 4: Auf alle Felder der Schräge von a5 nach e1, von a5 nach d8.

Nr. 5: Weiß: Sd6 (mit Bedrohung des Königs!), Sf6, Sg5, Sg3, Sf2, Sd2, Sc3, Sc5 (mit Schach dem König!); Schwarz: Sg4 (mit Schach dem König!), Sf5, Sf7, Sg8.

Nr. 6: Schwarze Bauern könnten so ziehen: a5, b5xa4 (schlägt den weißen Bauern auf a4!). Die Bauern f7 und g7 könnten einen Schritt gehen (nach f6 oder g6) oder zwei (nach f5 oder g5).

Nr. 7: Bei dem weißen Zug a2-a4 kann Schwarz mit b4 en passant schlagen (b4xa3 e.p.); bei e7-e5 kann Weiß mit f5xe6 e.p. schlagen.

Nr. 8: Weiß kann beide Rochaden machen, Schwarz nur die kleine, denn die große ist nicht möglich, weil der Lh4 das Feld d8 kontrolliert.

Nr. 9: Keine der beiden Parteien kann rochieren!

Nr. 10: Weiß könnte mit der Dame vier Figuren schlagen: den Turm auf a4, den Springer auf a6, die Bauern d3 und e6; mit dem Springer könnte er den Turm fressen und den Bauern auf d3. Der König könnte sich auf e6 bedienen; Schwarz könnte mit der Dame den Läufer auf f6 schlagen und die Bauern auf f4 und h4. Der schwarze Turm könnte die Dame kassieren, der Springer den Bauern auf c5.

Nr. 11: Lxg6 ginge für Weiß, Lxa3 für Schwarz. Das wäre ein besserer Tausch, denn der Turm ist fünf Punkte wert, der Läufer nur drei!

Schritte 15–24

Nr. 12: Weiß setzt mit Tc2-c8 matt!

Nr. 13: Sg5-h3#.

Nr. 14: Sg6#.

Nr. 15: Lg8-d5#.

Nr. 16: La6#.

Nr. 17: Lh4-d8#.

Nr. 18: Mit e7-e5 erobert Schwarz den Turm!

Nr. 19: Lg2.

Nr. 20: Se4-f6+!

Nr. 21: Dc6-c8#!

Nr. 22: Dd3-g3!! (Der Le5 kann nicht schlagen, weil der König dahinter steht!)

Nr. 23: Mit Le3-f4+ »entfesselt« sich Schwarz!

Nr. 24: 1. Lxg5+, Kxg5 2. Dh4#.

Nr. 25: 1. ... Dxh2! 2. Kxh2, Th8+ 3. Kg1, Th1#.
Nr. 26: 1. ... Sb3+! 2. axb3, Da3#.
Nr. 27: 1. Dg8+!, Txg8 2. Sf7#.

Schritte 25–31

Nr. 28: Mit Sc4 sind Dame und Turm angegriffen.
Nr. 29: Se7 (Schach und die Dame ist weg!).
Nr. 30: Lb8xe5+ (und der Turm ist weg!).
Nr. 31: 1. Ld4+, Dxd4 2. Se6+ und Angriff auf die Dame!
Nr. 32: Kb4.
Nr. 33: Te1 (oder von a1) – d1.
Nr. 34: Nach Lb3 kommt einfach Tc1+.
Nr. 35: Weiß am Zug zieht Ld2, Schwarz am Zug zieht Le7.
Nr. 36: Auf Lg2 folgt Dh7 und der Springer b7 ist wieder gedeckt!
Nr. 37: Abzug mit Sc4, und die Dame ist weg!
Nr. 38: Stellt den Turm auf b2, dann kann mit Schwarz am Zug Ld3+ ziehen.
Nr. 39: Th4# (astreines Abzugsmatt!).
Nr. 40: Es beginnt mit Sxf2 oder Sxg3. (Den Rest findet ihr alleine raus!)
Nr. 41: Mit dem Zug b4 wird der Läufer abgelenkt von der Deckung des Springers.
Nr. 42: Schwarz beginnt mit Txb2! (Was folgt, ist leicht.)
Nr. 43: Mit Lg2 lenkt Weiß die Dame auf ein Feld, das eine Springergabel ermöglicht!
Nr. 44: Mit 1. ... Te1+ lenkt Schwarz den Turm ab, der die Dame fesselt. Also weiter: 2. Txe1, Dxh2#.
Nr. 45: Wieder lenkt Schwarz den Turm ab, diesmal mit Dxc3. Dann lässt er Td1 mit Matt folgen.
Nr. 46: Schwarz beginnt ein »Ersticktes Matt« mit seinem ersten Zug Sf2+.
Nr. 47: »Zertrümmerung« mit Dxg7 und dann Tg1#!

Schritte 32–33

Nr. 48: Schwarz schlägt einfach den Turm (Dxc1, Sxc1) und gibt dann ein »ewiges« Schach mit dem Springer auf den Feldern c2 und a3.
Nr. 49: Tb7+!! Wenn Schwarz schlägt, ist Weiß patt! (Er kann nichts mehr ziehen.); zieht der König, verfolgt ihn der Turm auf der b-Linie immer weiter mit Schach. (Probiert es aus!)
Nr. 50: Keinesfalls nach e6, dann ist Schwarz patt!

Schritte 34–35

Nr. 51: 0-0 ist richtig für Schwarz.
Nr. 52: Richtig ist Lf5.
Nr. 53: 0-0 oder Sc3 ginge (Sxe5 verliert nach Da5+ den Springer!).
Nr. 54: Sf3.
Nr. 55: Hier kann ausnahmsweise die Dame früh gezogen werden, denn Dd5 droht Matt auf f7. Das kann sehr schlecht abgewehrt werden.
Nr. 56: Am besten Sf6 oder Le7.

Der Kampf mit dem Piraten

Nr. 57: So lautet die Kombination, mit der Meister Montana sein Leben und das seiner Gefährten rettete: 1. ... Txh2+ 2. Kg1 (wenn Kxh2, dann Th6+), Th1+ 3. Kxh1, Th6+ 4. Kg1, Th1+ 5. Kxh1, Dh3+ 6. Kg1 (denn er kann die Dame nicht schlagen, da g2 gefesselt ist!), Dxg2#.

Schritte 51–55

Nr. 58: Falls Dxg7, Th7, und die weiße Dame ist gefangen!

Nr. 59: Falls Txc6, fängt Schwarz mit Kd7 und auf Tb6, Kc7 den vorwitzigen Turm.

Nr. 60: Txg6 (Beseitigung der Deckung!) und Df8#.

Nr. 61: Txc2 und dann die Springergabel Sd3+.

Nr. 62: Schwarz beseitigt mit Dxe1 die deckende Figur und setzt dann mit Tg1 matt!

Nr. 63: Mit Dc6 rettet sich Schwarz!

Nr. 64: Dh5, und er kann wegen Fesselung nicht auf g2 matt setzen!

Nr. 65: Weiß hält Remis durch Dauerschach, beginnend mit Sf7+.

Nr. 66: wegen Tf3+.

Nr. 67: Weiß, das Schlitzohr, drohte natürlich Matt, das auch nach hxg4 prompt erfolgte: La5#! Dabei hätte es Schwarz easy verhindern können, z. B. mit Sd7.

Schritte 56–64

Nr. 68: Weiß am Zug gewinnt mit dem ersten Zug c5-c6, Schwarz am Zug kommt mit Kg4-f5 noch in das Quadrat und holt den Bauern nicht mehr ein!

Nr. 69: Weiß am Zug kommt mit b5 nicht weiter, denn Schwarz betritt mit Ke5 sofort das Quadrat; daher muss Weiß d6! ziehen, so einen Bauern opfern und damit den Weg des Schwarzen stören! Der kommt jetzt nach exd6 und dann b5 nicht mehr an den Bauern ran.

Nr. 70: Das Quadrat ist durch die Eckpunkte a5 bis e5 und a1 bis e1 gekennzeichnet; Weiß am Zug kann es sofort mit Ke4 betreten und den Bauern aufhalten; Schwarz am Zug gewinnt mit a4.

Nr. 71: Weiß zieht f2-f4, Schwarz muss die Kontrolle über e7 oder g7 aufgeben, wohin sich der weiße König dann stellt, und der Bauer geht zur Dame; mit Schwarz am Zug ist es genauso.

Nr. 72: Weiß gewinnt auf jeden Fall, z. B. 1. g6, Kg8 2. g7, Kh7 3. Kf7, und eine Dame entsteht; oder 1. ... Kg8 2. Kg6 (Opposition!), Kh8 3. Kf7 usw.

Nr. 73: Mit 1. b4! blockiert Weiß die Bauern und gewinnt, indem er mit dem König bis b6 läuft und die Bauern schlägt; denn Schwarz muss ja auch den Freibauern auf h2 im Auge behalten.

Nr. 74: Mit 1. ... f4! schafft sich Schwarz einen Freibauern und gewinnt, indem er nach gxf4 mit h4 den Bauern zur Dame bringt.

Nr. 75: Der Wächter wird aufgestellt mit Se6 und auf a8D folgt Sc7+.

Nr. 76: Die Wächterfunktion hat der Läufer, der nach a6 (oder b5) zieht und auf h1D ein Schach auf b7 gibt.

Nr. 77: Mit Tg6! unterbricht Weiß die Wächterfunktion des Tg2.

Nr. 78: Mit Lh3!! erzwingt Schwarz die Umwandlung seines Bauern.

Nr. 79: Nach Tf1 (der Turm gehört hinter den Bauern, auch hinter den feindlichen) kommt Weiß nicht weiter und kriegt dauernd ein Schach verpasst!

Nr. 80: 1. h6, Kh7 2. Kg5, Kg8 3. Kg6, Kh8 4. Ld4+ (er hat die richtige Farbe!), Kg8 5. h7+ (und der Bauer geht zur Dame!).

Glossar der Schachausdrücke

Ablenkung: Eine Figur des Gegners wird gezwungen, ihren Platz zu verlassen.

Abtauschen: Material beider Parteien verschwindet nach gegenseitigem Schlagen vom Brett.

Anzugsvorteil: Weiß macht den ersten Zug und hat dadurch einen kleinen Vorteil.

Beratungspartie: Mehrere Spieler bilden eine Partei und dürfen sich während des Spiels beraten.

Brücke: ein Motiv im Turmendspiel.

Caro-Kann: eine schwarze Verteidigung in der Eröffnung, gekennzeichnet durch die Züge 1. e4, c6 2. d4, d5.

Damengambit: Eine der bekanntesten Schacheröffnungen, beginnend mit den Zügen 1. d4, d5 2. c4.

Dauerschach: eine Partei kann ständig Schach bieten, ohne dass sich der Gegner dem entziehen kann. Die Partie ist remis.

Diagramm: Bild einer Schachstellung.

Diagonale: schräg aufeinanderfolgende Felder einer Farbe (Dame, Läufer und König können schräg ziehen, Bauern schräg schlagen).

Doppelangriff: Eine Figur greift zwei oder mehr gegnerische Figuren gleichzeitig an.

Doppelschach: Zwei Figuren bieten dem gegnerischen König gleichzeitig Schach.

En passant: aus dem Französischen stammende Bezeichnung mit der Bedeutung »im Vorübergehen«. En-passant-Schlagen bedeutet, dass ein Bauer nach seinem Doppelzug von einem danebenstehenden gegnerischen Bauern so geschlagen werden kann, als er hätte er den Doppelzug in zwei einzelnen Schritten ausgeführt.

Endspiel: der letzte Teil einer Schachpartie, wenn nur noch wenige Figuren auf dem Brett sind.

Eröffnung: erster Teil einer Schachpartie.

Ersticktes Matt: Ein einzelner Springer setzt den gegnerischen König matt.

Fesselung: Eine Figur kann nicht oder nur schlecht wegziehen, weil sie in dem Fall den Weg für eine gegnerische Figur freimacht, die dann den eigenen König oder eine andere wichtige Figur bedroht.

Fianchetto: Entwicklung eines Läufers nach b2 oder g2 mit Weiß bzw. nach g7 oder b7 mit Schwarz (vom italienischen Wort *»fianca«* = die »Flanke«).

Französische Eröffnung: eine Verteidigung mit Schwarz (1. e4, e6).

Freibauer: Bauer, den kein gegnerischer Bauer mehr blockieren oder schlagen kann.

Gabel: Doppelangriff, bei dem eine Figur gleichzeitig zwei gegnerische bedroht.

Gambit: Opfer eines Bauern oder einer Figur, um in der Eröffnung einen anderen Vorteil zu erzielen, z. B. eine schnelle Entwicklung oder ein Matt.

Geschlossene Spiele: Sammelbegriff für alle Eröffnungen, die nicht mit 1. e2-e4 beginnen.

Hinlenkung: Ein Kombinationsmotiv, bei dem eine Figur an einen bestimmten Platz gelenkt (gezwungen) wird.

Indisch: Eröffnungssysteme, die zu den geschlossenen Spielen gehören und meist durch den Zug Sg8-f6 gekennzeichnet sind.

Italienisch: Schacheröffnung, gekennzeichnet durch die Züge 1. e4, e5 2. Sf3, Sc6 3. Lc4.

Kiebitz: scherzhaft gemeinte Bezeichnung für Zuschauer beim Schach.

Königsgambit: weiße Eröffnung mit den ersten Zügen 1. e4, d4 2. f4.

Linie: eine Senkrechte auf dem Schachbrett mit insgesamt acht Feldern (z. B. die Felder von a1 bis a8).

Mansube: Schlusskombination einer Partie im Schach nach den alten persisch-arabischen Regeln.

Mittelspiel: die Phase einer Partie zwischen Eröffnung und Endspiel.

Narrenmatt: das am schnellsten zu erzielende Schachmatt (1. f4, e5 2. g4, Dh4#).

Notation: das Aufschreiben der Züge einer Schachpartie.

Offene Spiele: Bezeichnung für alle Eröffnungen, die mit 1. e4, e5 beginnen.

Opfer: freiwilliges Geben von Bauern oder Figuren, um andere Vorteile zu erzielen.

Opposition: eine bestimmte Gegenüberstellung der Könige.

Patt: Die am Zuge befindliche Partei kann nicht mehr ziehen, ohne im Schach zu stehen. (Denn das wäre ein Matt.)

Quadrat: eine Regel im Endspiel, die besagt, dass der König einen gegnerischen, sich dem Umwandlungsfeld nähernden Bauern noch stoppen kann, wenn der König ein gedachtes Quadrat erreicht. Die Größe des Quadrats wird bestimmt durch die Felderzahl vom Standpunkt des Freibauern aus betrachtet bis zum Umwandlungsfeld.

Raumvorteil: Wer mehr Raum, d. h. Felder, auf dem Brett kontrolliert, hat einen Raumvorteil.

Reihe: eine Waagrechte auf dem Schachbrett mit insgesamt acht Feldern (z. B. die Felder von a1 bis h1).

Remis: Unentschieden.

Schäfermatt: schnelles Matt in vier Zügen (1. e4, e5 2. Lc4, Sc6 3. Dh5, Sf6 4. Dxf7#).

Schlüsselfelder: Felder, deren Kontrolle von besonderer Bedeutung für den Ausgang der Partie ist.

Schottische Partie: Eröffnung, bei der das Zentrum rasch besetzt wird (1. e4, e5 2. Sf3, Sc6 3. d4).

Sizilianische Partie: eine der meistgespielten Eröffnungen von Schwarz, gekennzeichnet durch die Züge 1. e4, c5.

Spanisch: Schacheröffnung, gekennzeichnet durch die Züge 1. e4, e5 2. Sf3, Sc6 3. Lb5.

Strategie: allgemeine Überlegungen und das Fassen von langfristigen Plänen in einer Partie.

Taktik: meistens Kombinationen in wenigen Zügen, die genau berechnet sind und zu Vorteilen führen.

Tempo: beim Schach ein Zeitmaß, zum Beispiel für Eröffnungszüge oder Züge in einer Kombination.

Treppenmatt: das matt setzen mit zwei Türmen gegen den einsamen gegnerischen König.

Umwandlung: die Verwandlung des Bauern in eine stärkere Figur – meist die Dame –, wenn er die gegnerische Grundreihe erreicht hat.

Xiangqi: chinesisches Schach, das sich sehr von dem Schach, das wir kennen, unterscheidet.

Zugwiederholung: Weiß und Schwarz machen mehrfach hintereinander den gleichen Zug, ohne die Stellung zu verändern. Beim dritten Mal kann der Spieler, der am Zuge ist, Unentschieden reklamieren.

Schach im Internet

www.deutsche-schachjugend.de
Die offizielle Seite der Deutschen Schachjugend. Ihr gehören über 30.000 Jugendschachspielerinnen und -spieler an. Hier erfahrt ihr alles über Meisterschaften und Turniere für Kinder und Jugendliche sowie über Schach in der Schule. Dazu gibt es Nachrichten aus dem Kinder- und Jugendschach sowie Infos zu Workshops, Kursen und speziellen Veranstaltungen wie Sommerlager. Außerdem finden sich die Links zu den Landesverbänden, sodass du dich über Vereine in deiner Nähe informieren kannst.

www.dresden2008.org
Was die WM für die Fußballfans ist, das ist die Schacholympiade für die Schachfans. Im November 2008 richtet die Stadt Dresden diese Schacholympiade aus. Hier erfährst du alles über das große Ereignis.

www.schachbund.de
Auf der offiziellen Seite des Deutschen Schachbundes findest du immer die aktuellsten Informationen aus der Welt des Schachs: interessante Berichte, Nachrichten, Infos über Vereine, Spiel- und Turniertermine, Spieler- und Vereinsdatenbanken, Foren, Links und vieles mehr.

www.schach.de
»Schach.de« ist der weltweit größte Schachserver und offizieller Server des Deutschen Schachbundes. Jeden Tag sind hier über 4.000 Spieler online. Auf dieser Seite kannst du Schachfreunde aus der ganzen Welt treffen, mit ihnen spielen, chatten oder an kostenlosem Schachunterricht teilnehmen. Für Einsteiger und Hobbyspieler gibt es einen eigenen Raum. Mit einer kostenlosen Zugangssoftware kannst du die Angebote auf »Schach.de« 20 Tage umsonst nutzen.

www.schulschachstiftung.de
Hier sind Infos, Termine und Neuigkeiten der Deutschen Schulschachstiftung e.V. zu finden. Die Deutsche Schulschachstiftung veranstaltet u. a. Seminare, auf denen Lehrer für den Schachunterricht von Kindern und Jugendlichen ausgebildet werden.